acabus

Carl Wilckens

13

Das Tagebuch

Band 1

acabus

Wilckens, Carl: Dreizehn. Das Tagebuch. Band 1. Hamburg, acabus Verlag 2018

3. Auflage
ISBN: 978-3-86282-473-1

Dieses Buch ist auch als eBook erhältlich und kann über den Handel oder den Verlag bezogen werden.
PDF-eBook: ISBN 978-3-86282-474-8
ePub-eBook: ISBN 978-3-86282-475-5

Lektorat: Laura Künstler, acabus Verlag
Satz: Laura Künstler, acabus Verlag
Cover: © Annelie Lamers, acabus Verlag
Covermotiv: texture-954897_1920, www.pixabay.com

Bibliografische Information der Deutschen Nationalbibliothek:
Die Deutsche Nationalbibliothek verzeichnet diese Publikation in der Deutschen Nationalbibliografie; detaillierte bibliografische Daten sind im Internet über http://dnb.d-nb.de abrufbar.

Der acabus Verlag ist ein Imprint der Diplomica Verlag GmbH, Hermannstal 119k, 22119 Hamburg.

---

1. Auflage 2017, acabus Verlag Hamburg

http://www.acabus-verlag.de
Printed in Europe

Für Jonah,
weil er wie 13 das Erste von vielen ist.

Kohle und Stahl

Es regnete. Dieser Tage tat es das oft. Rußgeschwärzte Tropfen lösten sich aus der Wolkenschicht. Donnergrollen rollte von einem Ende des Horizonts zum anderen, gefolgt von zuckendem Wetterleuchten. Neben dem Rauschen des Regens und dem fernen Gewitter war das Surren der Förderbrücken zu hören. Unablässig hoben sie Kohle aus den Minen der Stonefort Colliery. Die schwarzen Brocken wurden in Hunte verladen und auf Schienen direkt zu den Hüttenwerken gebracht. Zahllose Schornsteine ragten aus einem Meer von Fabrikgebäuden. Bäume mit schwarzen Rauchwolken als Krone, die in den Himmel emporstiegen, höher und höher, bis sie sich mit der finsteren Wolkenschicht vereinten. Zwischen den geschwärzten Steinwänden dieser Industrielandschaft kämpften dutzende Gasleuchten gegen die Finsternis an. In ihrem flackernden Schein gingen Gestalten. Menschen, die sich im Gleichtakt der Maschinen bewegten.

Frieden lag über diesem Ort wie eine weiche Decke. Der Frieden einer todgeweihten Welt. Einer Welt, die dafür gekämpft hatte, unterzugehen.

Die Stille wurde jäh unterbrochen.

Eine Dampflokomotive nahte. Blockierte Räder schrammten über stählerne Schienen und verwandelten die Energie der bewegten Masse tausender Tonnen Kohle und Stahl in glühende Hitze. Scheinwerfer tauchten in der Ferne auf. Drei Augen, die Dunkelheit und Regen kaum zu durchdringen vermochten. Jeder Wagon war groß wie ein kleines Haus. Die Lokomotive ein gewaltiger stählerner Kessel. Schornsteine spien Unmengen schwarzen Rauchs in den Himmel. Dampfwolken flankierten die Lokomotive.

Das Gefährt fuhr in das Industriegebiet ein, wobei es unzählige Wagons aus der Dunkelheit nachzog. Jeder war bis zum

Rand mit Kohle gefüllt bis auf den letzten. Die Lokomotive kam kreischend zum Stehen. Die Schiebetür des hintersten Wagons wurde von Innen geöffnet. Vier bewaffnete Männer mit Atemmasken stiegen in Begleitung eines Gefangenen aus. Zwei gingen voraus, zwei richteten die Spitzen ihrer Bajonette auf den Mann in Ketten. Sie führten ihn zu einem quaderförmigen Gebäude mit unzähligen Fenstern.

Es handelte sich um Blackworth, eine ehemalige Fabrik, die zu einem Gefängnis umfunktioniert worden war. Hier saßen Bergbauer ein, die es gewagt hatten, sich gegen die Dynastie des alteingesessenen Bergmannsadels aufzulehnen. Menschen, die die Frechheit besessen hatten, als solche behandelt werden zu wollen.

Die Gruppe passierte eine der Gasleuchten. Schummriges Licht erhellte das Gesicht des Gefangenen. Ein junges Gesicht mit dreierlei Arten von Narben. Da waren solche, wie man sie nach Kämpfen davonträgt. Das Regenwasser floss von der Stirn durch eine Kerbe in der Augenbraue, folgte dem Verlauf zweier paralleler Schrammen und gelangte durch eine weitere Kerbe in seiner Unterlippe zum Kinn.

Die zweite Art Narbe war nicht unmittelbar sichtbar. Sie kam zum Vorschein, wenn nichts die Vergangenheit zurückdrängte. Dann wurden die Augen des Gefangenen dunkel, der Blick müde. Es waren Schrammen auf seiner Erinnerung.

Die letzte und tiefste Narbe war unsichtbar. Man konnte sie nur erahnen, wenn man das Gesicht des Gefangenen als Ganzes betrachtete. Den Ausdruck der Leere, den gesenkten Blick und die Schatten in seinen Augen. Die tiefste Narbe schloss seine Haltung, ja sein ganzes Wesen ein. Er ließ die Schultern hängen und den Gang schlurfen. Und hätte er gesprochen, hätte der Rost auf seinen Stimmbändern jedes Wort zerkratzt.

Das Haar des Gefangenen war kurz geschoren, kürzer noch als sein stoppeliger Bart. Er war mager. Athletisch, ja, aber ohne ein einziges Gramm Fett. Deutlich zeichnete sich die Muskulatur seines Nackens, seiner Arme, seines ganzen Körpers unter seiner straff gespannten Haut ab. Hunger war einer seiner ältesten Freunde. Angst sein meist verachteter Feind. Er war ein Mörder, gewissenlos, wenn es sein musste. Ein Überlebenskünstler, der nie zögerte. Eine ruhelose Seele am Ende ihrer Suche.

Sein Name war Godric End.

Leiser Gesang schwebte im Zellenblock 13. Die Worte, gesungen in einer fremden Sprache, tauchten hinaus in die Fluten des rauschenden Regens und der surrenden Förderbänder. Dann und wann wurden sie vom fernen Donner überrollt. Die an trockenen Tagen ruß- und staubgeschwängerte Luft zog kühl und verhältnismäßig klar durch die vergitterten Fensteröffnungen. Die meisten Insassen schliefen oder lauschten stillschweigend dem Gesang, als die Tür des Zellenblocks geöffnet und Godric End hereingeführt wurde.

Der Gesang verstummte.

Die Wärter führten End bis zur letzten Zelle auf der rechten Seite des Blocks. Viele Insassen hoben den Blick, als er vorbeigeführt wurde. Keiner erkannte den Gefangenen. End wurde grob in die Zelle und die Tür hinter ihm ins Schloss geworfen. Die Wärter verließen den Zellenblock. Einige Sekunden lang färbte nur das Rauschen des Regens und das Surren der Förderbänder die Stille.

„Hallo Genosse“, sagte schließlich der Mann in der Zelle gegenüber. Es war derselbe, der zuvor gesungen hatte. „Du siehst nicht aus wie ein Mann unseres Schlags. Woher kommst du?“

End schwieg. Er hatte sich auf dem Boden der Zelle niedergelassen und starrte mit leerem Blick auf seine Füße.

„Wieso haben sie dich eingelocht?“, bohrte der Sänger nach. „Hierher stecken sie eigentlich nur politische Häftlinge. Du hingegen siehst eher aus wie ein Landstreicher. Ein Tunichtgut. Ein Dieb. Oder Schlimmeres.“

End schwieg.

Der Sänger trat bis vor die Tür seiner Zelle und kniff die Augen zusammen. „In der Tat siehst du sehr gefährlich aus. Du scheinst mir ein übler Bursche zu sein. Vielleicht bist du der Einzige unter uns, der es verdient hat, hier einzusitzen."

End schwieg.

„Sag mal, kann es sein, dass …"

„Kannst du ihn nicht einfach in Ruhe lassen?", kam es rau aus einer anderen Zelle.

„Schon gut, schon gut", meinte der Sänger. „Ich dachte nur, er ist vielleicht … aber nein, das ist unmöglich." Der Sänger kniff die Augen noch enger zusammen, als könne er so die Dunkelheit mit seinen Blicken durchbohren. „Du bist nicht etwa Godric End?"

Aus einer der anderen Zellen drang ein Schnauben. „Hör auf zu schwatzen. End? Es heißt, er sei in Rust und führe das Volk gegen den Schwarzen Baron."

„Nein", widersprach der Sänger kopfschüttelnd. „Es heißt, *er sei auf dem Weg* nach Rust, um unsereins anzuführen."

„Wer weiß schon, wo End ist", sagte jemand anderes. „Ich habe gehört, er sitzt in dieser Nervenheilanstalt in Treedsgow."

„Nein, er ist vor langer Zeit gestorben, als die *Swimming Island* Black Ravens versenkt wurde."

„Unmöglich! Kennt ihr nicht die Geschichten? Sein Wille ist stärker als der Tod."

„Geschichten, Junge …"

„Es stimmt! Er hat einen Schuss ins Herz überlebt. Eine Maschine in seiner Brust fördert nun das Blut durch seine Adern. Sein Herz ist so kalt wie das Eisen, aus dem es gemacht ist, sagt man."

Spöttisches Gelächter hallte durch den Zellenblock.

„Sei nicht albern, Junge. Glaubst du etwa auch die Geschichten über die *Flying Island*?"

„*Flying Island*?", mischte sich jemand weiteres ins Gespräch.

„Angeblich hat End das Schiff Ravens rekonstruiert. Als Luftschiff."

„Er wird uns alle hier rausholen", sagte der Junge mit hoffnungsschwangerer Stimme.

„Ist er wirklich der edle Held, für den du ihn hältst? Er hat einst an der Seite Black Ravens gekämpft. Es heißt, er habe seine eigene Schwester ermordet ..."

„Nicht seine Schwester. Die Tochter des Schwarzen Barons."

„Er ist nicht edel", sagte der Junge. „Ich sagte doch, sein Herz ist kalt wie Eisen. Sein Wille ist stärker als der Tod. Er zögert nie. Er gibt nie auf. Er hat einen Bären mit bloßen Händen getötet. Er wird der Perlkönig genannt. Er kämpft erbarmungslos. Aber er kämpft auf unserer Seite."

„Hör auf, Reden zu schwingen, Junge. Wir alle wünschten, es wäre so, aber wir müssen den Tatsachen ins Auge sehen. Der Schwarze Baron hat gewonnen. Die Königin wird sich niemals gegen den Bergmannsadel durchsetzen können. Dazu fehlen ihr die Eier." Der Insasse lachte freudlos.

„Warum fragen wir End nicht einfach selbst?", mischte sich der Sänger ein in einem letzten Versuch, den Neuankömmling zum Reden zu bringen. Die Diskussion verebbte. Die jäh eingekehrte Stille richtete ihren fragenden Blick auf End.

Aber End schwieg.

Der Sänger seufzte. „Dann eben nicht", knurrte er und zog sich in den hinteren Bereich seiner Zelle zurück. Er zog einen Schuh aus, holte eine plattgedrückte Tüte Tabak und eine Schachtel mit Zündhölzern daraus hervor und drehte sich eine Zigarette. Als er ein Zündholz über die Sohle seines Schuhs zog, und die Flamme erwachte, hob End den Kopf.

Ein interessierter Ausdruck trat in seine bislang leeren Augen.

„Kann ich eine haben?", fragte er mit rostiger Stimme.

Der Sänger hob die Brauen. „Aber klar. Wenn du mir deinen Namen verrätst."

End erhob sich. Die schweren Ketten seiner Hand- und Fußfesseln klirrten, als er sich auf die Zellentür zubewegte. Der Sänger drehte eine zweite Zigarette, trat vor die eigene Zellentür und hielt sie hoch. Das Papier, in die sie eingewickelt war, war so schmutzig, dass es fast schwarz war.

„Und?"

End schwieg.

„Schade." Der Sänger führte seine eigene Zigarette zum Mund, zog daran und blies den Rauch auf den Gang des Zellenblocks. End schloss die Augen und sog den Geruch ein. Die Muskeln unter seiner straffen Haut spannten sich. Kurz schien es, als würde er die Ketten mit der bloßen Kraft seiner Arme auseinandersprengen.

Er öffnete die Augen.

Ein Funkeln lag in seinem Blick, der keinen Zweifel daran ließ, dass ihm das Leben des Sängers in diesem Augenblick weniger wert war als die Zigarette. Obwohl zwei Zellentüren die beiden Männer voneinander trennten, machte der selbstgefällige Ausdruck im Gesicht des Sängers Beunruhigung Platz. Er wich zurück.

„Ich meine ja nur", sagte er schnell. „Dieser Aufstand ist so gut wie verloren. Unser aller Hoffnung ruht auf End. Mag sein, dass du nicht er bist. Aber es ist nicht zu viel verlangt, mir deinen Namen zu verraten, oder? Schließlich verlangst du eine meiner letzten Zigaretten."

End musterte den Sänger einige Sekunden lang kühl, und der Mann wand sich sichtlich unter seinem Blick.

„Gib mir die Zigarette", sagte er schließlich. „Dann geb ich dir meinen Namen."

Der Sänger zögerte.

„Erst den Namen", sagte er kleinlaut.

End schwieg und umfasste die rostigen Gitterstäbe seiner Zellentür mit beiden Händen. Der Sänger versuchte, einige Zeit lang seinem Blick standzuhalten und kapitulierte zuletzt mit einem ergebenen Seufzer. Er entfachte ein zweites Zündholz, steckte die Zigarette an und warf sie vor Ends Tür. End hob sie auf, führte die Zigarette zum Mund und zog daran.

Es war guuut.

Der beißende Tabakrauch füllte seinen Rachen. Er inhalierte ihn tief und genoss in vollen Zügen, wie der Ruß seine Lunge peinigte. Er behielt den Rauch einige Sekunden lang in sich und atmete ihn dann sehr langsam durch Mund und Nase wieder aus. Als könnte er sein Glück nicht fassen, betrachtete er den glühenden Stängel. Dann zog er sich in den hinteren Teil der Zelle zurück. Er ließ sich zu Boden sinken und nahm einen weiteren Zug.

„Und?", fragte der Sänger.

End schwieg.

„Ich hätte es wissen müssen", sagte der Sänger voller Bitterkeit. „Du bist nicht End. Du bist bloß ein Tunichtgut. Ein Dieb. Oder Schlimmeres. Was sollte ich anderes von dir erwarten, als dass du meine Bezahlung nimmst und mich leer ausgehen lässt? Deswegen sitzt du ja schließlich ein. Deswegen oder wegen Schlimmerem."

End antwortete nicht. In aller Ruhe rauchte er seine Zigarette auf. Der Sänger zog sich ebenfalls zurück und ließ sich auf seine Matratze sinken. Er drehte sich auf die Seite und kehrte somit der Zellentür den Rücken zu.

Und wieder waren Rauschen und Surren das Einzige, das man vernehmen konnte.

Schließlich wandte End das Gesicht dem Sänger zu und stieß den Rauch seines letzten Zuges aus.

„Ich bin er", sagte er.

Der Sänger hob überrascht den Blick. „Wer?"

„End. Ich bin Godric End."

Ein Raunen ging durch den Gang des Zellenblocks. Der Junge schnappte vernehmlich nach Luft.

„Er lügt", sagte jemand.

„Nein“, flüsterte der Sänger und erhob sich langsam von der Matratze. Den Blick behielt er unverwandt auf End gerichtet, als fürchtete er, er könne sich in Luft auflösen. „Er ist es. Er ist es wirklich.“

„Unsinn. End ist tot.“

„Er ist hier“, sagte der Junge. Seine Worte überschlugen sich fast vor Aufregung. „Er wird uns hier rausholen.“

„Wieso bist du hier?“, flüsterte der Sänger. „Du solltest in Rust sein.“

„Nein“, sagte End. Es war nur ein Wort, aber es hätte nicht mehr Bitterkeit darin liegen können. „Ich sollte hier sein. Wo immer das Schicksal mich haben möchte.“

„Was ist passiert?“

„Verrat.“ Ends Stimme war dunkel. „Das Leben hat mich eine weitere Lektion gelehrt. Ich glaube bloß nicht, dass ich lange genug leben werde, um davon zu profitieren.“

„Verrat? Wer? Sag mir, wer es ist, und ich werde ihn mit den eigenen Händen erwürgen.“

„Ruhig Blut, Junge. Solange du hier einsitzt, erwürgst du niemanden.“

„Wer hat dich verraten, Genosse?“, fragte jetzt auch der Sänger mit gefährlich ruhiger Stimme. „Ich bitte dich, erzähl mir deine Geschichte.“

„Geschichte?“, wiederholte End spöttisch. „Ich glaube nicht an Geschichten. Ebenso, wie ich nicht an den Mond glaube.“

„Er ist verrückt. Ein Spinner, der sich für End hält. Hab ich nicht gleich gesagt, dass er es nicht ist? End ist tot.“

„Was meinst du damit, du glaubst nicht an den Mond? Wir können ihn sehen, wenn sich an windigen Tagen die Rußwolken verziehen. Wie kann man nicht an den Mond glauben?“

„Wir sehen ein silbernes Licht“, sagte End. „Aber ist es ein greifbares Objekt? Oder scheint es bloß durch ein Loch im Universum?“

„Völlig verrückt …"

„Erzähl mir deine Geschichte, Genosse", bat der Sänger noch einmal. „Ich verlange nicht, dass du an die Vergangenheit glaubst. Ich möchte nur die Wahrheit erfahren."

In diesem Moment erhellte blauweißes Wetterleuchten den Himmel. Es raste über die Unterseite der Wolken bis zum Horizont, wo es gegen eine unsichtbare Barriere zu stoßen schien und zurückkehrte. Das bislang lauteste Donnergrollen füllte den Zellenblock 13 und die Ohren all seiner Insassen.

„Die Wahrheit ist, dass ich nie die Interessen des Arbeiters geteilt habe." Ends Stimme knüpfte klar vernehmlich an das Grollen des Donners an. „Ich habe immer nur meine eigenen Interessen verfolgt. Dieser Aufstand hätte niemals zu einem Bürgerkrieg werden müssen. Ich wollte es so. Ich wollte nie Gerechtigkeit. Ich wollte Zerstörung."

Es folgte betretenes, ja, schockiertes Schweigen. Dann setzte leises Murmeln ein, das allmählich zu einem wütenden Summen anschwoll.

„Warum?", fragte der Sänger mit heiserer Stimme.

In diesem Moment wurde die Tür zum Zellenblock geöffnet, und die Insassen verstummten recht plötzlich. Zwei Männer betraten den Gang. Schlieren schmutzig schwarzen Regens verunzierten ihre Haut. Beide trugen einen Mundschutz. Einer von ihnen schob einen riesigen Kessel auf Rädern vor sich her, der andere einen Wagen, auf dem sich Holzschalen stapelten. Daran befestigt war eine Leuchte, die mattes warmes Licht in den Zellengang goss. Wortlos passierten die Männer die Zellen und füllten die Holzschalen mit der grauen Masse, die in dem Kessel dampfte. Die Insassen warteten schweigend.

Reglos.

Die Männer hielten kurz inne und warfen einander besorgte Blicke zu. Sie spürten die Anspannung, die in der Luft lag. Niemand hatte sie darüber informiert, dass Godric

End in diesem Zellenblock einsaß. Was also, fragten sie sich, war der Grund für das angespannte Schweigen? Führten die Gefangenen etwas im Schilde?

Schneller setzten sie ihre Arbeit fort. Bei Ends Zelle angelangt, füllten sie eine der Holzschalen und stellten sie in Griffweite vor die Tür. Einer der Männer hob den Blick und sah End geradewegs in die Augen. Augen, die das Licht der Leuchte zu reflektieren schienen. Der Mann zuckte zusammen. Die Reflektion in Ends Augen verlosch. Hastig wendeten die Männer Kessel und Wagen und verließen den Zellenblock.

„Warum?", wiederholte der Sänger die Frage, kaum dass die Tür hinter den Männern ins Schloss gefallen war.

Wieder ließ End sich Zeit mit der Antwort. Er stand auf, zog die Schale herein und kehrte an seinen angestammten Platz zurück. „Kein Besteck?"

„Lass den Unsinn, End", knurrte jemand mit bedrohlich dunkler Stimme. „Du schuldest uns eine Erklärung."

„Ich schulde niemandem irgendwas", sagte End mit kalter Stimme. „Auf diese Weise kommst du bei mir nicht weit, Mann." Er tauchte zwei Finger in den Brei und steckte sie sich in den Mund. Andere Insassen folgten seinem Beispiel. Schweigend lauschten sie dem Rauschen und Surren und dem gelegentlichen Donnergrollen, während sie aßen.

„Wirst du uns erklären, was du vorhin gemeint hast?", fragte der Sänger vorsichtig, sobald End sein karges Mahl beendet und die Schale beiseite gestellt hatte.

End schwieg.

„Ich könnte dir noch eine Zigarette anbieten", schlug der Sänger vor. End hob den Blick. Der Sänger wickelte etwas Tabak in eines der schmutzigen Papiere ein, hielt den Stängel hoch und hob fragend die Brauen. End nickte knapp. Der Sänger entzündete die Zigarette und warf sie wie schon zuvor vor Ends Zellentür. Wieder rauchte End sie in aller Ruhe auf, ehe er ein weiteres Wort sprach.

„Es war nie mein Ziel, mich für den Arbeiter einzusetzen." Leises Flüstern hob an, während die Insassen die Worte an jene weitergaben, die außer Hörweite waren. „Ich habe immer nur die Industrialisierung aufhalten wollen. Ich wollte einen Krieg, der Zerstörung mit sich bringt, keine Aufstände, die Gerechtigkeit fordern."

„Aber warum?", fragte der Sänger und hob in fassungsloser Geste die Hände.

„Weil diese Welt untergeht." Es wurde sehr still im Zellenblock. „Seht aus dem Fenster. Der Himmel ist schwarz. Die Bäume sterben. Die Vögel fallen tot aus der Luft."

„Folgen der Umweltverschmutzung", meinte ein Zelleninsasse. „Das bedeutet aber nicht, dass unsere Welt untergeht."

„Es gibt noch andere Anzeichen. Welche, die keine logische Erklärung haben." Die Insassen warteten schweigend. Aber End ließ die Worte allein im Raum stehen.

„Er meint die Spiegel", flüsterte der Junge.

„Dieses Phänomen ist schon vor Jahren aufgetreten, Junge", meinte einer der Insassen. „Es hat nichts mit der Industrialisierung zu tun."

„Der Junge hat Recht", widersprach End. „Das Verschwinden der Spiegelbilder war vermutlich das erste Anzeichen. Das erste von dreizehn. Es trat lange vor der Industrialisierung auf, weil diese nicht die Ursache des Untergangs ist. Vielleicht wird uns die Umweltverschmutzung eines Tages die Existenz in dieser Welt unmöglich machen. Aber vermutlich ist die Förderung der Kohle bloß ein Schritt von vielen in Richtung eines viel größeren Übels. Der Untergang der Welt bedeutet nicht unbedingt die Zerstörung unseres Universums. Die Wahrheit ist, dass ich nicht weiß, was es bedeutet."

„So ein Bockmist! Bloß weil die Spiegel plötzlich nicht mehr funktionieren?"

„Die Spiegel sind bloß ein Zeichen von dreizehn. Wie ich schon sagte. Genau wie die Sternenbilder, die verlöschen."

„Es verlöschen Sternenbilder?“, fragte der Sänger.

End nickte und sah mit verschwommenem Blick aus dem Fenster. „Elf Wächter sind verloschen.“

„Aber … was macht dich so sicher, dass diese Zeichen den Untergang der Welt bedeuten? Erzähl mir deine Geschichte, Godric End, ich bitte dich.“

End seufzte schwer. „Meine Geschichte ist nicht von Belang. Mit mir ist es bald vorbei. Der Schwarze Baron kommt persönlich hierher, um mich zu richten.“

„Der Schwarze Baron hat Rust verlassen und ist auf dem Weg nach Stonefort?“

„Wenn er mit dem Zug fährt, wird er in einem Viertel hier sein.“

„Nein“, sagte End. „Er wird aufgehalten werden. Seine Reise wird sich um vier Tage verzögern.“

„Woher willst du das wissen?“

„Ich weiß es.“

„Dreizehn Tage“, murmelte der Sänger und prüfte seinen Tabakvorrat. „Eine Zigarette pro Tag. Sollte reichen. Dafür erzählst du deine Geschichte. Was sagst du?“

End blickte den Sänger nachdenklich an. „Worte sind Wind. Wieso würde jemand etwas so Kostbares wie Zigaretten gegen Wind eintauschen?“

„Was kümmert es dich? Bekommst du nicht, was du willst?“ Der Sänger rollte die nächste Zigarette und hielt sie hoch. End musterte sie kurz.

„Einverstanden. Aber wisset: Ihr werdet mir nicht glauben. Ihr werdet spöttisch lachen wollen, den Kopf schütteln und mich einen Narren schimpfen wollen. Lasst es! Denkt euch euren Teil, aber behaltet eure Gedanken für euch. Anderenfalls fahre ich nicht fort, ehe ich nicht eine weitere Zigarette bekommen habe.“

Der Sänger warf die Streichholzschachtel in Ends Zelle. „Ich werde sie nicht mehr brauchen. Lass sie nur die Wärter nicht sehen.“ Die Zigarette folgte. End zündete sie an und wieder rauchte er sie in aller Ruhe auf, ehe er ein weiteres Wort sprach.

„Bevor ich den Aufseher der South Harrow Colliery erschlug, dutzende Arbeiter meinem Beispiel folgten und die Revolte der Arbeiter zu einem Bürgerkrieg wurde“, begann er, „bevor das Militär in eine demonstrierende Menge schoss und die Aufstände eskalierten, ja, bevor ich nach Treedsgow kam und dort ein schreckliches Geheimnis lüftete, bevor die *Swimming Island* des berüchtigten Captain Black Raven sank, war ich bloß der Sohn eines sehr reichen Mannes aus dem Bergmannsadel …“

End

Ich war ein unscheinbares Kind. Klein, mager und blass. Kein Vergleich zu heute. Ich hing stets am Rockzipfel meiner Schwester. Emily. Sie war fünf Jahre älter als ich. Wenn es darum ging, Neues auszuprobieren, ließ ich ihr immer den Vortritt. Wenn mich Albträume plagten, fand ich Zuflucht unter ihrer Bettdecke. Sie sorgte für mich. Sie nahm mich in Schutz und spendete mir Liebe, wenn ich mich danach sehnte.

Unsere Mutter war bei meiner Geburt ums Leben gekommen. Emily erzählte, dass sie die schönste Frau auf Erden gewesen sei. Mit einem traurigen Lächeln und stets liebevollen Augen. In meiner Vorstellung war sie ein Engel.

Wir wuchsen in der Obhut von Rico Fonti auf. Fonti stammte aus dem Süden, aus Izzian. Er war ein kleiner Mann. Er hatte dunkles Haar und buschige Augenbrauen, einen Spitzbart und einen kunstvoll gewichsten Schnurrbart. Sein strenger, durchdringender Blick kündete von Klugheit und Bildung. Er galt als einer der besten Lehrer überhaupt. Er beherrschte sieben Sprachen und verfügte über unvergleichliche Kenntnisse in unzähligen Wissenschaften. Lehrer wie er, die ihr Gebiet nicht nur beherrschen, sondern auch lehren können, sind so selten wie wahre Freundschaft. Fonti lehrte uns Lesen und Schreiben, Mathematik, Geschichte, Kultur und Geographie, Astronomie und Astrologie, Mythen, Religion und Philosophie, Naturkunde und Chemie sowie fremde Sprachen und Schriften einschließlich der norvolkischen Runen. Mein Vater bezahlte ihn.

Mein Vater.

Ich hatte ihn nie zu Gesicht bekommen. Ich wusste nur, dass er ein erfolgreicher Mann aus den Reihen des Bergmannsadels war. Reich an Einfluss und Geld. Gewiss trug er einen schwarzen Anzug, rauchte Zigarre und wachte aus der Ferne über mich und meine Schwester. Ich glaubte, dass ich und Emily ihn eines Tages treffen würden, sobald wir ausgebildet waren.

Doch haben wir unsere Ausbildung nie abgeschlossen … Wir blieben nie lange an einem Ort. Fonti erklärte uns, dass wir Erfahrung sammeln mussten. Wir reisten durch Dustrien und verweilten höchstens einen Monat in einer Stadt. Die Metropole Rust bildete da eine Ausnahme, war sie doch um ein Vielfaches größer als gewöhnliche Städte. Wir begegneten vielen Menschen: Händlern und Betrügern, Handwerkern und Bergmännern, Bettlern und Dieben …

Fonti lehrte uns, in diesen Menschen zu lesen. Ihre Mimik und Gestik zu deuten und ihre Absichten zu durchschauen. Er schenkte uns den Blick fürs Detail, und bald sahen wir nicht mehr die Gesichter unserer Gegenüber, sondern Grenzflächen der Kommunikation. Weiteten sich die Pupillen eines Händlers beim Anblick eines Gegenstandes, den er erwerben wollte, bedeutete dies, dass man den Preis in die Höhe treiben konnte. Verhielt sich jemand offen, laut und lustig, hatte er meist etwas zu verbergen. Auch Kleidung verriet viel. Über Reichtum, Bescheidenheit und Selbstvertrauen.

Fonti ließ uns tagelang in der Obhut von Handwerkern und Landwirten, Heilern und Händlern, um deren Berufe kennenzulernen. Schon bald kannten Emily und ich die Bearbeitungsverfahren verschiedener Materialien wie Holz, Stein und Stahl. Wir konnten komplexe Konstruktionen zu Papier bringen und einfache sogar selbst fertigen. Wir erfuhren, welche Pflanzen essbar sind und wie man sie anbaut, welche Kräuter heilen und wie man sie richtig zubereitet.

Emily und ich lernten unverhältnismäßig schnell. In jedweder Hinsicht. Bescheidenheit wäre hier schlicht unangebracht. Lesen, Schreiben und Rechnen beherrschten wir jeweils bereits im Alter von fünf. Mit sieben Jahren stiegen wir in die höhere Mathematik ein. Wir lasen Texte auf höchstem Niveau. Wir kannten uns mit den Kulturen von Ländern aus, von denen viele nicht einmal wissen, dass sie existieren.

Aber die Theorie genügte Fonti nicht. Eines Tages verkündete er, dass wir Dustrien verlassen würden. Da war ich elf, meine Schwester sechzehn Jahre alt. Wir reisten nach Grey Heaven und verbrachten die Nächte in einer Hafenherberge, während unser Schiff abreisebereit gemacht wurde.

An unserem letzten Tag lagen Emily und ich nebeneinander auf einer Wiese unter einer Ulme. Es war ein Fleck Natur inmitten der grauen Hafenstadt. Das Gras wuchs hoch und verbarg uns vor Blicken. Das Sonnenlicht wärmte uns die Gesichter. Unsere Köpfe berührten sich fast, und wir lauschten dem Flüstern des Baumes.

Bäume erzählten uns Geschichten. Wenn der Wind durch ihre Kronen strich, verwandelte sich das Rauschen in unseren Ohren in Worte. Die Bäume berichteten von Dingen, die wirklich geschehen waren. Von Geheimnissen. Es mag unglaublich erscheinen, aber es ist wahr. Einige Male hatten wir auf diesem Wege erfahren, dass etwas am Fuße eines Baums vergraben lag. Wertsachen, Diebesgut … Aber viel interessanter waren die Geschichten, die die Bäume erzählten. Fedlum, die Ulme, unter der Emily und ich an jenem Tage lagen, war über dreihundert Jahre alt. Ich glaube, ihm war nicht klar, dass wir lauschten. Wenn Bäume flüstern, ist es etwas zwischen Reden und Denken. Sie können sehr direkt sein, aber die meiste Zeit lassen sie einfach ihre Gedanken schweifen. Der Wind, der durch ihre Äste streicht, ist ihr ausströmender Atem. An windstillen Tagen scheint es, als holten sie nach jedem Satz tief Luft. Im Winter schliefen sie und nur selten murmelten sie im Schlaf.

Wie die meisten Bäume fürchtete Fedlum sich vor Menschen. Viele seiner Freunde waren ihnen zum Opfer gefallen. Doch er mochte ihre Kinder. Seine Gedanken verweilten einige Zeit bei zwei Jungen, die sich gegenseitig die Mutprobe auferlegten, hoch hinauf zu klettern. Dann ließ er die Erinnerung an ein junges Liebespaar Revue passieren, das im Schatten seiner Krone heimliche Küsse tauschte.

Jäh dachte er wieder an die Kinder. Ein dünner Ast brach, und einer der Jungen stürzte in die Tiefe.

Ich schreckte hoch und sah zu meiner Schwester.

„Dem Jungen ist nichts passiert", sagte sie. Sie setzte sich auf und strich mir durchs Haar. Das tat sie oft. „Komm, gehen wir. Signore Fonti sucht uns bestimmt schon." Wir standen auf.

„Wer als erster am Hafen ist …" Sie fing an zu rennen.

„Das ist unfair." Ich beeilte mich, ihr zu folgen. Natürlich war Emily schneller. Sie hatte längere Beine und war schon zwischen den Häusern jenseits der Wiese verschwunden, noch ehe ich dieselbe Strecke zur Hälfte zurückgelegt hatte.

Das war das letzte Mal, dass ich sie sah.

Als ich die Straße *Zur See* erreichte, war sie bereits weit voraus. So schnell ich konnte, folgte ich der abschüssigen Straße.

„Vorsicht, Junge", riefen die Menschen, einige verärgert, andere lachend. Je näher ich dem Hafen kam, desto intensiver wurde der Geruch nach Fisch und der Geschmack von Salz in der Luft. Schon konnte ich die Fregatte sehen, die Fonti für unsere Abreise vorbereiten ließ. Der Name des Schiffes leuchtete in goldenen Lettern auf dem Rumpf: *Seven Worlds*. Wieder spürte ich dieses Ziehen im Magen, das der Gedanke an das bevorstehende Abenteuer verursachte. Welche Wunder uns wohl erwarteten?

Dann bemerkte ich das Schiff am Horizont. Etwas damit stimmte nicht. Ich wurde langsamer. Es schien noch weit weg zu sein und trotzdem war es ungewöhnlich groß. Es hatte viele Masten. Die Segel waren allesamt gehisst und blähten sich im Wind. Mit beachtlicher Geschwindigkeit kam es näher.

Und bald erkannte ich, weshalb es aus der Ferne so seltsam ausgesehen hatte. Das Schiff *war* groß. Dreimal so groß wie das größte Schiff, das ich je gesehen hatte. Mit gepanzertem Rumpf und sechs Schornsteinen.

Ich blieb stehen. Weitere Menschen folgten meinem Beispiel und gafften.

Vor dem vordersten Segel entrollte sich eine riesige Flagge und offenbarte das Schlimmste: das weiße Skelett eines Raben, der auf schwarzem Grund dahinflog. Das Wappen des Piratenkapitäns Black Raven.

Ein Seufzen ging durch die Menge. Nicht wenige machten auf dem Absatz kehrt und rannten. Gebannt beobachtete ich, was sich im Hafen abspielte. Ein kleines Dampfschiff hatte abgelegt und ergriff die Flucht. Sein Schornstein spie panisch Rauch in den Himmel. Vom Schiff Black Ravens ertönte ein Warnschuss. Der Dampfer dachte nicht daran, seine Geschwindigkeit zu drosseln.

Im nächsten Moment folgte das Krachen dutzender Kanonen. Wasserfontänen spritzten auf, und der Rumpf des kleinen Gefährts wurde von Kugeln durchlöchert. Innerhalb kürzester Zeit versank der Dampfer im Meer.

Vielleicht wusste der Offizier der Hafenverteidigung nicht, dass man mit Black Raven besser einen friedlichen Kompromiss fand. Vielleicht verlor er beim Anblick des sinkenden Dampfers auch schlicht die Nerven. Jedenfalls war dies der Moment, da er den Befehl gab, das Feuer zu eröffnen. Die dürftige Bemannung auf den Verteidigungsanlagen des Hafens richtete ihre Geschütze auf den Feind aus. Vereinzelte Schüsse ertönten.

Langsam richtete das Schiff seine Steuerbordseite zum Land aus. Silberne Lettern auf dem gepanzerten Rumpf offenbarten den Namen des Gefährts: *Swimming Island.*

Wenige Sekunden lang blickten die zu Schreck erstarrten Bürger Grey Heavens in die schwarzen Mündungslöcher von über sechzig Kanonen.

Dann eröffnete die *Swimming Island* das Feuer. Rauch hüllte innerhalb weniger Sekunden das Piratenschiff ein. Die Kugeln zertrümmerten die im Hafen ankernden Schiffe und Bootsstege. Sie zerfetzten die Bäume, die entlang der Promenade wuchsen, rissen Löcher in Gebäude und brachten Türme zum Einsturz. Sie durchschlugen die Bürger Grey Heavens, die zu dumm gewesen waren, sich nicht in Sicherheit zu bringen, und die dürftige Anzahl an Soldaten, die sich bis dahin im Hafen eingefunden hatte. Ihre Leiber wirbelten umher oder wurden brutal zu Boden gerissen. Blutige Fetzen sprühten durch die Luft wie rotes Konfetti.

Das Donnern der Kanonen wollte nicht enden. Längst lag der Hafen in Schutt und Asche. Leichen überall. Wie durch ein Wunder war ich noch am Leben. Ich konnte nicht begreifen. Mein Kopf war leer, meine Augen weit aufgerissen.

Emily.

Der Gedanke an meine Schwester brachte mich zur Besinnung. Sie war vermutlich schon auf der *Seven Worlds* gewesen, als der Beschuss begonnen hatte. Der Rauch der Kanonen war inzwischen herübergezogen und hatte das Hafenbecken und die Fregatte verschlungen.

Ohne nachzudenken, rannte ich los und tauchte in den Nebel ein. Beißender Schwefelgeruch drang in meine Nasenlöcher. Meine Augen tränten. Ich sah nur noch verschwommene Schatten und wurde langsamer.

Dann kehrte Stille ein. Grabesstille. Die Kanonen schwiegen. Niemand regte sich. Nur das Schwappen des Wassers an der Kaimauer war noch zu hören.

„Emily?"

Ich spitzte die Ohren. Nichts. War Emily vielleicht beim Anblick der *Swimming Island* geflohen? Oder war sie auf der Fregatte gewesen, als der Angriff begonnen hatte? Gab es die *Seven Worlds* überhaupt noch? Nun, nur eines war sicher: Emily war noch am Leben. Eine andere Wahrheit konnte ich nicht akzeptieren.

Gerade wollte ich ein weiteres Mal den Namen meiner Schwester rufen, da vernahm ich Stimmen. Stimmen und das

Platschen von Rudern. Die Silhouetten mehrerer bemannter Boote schälten sich aus dem Nebel.

„Hoffe, da ist noch einer am Leben", sagte jemand mit meckernder Stimme. „Hab schon viel zu lange niemanden mehr ausgeweidet."

Ein Knurren war die Antwort.

Der Erste stieß ein Lachen aus, das ebenso meckernd klang wie seine Stimme. „Na und? Ich will auch meinen Spaß."

Das erste Boot stieß an die Kaimauer, und mehrere Gestalten kletterten an Land. Ich huschte davon und duckte mich hinter einen Trümmer. Mit klopfendem Herzen musterte ich die Silhouetten. Eine von ihnen war riesig, gewiss über zwei Meter groß, und doppelt so breit gebaut wie ein gewöhnlicher Mann. Auf seinen Schultern hockte ein Zwerg. Daneben zeichnete sich die Figur eines hageren Mannes ab, der in der einen Hand eine Sichel, in der anderen eine Pistole hielt. Ihm folgte ein Mann, der aussah wie ein Metzger: Er trug eine Schürze. In der Hand hielt er ein Hackmesser.

Schon legten weitere Boote an, und eine große Zahl an Gestalten sammelte sich im Hafen. Keine ähnelte der anderen.

„Also dann", rief jemand. „Sehen wir nach, was es hier zu holen gibt." Die Menge setzte sich in Bewegung. Ich duckte mich tiefer, drückte das Gesicht an den kalten Stein und hoffte, dass meine Gestalt nahtlos mit dem Trümmer verschmolz.

„Wen haben wir denn da?" Die Stimme war ein dunkler Bass. Eine Hand packte mich am Kragen, zog mich zurück und warf mich rücklings zu Boden. „Einen Glückspilz." Der Mann, der mich entdeckt hatte, war ein Koloss. Jeder seiner Oberarme dicker als meine Körpermitte. Seine Haut war schwarz, seine wulstigen Lippen zu einem gnadenlosen Lächeln verzogen. Sein Haar hatte er sich bis auf einen schwarzen Streifen in der Mitte wegrasiert.

Eine zweite Person erschien in meinem Blickfeld. Der Mann hatte kurz rasiertes Haar. Die Gesichtshaut war zur Hälfte geschmolzen, das rechte Auge milchig. In seinem unversehrten Auge lag ein irrer Glanz. Ein breites Grinsen tat sein Übriges.

Er hob eine Sichel. „Kann es kaum erwarten, ihm den Bauch aufzuschlitzen“, sagte er und lachte meckernd. Er beugte sich zu mir herab, packte mein Handgelenk und zog mich auf die Beine. „Sieh gut her, Kleiner. Nicht viele haben die Ehre, mal einen Blick auf die eigenen Eingeweide zu werfen.“ Ohne zu überlegen, ohne zu zögern, packte ich den Griff der Pistole, die aus dem Gürtel des Irren ragte. Ich zog sie heraus, richtete ihren Lauf auf das Gesicht des Schwarzhäutigen und feuerte. Die Kugel verwandelte sein Auge in ein blutiges Loch. Der Mann taumelte mit einem auf komische Weise überraschten Gesichtsausdruck rückwärts und fiel.

Der Irre schrie und schlug mir die Pistole aus der Hand. „Du kleines Stück Scheiße!“, brüllte er und erwischte mich mit der Hand so heftig im Gesicht, dass ich stürzte. Ich schmeckte Blut. „Jamaal. Dafür wirst du leiden …“ Er hob die Sichel.

„Malaka!“ Eine Frau kam aus dem Nichts und verpasste dem Irren einen Faustschlag ins Gesicht. „Wir haben noch eine Rechnung offen.“

Der Irre heulte vor Wut und Schmerz auf und warf sich auf seine Gegnerin. Kurz rangen die beiden miteinander. Wie gebannt beobachtete ich die junge Frau. Sie konnte kaum älter als Emily sein! Sie hatte ihr blondes Haar an einer Seite des Kopfes wegrasiert und sich verschlungene Ranken mit Blättern, die wie Augen aussahen, in die Haut stechen lassen. Ihre Bewegungen waren wild, kraftvoll und elegant. Schnell hatte sie ihren Gegner entwaffnet. Die Sichel fiel klingend zu Boden. Die Frau trat dem Irren mit Wucht vor die Brust, und der stolperte rückwärts und stürzte.

„Mach lieber, dass du wegkommst“, sagte eine leise Stimme nahe bei meinem Ohr. Ich zuckte zusammen. Ohne dass ich es bemerkt hatte, hatte sich eine kleine Frau von hinten genähert. Ihre Haut war so dunkel wie Jamaals. Ihre Augen leuchteten.

„Sam hat dir das Leben nicht aus Nettigkeit gerettet, sondern weil du dich um Jamaal gekümmert hast. Noch einmal hilft sie dir nicht aus der Klemme."

„Ella, Negrita", rief die Frau, die die Schwarzhäutige Sam genannt hatte. Der Irre lag stöhnend zu ihren Füßen. „Gehen wir." Das schwarze Mädchen und Sam gingen davon.

Ich kam auf die Beine. Der Nebel hatte sich etwas gelichtet. Soldaten waren zur Verteidigung des Hafens eingetroffen. Brüllend stürzten sich die Piraten in den Kampf. Schüsse krachten. Männer schrien. Ich sah, wie der Riese den Zwerg auf seinen Schultern packte und ihn im Rennen mitten unter die Feinde warf. Er landete auf einem der Soldaten und stieß ihm einen Dolch in den Hals. Ich sah, wie der Metzger einem Gegner das Beil in den Hals rammte und ihm fast den Kopf von den Schultern trennte. Sah, wie ein Mann eine schwarze Kugel mit brennender Lunte mitten unter die Soldaten warf, wo sie nach wenigen Sekunden in einer Wolke aus Rauch und Blut explodierte. Es folgten Schreie, die von grausamen Schmerzen kündeten, vom Leiden und Sterben, eine Symphonie des Grauens.

Der Verrückte am Boden stöhnte erneut und holte mich in die Realität zurück. Er richtete sich halb auf und funkelte mich aus dem gesunden Auge an. Die linke Hand presste er auf den Bauch, mit der rechten tastete er nach der Sichel. Speichel troff ihm von der Unterlippe.

Ich wandte mich ab und rannte davon.

„Lauf!", schrie der Irre. „Mir entkommst du nicht." Ich hörte, wie er stöhnend auf die Beine kam und die Verfolgung aufnahm. Bald gelangte ich an die Kaimauer und lief einfach weiter auf einen Bootssteg. Zu spät wurde mir klar, dass ich in eine Sackgasse lief. Schon ertönten die Schritte meines Verfolgers auf dem hölzernen Untergrund.

„Ich werde dich ausweiden!"

Der Steg endete vor einem Schiff, das wie durch ein Wunder den Angriff der Piraten überlebt hatte – wenn auch nicht ohne Schaden zu nehmen. *Nostalgie* hieß es auf dem Rumpf. Ich rannte über die Brücke hinauf zum Hauptdeck. Überall lagen Schiffstrümmer. Zersprengte Fässer, deren Inhalt sich auf dem Boden verteilte: Tee, Korn, Gewürze, Schmucksteine …

Ich riskierte einen Blick über die Schulter, stolperte über eine Leiche und wäre beinahe gestürzt. Mein Verfolger war mir dicht auf den Fersen. Ich rannte zum Hauptmast, der einen Meter über dem Deck abgeknickt war, und kletterte hinauf. Der Mast musste mit der Spitze irgendwo aufliegen, führte er doch aufwärts. Sein Ende verschwand im Trüben. Ich lief weiter. Mein Atem ging pfeifend. Der beißende Nebel brannte in meinen Lungen.

Bald erkannte ich, wohin der Mast führte. Es war das Deck der *Swimming Island.* Das Krähennest der *Nostalgie* hatte sich in der Reling des Piratenschiffes verhakt. So hätte ich mühelos auf das Hauptdeck gelangen können. Aber spätestens dort hätte mein Verfolger mich eingeholt. Panisch suchte ich nach einer anderen Fluchtmöglichkeit. Mein Blick fiel auf das Segel. Es hing in Fetzen vom Rah. Das Tauwerk der Takelage hatte sich darin verheddert, und das Segel sich in einer Luke im Schiffsrumpf der *Swimming Island* verfangen.

Ich zögerte nicht. Ich war damals ein Feigling, aber die Angst trieb mich zu einer mutigen Tat. Ich sprang. Im Fallen glitten meine Hände über das Segel und ich bekam eines der Taue zu fassen. Ein Ruck ging durch meine Arme. Mein Verfolger stieß einen überraschten Laut aus.

„Glaubst du, so entkommst du mir?“, brüllte er. Aus den Augenwinkeln sah ich, wie auch er sprang. Er flog nah an mir vorbei, während seine Hände hoffnungslos über das glatte Segeltuch glitten. Ich betete, dass er ins Wasser stürzte. Dann verriet mir ein neuerlicher Ruck, dass auch er Halt gefunden hatte. Kurz fürchtete ich, das Segel könne sich von der Luke im Schiffsrumpf losreißen. Doch es hielt. Ich vergeudete keine Zeit und kletterte durch das Durcheinander aus Tauen, Spieren und

Segeltuch. Ich spürte ein Rucken, das durch die Seile ging, und wusste, dass mein Peiniger die Verfolgung erneut aufgenommen hatte. Ich fühlte mich wie eine Fliege, die einer wahnsinnigen Spinne ins Netz gegangen war.

Unter großer Anstrengung erreichte ich die Luke und zwängte mich an der dahinter befindlichen Kanone vorbei aufs Batteriedeck. Zwielicht und klamme Kühle umfingen mich. Der Geruch von Rost lag in der Luft. Oder war es Blut?

Ich rannte zum anderen Ende des Raums. Als ich einen von Öllampen notdürftig beleuchteten Gang betrat, hörte ich, wie mein Verfolger laut fluchend mit der Kanone rang. Ich rannte weiter, obwohl meine Oberschenkel brannten, als stünden sie in Flammen. Meine Schritte hallten laut auf dem eisernen Boden. Irgendwo tief unten im Schiffsrumpf ertönte ein stählernes Stöhnen. Ratten schlüpften aus Spalten in den Wänden, begleiteten mich ein Stück, fiepten und quiekten und verschwanden wieder. Hinter mir eilten die gekreischten Flüche dem Irren voraus, überholten mich und verloren sich in den Tiefen des Schiffes.

Ich gelangte an eine Kreuzung, wandte mich nach rechts und lief geradewegs in einen Stolperdraht. Ich spürte kaum, wie er riss. Eine Explosion ertönte, und eine rostige Klinge klappte aus der Wand, sauste eine Handbreit über meinen Kopf hinweg und knallte mit ohrenbetäubendem Scheppern gegen die Wand. Ich verdankte mein Leben ausschließlich der Tatsache, dass ich so klein war. Vor Schreck blieb ich stehen und bemerkte vermutlich nur deshalb den Schacht, der sich in der mit Nieten gespickten Wand auftat. Ein Konstruktionsschacht oder Ähnliches. Er war gerade groß genug, dass ich hindurch passte. Mein Verfolger sicher nicht.

Ich ging auf alle Viere. Die schnellen Schritte meines Peinigers und ihr Echo machten es unmöglich zu sagen, wie dicht er mir auf den Fersen war. Ich krabbelte in den Schacht …

„Nein!“ Eine Hand umschloss mein Fußgelenk. „Du entwischst mir nicht, Bürschchen!“ Verzweifelt krallte ich mich an den Nietköpfen fest, die aus den Wänden ragten, und trat nach der Hand. Meine verschwitzten Finger fanden kaum Halt. Rutschten …

Plötzlich war ich frei. Mein Verfolger hatte mir den Schuh mitsamt Socken ausgezogen. Panisch kroch ich vorwärts, bis ich außer Reichweite seiner Arme war. Der Irre kreischte vor Wut.

„Du bist tot, Junge!“, brüllte er. „Einer wie du überlebt nicht im Unterrumpf. Und wenn du es doch schaffst, von hier zu entkommen, schneide ich dich auf und erwürge dich mit deinen eigenen Därmen.“ Ich kroch weiter, während mein Verfolger mir Drohungen und Verwünschungen nachschickte. Irgendwo am Rande meines Bewusstseins nahm ich wahr, dass ich leise wimmerte. Wasser lief mir aus Nase und Augen und tropfte auf den eisernen Grund.

Bald umschloss mich wattige Schwärze. Die Rufe des Irren verstummten, und nur noch das stählerne Knarren aus den Tiefen des Schiffes und das Tropfen von Wasser waren zu hören. Nach einer Weile gelangte ich erneut an eine Kreuzung. Unschlüssig spähte ich in alle Richtungen. Zu meiner Linken knickte der Schacht nach einem Meter senkrecht nach unten ab. Rostige Sprossen wuchsen aus der Wand. Die braunen Schachtwände reflektierten schwach ein unstetes Licht, das am unteren Ende des Schachtes wohnte. Ob Kinder beim Bau dieses Schiffes geholfen hatten? Dieser Schacht war zu klein für einen ausgewachsenen Mann und doch eindeutig zum Herauf- und Herunterklettern gedacht.

Ich wandte mich nach links und stieg die Sprossen hinab. Das Eisen ächzte. Während ich tiefer kletterte, wich die rostige Kälte allmählich miefiger Wärme. Der Schacht endete in einer Kammer mit niedriger Decke, die von einer Fackel erhellt wurde. Zur Hälfte füllte ein alter Mann sie aus, der unter einer lumpigen Decke schlief. Sie schien mehr aus Dreck als aus Stoff zu bestehen. Sein Schnarchen klang hohl in dem kleinen

Raum. In der Hand hielt er eine fast leere Flasche. Allein der Geruch des Inhalts ließ meine Augen tränen. Auf dem Gesicht des Mannes, das zum größten Teil von einem verfilzten grauen Bart beherrscht wurde, hockte eine Ratte und knabberte an seinem Ohr.

Ich betrachtete die Habe des Alten, die entlang der Wand aufgereiht war: ein rostiges Messer, ein Stück Schnur, ein schimmeliger Kanten Brot, ein zerbrochener Tonbecher, etwas, das aussah wie ein Knäuel Rattenschwänze, und ein halbes Buch. Hätte ich damals schon gewusst, wie wertvoll solche Dinge an diesem Ort waren, ich hätte sie allesamt gestohlen.

Ich durchquerte den Raum und schob den Vorhang am anderen Ende zur Seite. Dahinter führte ein größerer Schacht aufwärts. Ich machte mich an den Anstieg und stieß vor einen schweren Eisendeckel. Ich musste all meine Kräfte aufbieten, um ihn beiseite zu schieben. Ich kletterte durch das Loch und fand mich in einem dunklen Gang wieder. Himmel, der Rumpf dieses Schiffes war ein einziges Labyrinth. Ich folgte dem Gang, bis dieser in einen größeren, beleuchteten mündete. Gewiss war ich auf dem richtigen Weg.

Ich ahnte ja nichts.

Es handelte sich hierbei um den Hauptgang der dritten Ebene im Unterrumpf, ein Gang, der einmal im Kreis durch die gesamte Ebene führte. Unzählige kleinere Gänge und Schächte zweigten davon ab, und selbst die abgebrühtesten Crewmitglieder der *Swimming Island* wagten sich nur bis an die Zähne bewaffnet hinein.

Denn in diesem Gang lebte ein Bär. Eine gewaltige Bestie, so groß, dass sie den Hauptgang nicht mehr verlassen konnte. Das Monster musste als Jungtier hineingelangt sein und ernährte sich seither von jenen Dummköpfen, die es wagten, sein Reich zu betreten. Es fraß auch das Perl, das seine Opfer im Blut hatten, und die Droge machte es blutrünstig und zugleich feinsinnig und stark.

Ich trat auf den Gang und bemerkte die Kratzspuren auf dem metallenen Untergrund nicht. Ich ging kaum zehn Schritte, als mich ein Mann aus einem der dunklen Seitengänge ansprach.

„Ssst. Junge." Ich zuckte zusammen und wich zurück. Sein Anblick löste ein mulmiges Gefühl in mir aus. Der Mann war abgemagert. Er hatte einen stoppeligen Bart und schütteres Haar. Er trug einen abgewetzten Zylinder, sonst nichts als Lumpen, genau wie ich nur einen Schuh und schmutzige Verbände um beide Hände. Es war jedoch nicht sein ungepflegtes Äußeres, das mir Angst einjagte, sondern seine Augen. Seine Iriden waren komplett weiß, sodass sie nicht mehr von seinen Augäpfeln zu unterscheiden waren. Geblieben waren nur die Pupillen, zwei schwarze Punkte. Ich wusste damals nicht, dass sein Erscheinungsbild typisch für einen Perlsüchtigen war.

„Du solltest lieber von dem Gang verschwinden", sagte der Fremde. Trotz seiner merkwürdigen Iriden entging mir nicht, wie er den Blick senkte und meine Hand fixierte. Ein gieriger Ausdruck trat in seine Augen. Ich wurde gewahr, dass ich einen kostbaren Siegelring trug, und ich ließ die Hand hinter dem Rücken verschwinden.

Ein zweiter Mann trat hinter dem ersten hervor. Er unterschied sich nur unwesentlich von seinem Partner, von seiner kleineren Statur mal abgesehen. Auch seine Augen waren die eines Perlsüchtigen.

„Olli hat Recht, Junge. Komm hierher. Sonst holt dich der Pelz."

Ich hatte genug gehört. Obwohl ich immer noch erschöpft war von der Hetze durch den irren Piraten, machte ich kehrt und rannte den Gang zurück.

„Ihm nach!", rief Olli, und das Getrappel zweier Paar Füße erklang hinter mir. Panisch suchte ich nach einem Schacht, in den ich flüchten konnte, doch mir war klar, dass mein Vorsprung nicht groß genug war, um hineinzukriechen.

Dann hörte ich Schritte. Stampfende Schritte, die den Untergrund erzittern ließen, begleitet vom metallischen Schaben der Klauen.

„Der PELZ!", rief Ollis Kumpane. Seine Stimme ging fast unter in dem markerschütternden Gebrüll, das der Bär im selben Moment ausstieß. Ich wagte es, einen Blick über die Schulter zu werfen. Mir blieb fast das Herz stehen. Das Biest füllte den Gang ganz aus. Speichel troff aus seinem weit geöffneten Maul. Auch seine Augen wurden vom Weiß der Perlsucht beherrscht. Ich sah, wie der Bär Ollis Kumpanen im vollen Lauf einen Hieb mit der Pranke versetzte. Es warf den kleinen Mann mit solcher Wucht nach vorne, dass er an mir vorbeiflog, gegen die leicht bogenförmige Wand krachte und komisch verdreht liegen blieb, wobei er ein geradezu künstlerisches Werk an der genieteten Eisenwand hinterließ, gezeichnet mit seinem eigenen Blut.

Ich schrie. Kreischte wie ein kleines Mädchen. Ich warf mich vor den nächsten Schacht, der von dem Gang abzweigte, und kroch panisch hinein. Hätte der Bär es darauf angelegt, er hätte mich packen können. Doch er gab sich mit Ollis Kumpanen zufrieden.

Während ich tiefer in den Schacht kroch, fing der Bär an zu fressen. Ich höre die Laute heute noch. Ein Schmatzen und Knacken, dass mir schlecht wurde.

Ich kroch weiter, solange, bis ich den Bären nicht mehr hören konnte. Kroch, bis mir die Knie schmerzten. Folgte willkürlich dem Verlauf kreuzender Gänge, Leitern rauf und runter, die seit dem Bau des Schiffes niemand mehr benutzt hatte. Schließlich gelangte ich in eine Kammer, deren Boden auf einschläfernde Weise vibrierte. Irgendeine Maschine arbeitete darunter. Das Metall war angenehm warm. Dämmriges Licht drang durch Schlitze im Boden. Ich kroch in eine Ecke und rollte mich zusammen. Trotz des entsetzlichen Dursts, den ich mittlerweile verspürte, schlief ich fast sofort ein.

Ich träumte von Rico Fonti. Er stand an Deck der *Seven Worlds*. Winkte mir zu. Die Welt hinter ihm verschwand im Nebel. Dann donnerten die Kanonen und rissen ihn in blutige Fetzen.

Ich schreckte aus dem Schlaf, die Kleidung nass vom Schweiß.

Ich schlief wieder ein und träumte von Emily. Sie trieb unter der Wasseroberfläche im Hafen von Grey Heaven. Kalt, weiß und leblos versank sie immer tiefer in der Dunkelheit, bis sie nicht mehr zu sehen war. Ich erwachte wieder, weinend, und ich weinte auch noch, als ich zum dritten Mal einschlief.

Dieses Mal träumte ich von dem Mann, den ich erschossen hatte. Jamaal. Er starrte mich an aus seinem verbliebenen Auge und der blutigen Augenhöhle. Stundenlang. Und dann öffnete er den Mund und sagte ein Wort: „Mörder."

Dieses Mal erwachte ich, weil mich etwas ins Ohr zwickte. Ich setzte mich auf, und eine ganze Schar fetter Ratten floh in alle Richtungen. Ich schrie auf, packte einen Eisensplitter, von dem ich bislang nicht einmal gewusst hatte, dass er da gewesen war, und stach blind zu. Ich erwischte eines der Biester und es verendete fauchend. Ich starrte auf das Blut, das aus der Wunde troff. Und wieder loderte der Durst in meiner Brust und erstickte mein Denken.

Ich wollte es nicht tun, doch etwas Seltsames ging mit mir vor. Mir schien, als verließe ich meinen Körper und beobachtete mich selbst, wie ich das Tier nahm, den Kopf in den Nacken legte und anfing, sein Blut zu trinken. Erst als nichts mehr aus der Wunde lief, kehrte ich in mich selbst zurück. Ich warf die Ratte fort und schüttelte mich vor Ekel. Mein Magen krampfte zusammen, und beinahe hätte ich mich erbrochen. Ich wischte mir mit dem Ärmel über den Mund und starrte auf die Schachtmündung, die aus der kleinen Kammer führte. Was sollte ich tun? Bestimmt hatte das Schiff längst abgelegt. Trotzdem wollte ich einen Weg nach draußen finden, um zu fliehen, sobald die *Swimming Island* irgendwo ankerte. Wie lange mochte das dauern?

Ich wusste damals nicht, dass der Unterrumpf ein Gefängnis war. Kaum einer konnte ihn nach Belieben betreten und wieder verlassen. Nur solche, die die geheimen Eingänge kannten und sich auf die Kunst des Schlösserknackens verstanden, und solche, die im Auftrag Black Ravens hierherkamen, ausgestattet mit Flammenwerfern und anderen Waffen, um zu den Maschinenräumen zu gelangen.

Um mich abzulenken, ging ich auf alle Viere und kroch in den Schacht hinein. Meine Knie schmerzten. Mit dem Metallsplitter kratzte ich Pfeile in den Schachtboden und versuchte, mir somit eine Orientierung in diesem Netzwerk aus Schächten und Gängen zu schaffen.

Stunden später kehrte ich in die Kammer zurück, unter deren Boden jene seltsame Maschine wummerte. Ich war müde und hungrig. Meine Knochen schmerzten, und ich sehnte mich nach dem Licht der Sonne. Nach dem offenen Himmel.

Drei Ratten nagten an dem Kadaver ihres Artgenossen, dessen Blut ich getrunken hatte. Sie blickten nicht einmal auf, als ich die Kammer betrat. Erst als ich eine von ihnen mit dem Metallsplitter tötete, rannten die anderen davon. Ich trank das Blut meiner Beute, weidete sie aus und nagte das rohe Fleisch von ihren Knochen. Anschließend legte ich mich schlafen. Wieder wurde ich von Albträumen und Ratten heimgesucht.

So vergingen die Tage, ohne dass ich hätte sagen können, wie viele. Ich erkundete den Unterrumpf, wobei ich mich nur selten aus den Konstruktionsschächten hervorwagte. Ich ernährte mich von Ratten und dem, was ich fand. Manchmal stahl ich. Brot, einen Schluck Wasser aus der Flasche eines Perlsüchtigen … nie zu viel, da es mir unrecht erschien. Die Schächte führten mich bisweilen durch verborgene Kammern, in denen sich die anderen Bewohner des Rumpfes eingelebt hatten. *Rattennester* nannte man diese Orte an Deck des Schiffes, wie ich später erfahren sollte.

Wenn ich müde war, kehrte ich in die mir vertraute Kammer zurück. Stets wummerte die Maschine unter dem Boden. Stets dämmerte das Licht durch die Ritzen. Manchmal hörte ich Stimmen. Um mich vor den Ratten zu schützen, verkleidete ich die Löcher in den Wänden. Ich sammelte alles, was ich auf den Erkundungstouren finden konnte. Selbst der nutzloseste Unrat konnte irgendwie hilfreich sein. Bald hatte ich genügend Materialien zusammen, um mir eine simple Rattenfalle zu bauen.

Ich erfuhr viel über die Menschen, die im Schiffsrumpf der *Swimming Island* lebten. Fast alle waren Perlsüchtige. Sie waren abhängig von einer Droge, die man im Inneren einer Muschel fand. Diese wuchs am Rumpf des Schiffes und auch in einigen wenigen Salzwasser gefluteten Bereichen im Rumpf. Sie wurden von Clans bewacht, die regelrechte Kriege um die Vorherrschaft dieser Becken führten.

Um den Rausch des Perls zu erleben, musste man es sich unter die Zunge legen. Schwarzes Perl war besonders stark, besonders selten und sehr wertvoll. Das Zahlungsmittel waren Zigaretten oder … Geld. Ganz normales Geld. Meist Münzgeld, da Banknoten schnell zu schimmeln anfingen.

Eines Tages traf ich bei einem meiner Streifzüge durch den Rumpf das schwarzhäutige Mädchen, das mich damals zusammen mit Sam vor dem Irren gerettet hatte. Keine Ahnung, wie viel Zeit bis dahin vergangen war. Ein Monat … drei … vielleicht mehr. Ich gelangte an das Ende eines Schachts, der in einen größeren Gang mündete und sah sie zunächst nicht. Ihre schwarze Kleidung, ihr schwarzes Haar und ihre schwarze Haut verschmolzen nahtlos mit der Dunkelheit. Sie wandte den Blick und ihre großen, weißen Augen leuchteten im schummrigen Licht des Rumpfes. Es sah aus, als lausche sie. Hatte sie mich gehört?

Dann wandte sie sich der Tür zu, vor der sie stand, und fing an, mit einer Nadel im Schloss herumzustochern. Es gab viele verschlossene Türen im Unterrumpf. Mindestens genauso viele wie bewachte Durchgänge oder Fallen.

Ich kroch lautlos aus dem Versteck und richtete mich auf. Mir war nicht bewusst, dass ich mit dem rostigen Metallsplitter in der Hand bedrohlich wirkte. Unschlüssig ließ ich den Blick auf dem schwarzen Haarschopf des Mädchens ruhen. Wie hatte Sam sie genannt?

„Ne … Negrita?“

Das Mädchen wirbelte herum und hob die Hand. Ihre Finger umschlossen ein rundes Fläschchen, das eine durchsichtige Flüssigkeit enthielt.

„Das ist Vacuúm, ein so starkes Gift, dass allein seine Dämpfe tödlich sind. Zwing mich nicht, es zu zerbrechen.“ Ihre Augen weiteten sich. „Dich kenn ich doch.“ Sie lächelte und zeigte makellos weiße Zähne. „Aber ja. Du bist dieser Junge, den Sam damals vor Chemo gerettet hat. Du weißt schon, der Kerl mit dem halb geschmolzenen Gesicht. Chemo hielt dich für tot. Ich auch, um ehrlich zu sein. Wenn du klug gewesen wärst, hättest du mir dieses Ding in den Rücken gestoßen und meine Leiche geplündert.“

„Bitte … Negrita … hilf mir.“

Das laute *Klong* eines Schotts, das aufgestoßen wurde, ertönte, gefolgt von Rufen und Fußgetrappel.

„Nur Sam nennt mich Negrita“, sagte das Mädchen. „Mein Name ist Teena.“ Sie musterte mich kurz, und ich glaubte, einen Funken Mitleid in ihrem Blick zu sehen. „Ich kann dir nicht helfen, Kleiner. Das kannst nur du selbst. Um hier zu überleben, beachte Folgendes: Bleib immer im Schatten. Stiehl, was du stehlen kannst.“ Sie wandte sich ab und stocherte erneut in dem Schloss herum. Es klickte. „Und wenn sich dir die Gelegenheit bietet, jemanden zu töten“, schloss sie und schlüpfte durch den Spalt in der Tür, „zögere nicht. Sonst tötet er dich. Adiós.“

Die Tür fiel hinter ihr ins Schloss.

„Hier entlang", rief jemand mit der unverkennbar dumpfen Stimme eines Perlsüchtigen und die Schritte wurden lauter. Hastig zog ich mich in den Schutz des Schachtes zurück. „Sie ist durch diese Tür. Verdammt!" Aus dem Dunkel des Schachtes heraus beobachtete ich, wie die Perlsüchtigen mit Rohren und Treibhölzern auf die Tür einschlugen.

„Mach auf! Mach die Tür auf!"

„Gib uns das Perl! Es gehört uns!"

Vorsichtig kroch ich rückwärts, bis ich an eine Kreuzung gelangte, wo ich mich umdrehen konnte. In Gedanken versunken krabbelte ich durch die Dunkelheit, ohne zu wissen wohin. Für einen kurzen Moment hatte ich Hoffnung verspürt. Ob die Tür, durch die Teena verschwunden war, zum Sonnenlicht führte?

Ich bog ab und kletterte die Sprossen eines Schachtes hinab. Ich gelangte in eine kleine Kammer, die in dämmrigem Licht schwamm, und blickte mich überrascht um. Ich war schon einmal hier gewesen. An meinem ersten Tag im Unterrumpf hatte hier ein alter Mann geschlafen, an dessen Ohr eine Ratte geknabbert hatte. Er lag auch heute wieder hier. Er hatte sich auf die Seite gedreht und schnarchte. Sein linkes Ohr war fort.

Die Kammer hatte sich fast nicht verändert. Entlang der Wände reihten sich bis auf wenige Ausnahmen dieselben Gegenstände. Der Alte schlief unter seinem schmutzigen Lumpen. Der Geruch seines Getränks schwängerte die Luft.

Ich dachte an Teenas Worte. *Stiehl, was du stehlen kannst.* Ohne Hast sammelte ich die Gegenstände ein und steckte sie in die Taschen. Sogar die Rattenschwänze.

Mein Blick fiel auf den schlafenden Alten. Und wieder hörte ich Teenas Stimme. *Töte ihn, sonst tötet er dich.* Ich holte das rostige Messer hervor, das ich aus dem Sortiment des Alten gestohlen hatte. Mit gemischten Gefühlen betrachtete ich das rostbraune Metall, das matt im Schein der erlöschenden Fackel glänzte. *Töten oder getötet werden.* Hatte ich wirklich etwas von dem Alten zu befürchten? *Wenn du ihn nicht tötest, wird jemand anders es tun. Zum Beispiel er selbst.*

Wie damals, als ich zum ersten Mal das Blut einer Ratte getrunken hatte, schien mir, als verließe ich meinen Körper. Ich sah mir selbst dabei zu, wie ich neben dem schlafenden Alten in die Knie ging, ihm das Messer an die Kehle setzte und sie ihm vom einen nicht vorhandenen Ohr bis zum anderen aufschlitzte.

Blackworth

Rauschen und Surren.

„Du … hast einem alten Mann im Schlaf die Kehle durchgeschnitten?“ Eine Mischung aus Wut, Ekel und Furcht beherrschte die Züge des Sängers.

End begegnete seinem Blick mit ruhiger Miene. „Ich habe nie behauptet, einer von den Guten zu sein.“

„Einer von den Guten“, wiederholte der Sänger. „Diese Tat war abscheulich. Das ist krank. Das ist …“

„Gang und Gäbe im Unterrumpf der *Swimming Island* gewesen“, beendete End den Satz. „Töten oder getötet werden. Ja, dieser Mann stellte keine Gefahr für mich dar. Ich übte an ihm. Übte, meine Skrupel zu überwinden.“

„Ich sagte ja, sein Herz ist kalt wie Eisen“, sagte der Junge mit einer Mischung aus Furcht und Ehrfurcht.

„Moment mal“, mischte sich jemand ein. „Von dem Versteck des Alten aus hättest du doch den Weg nach draußen zurückverfolgen können.“

„Das habe ich auch“, entgegnete End. „Es brauchte einige Zeit, bis ich den Mut fand, die Schächte zu verlassen. Ich musste jedoch feststellen, dass der Zugang zum Batteriedeck nun bewacht wurde.“

„Du hast also gelernt, zu überleben, indem du anderen das Leben nahmst“, konstatierte der Sänger. Mühsam unterdrückte Wut beherrschte seine Züge. „Wie viele hast du ermordet, End?“

End zuckte die Achseln und erwiderte den Blick des Sängers mit unverändert ungerührter Miene. „Machst du mir Vorwürfe? Wie ist dein Name?“

„Kenan. Kenan Rutter.“

„Wie rettet man sich aus einem Albtraum, aus dem man nicht erwachen kann, Mr. Rutter?“, fragte End beinahe höflich.

Rutter schwieg.

„Ich werde es dir verraten. Man wird schlimmer als der Alb, der einen verfolgt. Ich kann beim besten Willen nicht sagen, wie viele Menschen ich tötete, während ich im Unterrumpf der *Swimming Island* lebte. Es müssen unzählige gewesen sein …“

End

Wahnsinn, Scharfsinn und Skrupellosigkeit. Dies sind die drei Dinge, die einen Menschen gefährlich machen. Nicht seine Stärke oder seine Waffen. Ein Muskelpaket mit einem Revolver in jeder Hand ist harmlos, wenn er zögert, dumm oder berechenbar ist.

Ich bin schon immer klug gewesen. Mein Gewissen hatte der Unterrumpf verschlungen. Und mein Verstand sollte bald folgen. Ich war nur ein Kind, aber ich entwickelte mich zum Schrecken des Unterrumpfes. Zum Tod aus den Schatten.

Meinen zweiten Mord beging ich an Olli. Er starb nicht durch meine Hand, aber durch meine List. Als ich den Weg zum Batteriedeck zurückverfolgt hatte, war ich beinahe ein zweites Mal in jenen Stolperdraht gelaufen, der eine tödliche Klinge aus der Wand klappen ließ. Jemand hatte die Falle wieder scharf gestellt.

Nun trug ich den Siegelring und betrat den Hauptgang, auf dem der Pelz lebte. Ich wusste, wenn ich leise war, würde ich das Biest nicht anlocken. Ich wusste außerdem, dass unweigerlich jemand auf mich aufmerksam würde, wenn ich mich hier aufhielt. Viele Süchtige lauerten hier, um die Leichen zu plündern, die der Pelz zurückließ. Wenn jemand den Ring an meiner Hand sähe, würde er versuchen, ihn zu stehlen. Dann wollte ich ihn in den Gang lotsen, in dem der Stolperdraht gespannt war.

Es war Zufall, dass ausgerechnet Olli den Köder schluckte. Dieses Mal vergeudete er keine Zeit mit dem Versuch, mich zu sich zu locken. Wortlos sprang er auf den Gang und stürmte auf mich los. Für einen Moment war ich vor Schreck wie erstarrt. Olli lief schnell und doch leise. Er hatte den Pelz nicht vergessen, war geistesgegenwärtig, nicht zugedröhnt. Ich wandte mich um und folgte dem gekrümmten Verlauf des Hauptganges zurück, so schnell mich meine Beine trugen. Meine Schritte klangen beunruhigend laut auf dem metallenen Boden. Mein Herz hämmerte. Ich rechnete jeden Augenblick damit, die stampfenden Schritte des Bären zu hören. Wo war diese Abzweigung, die mich aus dem Hauptgang und direkt zum Stolperdraht führte? Dort! Ich bog nach links ab und rannte weiter, Olli mir dicht auf den Fersen. Nun, da keine Gefahr mehr durch den Pelz bestand, schickte der Perlsüchtige Flüche voraus.

„Bleib stehen, du Missgeburt! Gib mir den Ring, dann wird dir nichts geschehen." Dass er log, war offensichtlich. Olli hatte nur aus einem Grund überlebt, nämlich weil er die wichtigste Regel dieses Ortes befolgte: Töten oder getötet werden.

Ich passierte eine Kreuzung und sprang mit einem weiten Satz über den Stolperdraht hinweg.

Und wenn er die Falle kennt?, schoss es mir durch den Kopf. Warum hatte ich nicht eher daran gedacht? Vielleicht war Olli ja derjenige, der sie scharf gestellt hatte.

PENG!

Ein ekelhaft matschiges Geräusch ertönte, als die Klinge Olli in zwei Hälften schnitt. Ich blieb stehen und wandte mich schweratmend um. Da lag er, den Leib knapp unterhalb der Brust durchtrennt. Bunte Schlangen wanden sich aus seiner unteren Hälfte, während er mich aus großen irislosen Augen anstarrte.

„Du … du …"

Ich trat vor ihn und fing an, die Taschen von Hose und Mantel zu durchstöbern. Ich fand einige nützliche Dinge, aber das mit Abstand Wertvollste war eine fast volle Streichholzschachtel und ein kleines Aluminiumkästchen mit Zigaretten.

„Du …" Ich sah die Wut in Ollis sterbendem Blick, als ich seinen Besitz an mich nahm.

Ein letztes Mal, bevor das Ich meiner Kindheit einer neuen, gnadenlosen Persönlichkeit wich, verließ ich meinen Körper und beobachtete mich selbst. Ich öffnete die Aluminiumschachtel und nahm eine der Zigaretten heraus. Ich zündete sie mit einem Streichholz an und zog daran. Der Rauch biss mir in die Lungen, und ich hustete. Der zweite Zug ging schon besser. Ich ging in die Hocke und blies Olli den Rauch in die weit geöffneten, leeren Augen.

Ich werde euch die Einzelheiten der weiteren Gräueltaten ersparen. Es sei nur so viel gesagt, dass es viele waren. Der Unterrumpf lehrte mich, einem Menschenleben nicht mehr Wert beizumessen als dem einer Ratte. Jeder Mord, den ich beging, machte mich stärker, machte mich reicher und ... ließ eine immer größere Leere in meinem Innern zurück. Ich vergaß, was es bedeutete, ein Gewissen zu haben. Furcht wurde zu einem Wort, das ich nicht mehr verstand. Bald verließ ich die Konstruktionsschächte und erkundete weitere Teile des Rumpfes. Natürlich versuchte ich, weiter nach oben zu gelangen in der Hoffnung, Sonnenlicht auf meiner blassen Haut zu spüren. Doch je näher man dem Deck kam, desto schwerer wurde ein Durchkommen. Man traf auf viele verschlossene Türen und bewachte Durchgänge. Zudem nahmen die Süchtigen, die auf den höheren Ebenen lebten, weniger Perl zu sich. Mit anderen Worten: Sie waren meist nicht zugedröhnt, litten unter Entzugserscheinungen und waren daher ernstzunehmende Gegner.

Hingegen: Je weiter man nach unten in den Rumpf vordrang, desto zwielichtiger wurden die Bewohner. Auf den unteren Ebenen drückte einem die Stille des Ozeans auf die Trommelfelle. Stetes Tropfen hallte durch die Gänge, dann und wann unterbrochen vom stählernen Stöhnen des Schiffes. An vielen Stellen sammelte sich Wasser. Bewuchs, der mancherorts lumineszierend leuchtete, bedeckte Boden, Decke und Wände. Bei einem meiner seltenen Erkundungsgänge in diesem Teil des Rumpfes traf ich auf den wohl am schlimmsten zugerichteten Perlsüchtigen, der mir je begegnet ist. Das Merkwürdige am Perl ist, dass es die Menschen zwar langsam zu töten scheint, aber wohl nie zum Ende kommt. Der Mann war nackt. Haut, Haar und Augen weiß wie Schnee… nur seine Pupillen waren schwarz. Seine Haut spannte sich straff über sein Skelett und so erinnerte er mehr an eine wandelnde Leiche denn an einen lebenden Menschen. Er stand bloß da in einer Grotte und starrte an die Wand. Ich musterte ihn eine Zeit lang. Dann schnitt ich ihm die Kehle durch. Vielleicht habt ihr geglaubt, dass für jemanden wie ihn die Regel *Töten oder getötet werden* nicht gilt. Aber gerade Perlsüchtige werden, sobald die ersten Entzugserscheinungen eintreten, sehr vital, einfallsreich und unberechenbar. Ich weiß, wovon ich rede …

Der Mann bemerkte nicht mal, dass er starb. Eine Zeit lang stand er da, während das Blut aus dem grotesk lächelnden Schnitt in der Kehle floss. Dann brach er zusammen.

Durch Zufall gelangte ich eines Tages vor die Dealertür. Über diese Tür war es dem Gesinde aus dem Unterrumpf möglich, Handel mit den Piraten an Deck zu treiben.

Ich ahnte, dass die Tür verschlossen war. Meine Vermutung bestätigte sich. Als ich die Klinke nach unten drückte, öffnete jemand eine in der Tür verborgene Klappe. Ein hektisches Augenpaar, bestückt mit buschigen Brauen, kam zum Vorschein.

„Bist du das, Flip?“ Der Blick des Unbekannten fiel auf mich, und die Augen verengten sich zu Schlitzen.

„Mein Name ist Godric.“ Meine Stimme klang eingerostet. Ich hatte sie lange nicht benutzt.

„Hast du Perl?“

„Nein …“

„Dann verzieh dich.“

„Warte!“ Der Unbekannte hob die buschigen Brauen, und sein Blick verharrte. „Was bekomm ich, wenn ich dir Perl bringe?“

Der Unbekannte lachte. „Geld. Zigaretten. Und zwar deutlich mehr, als du unten in den Grotten dafür bezahlst. Aber ich bezweifle, dass ein Wurm wie du es schafft, etwas davon hier rauf zu schaffen. Die Süchtigen riechen, wenn du Perl mit dir herumträgst. Den Pelz eingeschlossen. Und du wirst nicht darum herumkommen, den Hauptgang auf der dritten Ebene zu betreten. Also viel Glück." Er schlug die Klappe zu. Selbst durch die verschlossene Tür hörte ich ihn spöttisch lachen.

Später klopfte ich erneut an die Tür und präsentierte ihm einige weiße Perlen auf der offenen Handfläche. Ich hatte mein gesamtes erbeutetes Geld und Zigaretten in den Grotten dagegen eingetauscht. Da ich noch immer durch die Konstruktionsschächte passte, war es ein Leichtes gewesen, die Droge hinaufzuschaffen.

Als der Unbekannte mich sah, hob er erneut die Brauen. Dieses Mal vor Überraschung. „Ich bin beeindruckt." Unten in der Dealertür öffnete sich eine weitere Klappe, und eine rostige Eisenschachtel wurde durchgeschoben. „Leg das Perl hinein, dann bekommst du deine Bezahlung."

„Nein." Die Augenbrauen wanderten noch höher. „Erst die Bezahlung." Einen Moment lang glaubte ich, dass der Unbekannte die Klappe zuschlagen würde. Dann senkten sich die Brauen, und die Augen lächelten. „Na gut, du Schlaumeier."

„Mein Name ist Godric."

„Wie auch immer." Die Schachtel wurde zurückgezogen und kehrte wenige Augenblicke später gefüllt mit Tabak, Papier und einigen Groschen zurück. „Das sollte genügen." Und das tat es auch. Der Dealer hatte mir fast das Doppelte von dem gegeben, was ich für das Perl bezahlt hatte. Vom Erfolg beflügelt kehrte ich erneut in die Grotten zurück, tauschte Geld und Zigaretten gegen Perl und brachte es zur Dealertür. Das tat ich drei Mal.

„Du hast Talent", meinte der Dealer. Er musterte mich einen Moment lang schweigend. „Ich wette, du sehnst dich nach dem Tageslicht, Kleiner."

Ich nickte stumm.

„Diese Tür führt ans Deck der *Swimming Island*. Wenn es dir gelingt, mir schwarzes Perl zu bringen, lass ich dich durch. Wie hört sich das an? Mit deinem letzten Handel solltest du es bezahlen können." Allein der Gedanke ans Sonnenlicht ließ mein Herz schneller schlagen. Wie fühlte es sich an, wenn es einem die Haut wärmte? Wie fühlte es sich an, wenn einem der Wind durch die Haare strich? Ich erinnerte mich nicht.

Ich machte mich wieder auf den Weg zu den Grotten.

So erfuhr ich auf sehr schmerzlichem Wege, dass schwarzes Perl, wenn man es nicht richtig unter Verschluss hielt, so ziemlich von jedem Perlsüchtigen im ganzen Unterrumpf erspürt wurde. Dem Pelz eingeschlossen.

Als ich in den Grotten danach verlangte, tauschten die Händler Blicke mit hochgezogenen Brauen. Dann zuckte einer von ihnen die Achseln und fischte eine der Perlen aus dem Wasser. Ich bezahlte und trat den Rückweg an. Der erste Perlsüchtige ließ nicht lange auf sich warten. Er stand einfach da in der Dunkelheit am Ende des Gangs. Sein bleicher Oberkörper war nackt. Die Augen in seinem reglosen Gesicht leuchteten. In den Händen hielt er ein rostiges Rohr.

Ich kroch in einen Schacht. Als ich nach kurzer Zeit einen Blick über die Schulter warf, sah ich sein Gesicht. Mir blieb fast das Herz stehen. Immer noch sah ich keine Regung darin. Jedoch eine Entschlossenheit, die mir Angst machte.

Ich kletterte eine Leiter hinauf und passierte eine Kreuzung. Ich befand mich auf direktem Wege zu einem Gang, in dem ich schneller vorankommen würde. Dort begegnete man erfahrungsgemäß nur selten jemandem. Als nun jedoch die Schachtmündung in Sicht kam, passierten drei Paar Füße mein Blickfeld. Ich verharrte und lauschte. Bildete ich es mir nur ein, oder schnüffelten die Süchtigen wie Hunde?

Ein metallenes *Klong* ertönte, als einer von ihnen mit einem harten Gegenstand gegen die Wand schlug. Ich zuckte zusammen. Mit zitternden Knien kroch ich rückwärts, bis ich an die Kreuzung gelangte, und schlug eine andere Richtung ein. Ich konnte ein gutes Stück im Schutz der Konstruktionsschächte zurücklegen, aber früher oder später würde ich einen der größeren Gänge betreten müssen, wenn ich zur Dealertür wollte.

Bei der nächsten Schachtmündung wartete wieder ein Perlsüchtiger auf mich. Er hatte sich auffällig neben der Mündung positioniert und schien dort auf mich zu lauern. Sein linker Fuß war zu sehen. Außerdem atmete er laut. Ich fragte mich, ob er der Einzige war, der dort wartete. Vor meinem inneren Auge sah ich die Perlsüchtigen, die zu dutzenden den Gang füllten und ihre Rücken gegen die Wand drückten. Sie konnten das schwarze Perl also spüren. Sie rochen es, vielleicht sahen sie es auch durch die Wände hindurch oder fühlten seine Gegenwart.

Mir sank der Mut. Ich kroch wieder rückwärts und folgte einem anderen Schacht. Ich überlegte noch, ob dieser nicht genau neben dem Hauptgang verlief, auf dem der Pelz lebte, als wahnsinniges Gebrüll meine Vermutung bestätigte. Im nächsten Moment durchlief eine heftige Erschütterung die Wände des Konstruktionsschachtes, als sich die Bestie mit ihrem gesamten Gewicht von der anderen Seite dagegen warf. Es knirschte. Mehrere Nieten sprangen aus der Wand, als diese sich wölbte, und schossen Projektilen gleich durch den Schacht. Panisch kroch ich vorwärts. Wieder warf der Pelz sich gegen die Wand. Kurz bevor ich das Ende des Schachtes erreichte, erschien dort das bleiche Gesicht eines Perlsüchtigen.

„Da bist du jaaaa!“, kreischte er und streckte seine Hände in den Schacht. „Gib es mir! Gib es miiir!“ Weitere Gesichter erschienen, weitere Hände quetschten sich durch die Mündung. Das Gebrüll wurde vielstimmig und unverständlich. Ein Blick über die Schulter verriet mir, dass der Pelz ein Loch hinter mir in die Wand geschlagen hatte, durch das er seine Schnauze stecken konnte. Maul und Augen waren weit aufgerissen. Er brüllte und Speicheltropfen flogen mir entgegen.

Ich saß in der Falle.

Fieberhaft überlegte ich, was ich tun sollte. Mir blieb nur eines: den Süchtigen geben, wonach es ihnen verlangte. Ich holte die schwarze Perle hervor – mein Schlüssel zum Sonnenlicht – und drehte es zwischen Daumen und Zeigefinger.

Unmenschliches Kreischen ertönte. Ich hob den Blick und sah das Gesicht eines Perlsüchtigen. Er quetschte den Kopf an den Armen vorbei, die sich in den Schacht streckten, und schürfte sich dabei die Haut vom Gesicht. Aber offenbar spürte er es nicht einmal! Seine Aufmerksamkeit galt der schwarzen Perle in meiner Hand. Die Augen sprangen ihm beinahe aus den Höhlen.

Schweren Herzens warf ich die Perle den Süchtigen entgegen. Sie prallte an irgendjemandes Fingerspitzen ab und blieb außerhalb der Reichweite der gierig tastenden Hände liegen. Auf zitternden Knien kroch ich vorwärts, während der Pelz weitere Teile der Schachtwand aufriss. Ich schnippte die Perle weiter nach vorne. Einer der Süchtigen ertastete sie. Die Hand schloss sich um das dunkle Kleinod und zog sich zurück. Die anderen folgten seinem Beispiel und zwar alle gleichzeitig und so plötzlich, dass sie den Kopf des Perlsüchtigen herumrissen und ihm das Genick brachen. Es folgte ein unmenschliches Toben. Jeder wollte die Perle halten, auch wenn das bedeutete, von den anderen Süchtigen in Stücke gerissen zu werden. Sie zerrten sich an den Haaren, rissen einander mit den Zähnen große Stücke Fleisch aus den Hälsen oder bohrten sich die Finger in die Augen. Dem ersten, dem in den Sinn kam, sie zu verschlucken, schnitten sie den Bauch auf und weideten ihn aus. Vor der Schachtmündung stapelten sich die Leichen. Hinter mir setzte der Pelz die Zerstörung fort.

Ich kroch vorwärts und zwängte mich an den Körpern vorbei. Ich hoffte, einfach nicht beachtet zu werden.

Trotzdem blieb ich nicht unversehrt. Die Süchtigen waren wie wild. Sie griffen alles an, was sich ihnen in den Weg stellte.

Jemand schlug mir mit Wucht vor die Brust. Fast wäre ich gestürzt. Ich hustete und eilte weiter. Eine rostige Doppelklinge fuhr durch die Luft. In letzter Sekunde riss ich den Kopf zurück. Die Spitzen der Klinge ritzten mein Gesicht und hinterließen zwei brennende Schnitte. Ich ignorierte den Schmerz, duckte mich unter den Armen des Süchtigen hinweg und stolperte weiter. Ein schweres Eisenrohr, geschwungen von einem massigen Mann, erwischte mich an der Schulter und hinterließ dort einen dumpf pochenden Schmerz. Ein rostiges Messer stach mir in den Oberschenkel, und warmes Blut lief mir das Bein hinab.

Dann endlich hatte ich die Meute hinter mir gelassen. Ich hinkte zum nächsten Schacht und kroch hinein. Unbestimmte Zeit später erreichte ich mein Lager, jenen kleinen Raum, unter dessen Boden das stetige Surren der Maschinen zu hören war. Ich verarztete die Verletzungen, soweit es mir möglich war, so, wie ich es während meiner Ausbildung gelernt hatte. Anschließend überprüfte ich die Löcher, durch die etwa Ratten eindringen konnten. Blut lockte sie an. Danach holte ich eine der verbliebenen weißen Perlen hervor, legte mich gerade auf den Rücken und mir das Perl unter die Zunge.

Von diesem Moment an hatte die Droge mich fest im Griff. Ich wagte nicht noch einmal den Versuch, schwarzes Perl zur Dealertür zu bringen, doch trieb ich regelmäßig Handel mit seinem weißen Vetter. Ich wollte es nicht zu mir nehmen. Mir war bewusst, dass ich mir damit keinen Gefallen tat. Aber stellt euch vor, ihr lebt in einer Welt ohne Licht. Ihr seid allein, umgeben von Wahnsinn und Tod. Ihr fragt euch, wofür es sich zu leben lohnt. Weil ihr glaubt, eines Tages den Himmel wiederzusehen? Das Sonnenlicht zu fühlen? Wäret ihr überhaupt noch empfänglich für dessen Wärme?

Die betäubende Wirkung des Perls ließ mich diese Fragen für einige Stunden vergessen. Selige Stunden. Danach konnte ich mir die Entzugserscheinungen der Droge zu Nutze machen. Der unbefriedigte Drang, Perl zu sich zu nehmen, ist unerträglich, ja, aber er hat auch Vorteile. Die Wahrnehmung eines Süchtigen, wie ich einer war, verändert sich, je länger der letzte Rausch zurückliegt. Wir werden zu Jägern. Das Perl kräftigt den Körper, wenn man es längere Zeit nicht nimmt, und schärft die Sinne. Die Reaktionsfähigkeit nimmt zu. Es ist, als spüre die Droge, dass eines seiner Opfer ihm zu entkommen droht. Sie gibt einem alles, was man braucht, um in den Besitz von mehr zu kommen.

Irgendwann fing ich an zu halluzinieren. Ich sah einen Mann, der Olli sehr ähnlich sah und auch einen Zylinder trug. Ich nannte ihn Hunger. Mir war klar, dass ich verrückt geworden war, aber es war mir egal. Ich weiß nicht, wie viel Zeit ich als Süchtiger im Unterrumpf verbrachte. Es müssen Jahre gewesen sein. Ich wuchs, bis ich nicht mehr in die Konstruktionsschächte passte. Früh genug verließ ich mein Versteck und zog in die Kammer um, in der der Alte geschlafen hatte. Die Ratten hatten nur Knochen von ihm übrig gelassen.

Ich wurde kräftig. Mager, aber zäh wie Leder. Regelmäßig war ich in Kämpfe verwickelt. Ich gewann sie alle. Ich nahm die Besitztümer meiner Opfer an mich und wurde reich … wenn man das so nennen konnte. Ich ging furchtlos durch die Gänge des Unterrumpfes, Hunger an meiner Seite. Mein ehemals schwarzes Haar, lang und verfilzt, wurde zunehmend bleich. Mit Iriden, die allmählich verblassten, und schneeweißer Haut, die sich straff über Knochen, Sehnen und Muskeln spannte.

Es verging eine lange Zeit, bis sich mir endlich wieder die Chance bot, den Unterrumpf zu verlassen. Ich muss etwa dreizehn oder vierzehn Jahre alt gewesen sein. Vielleicht auch fünfzehn, schwer zu sagen. Ich streifte durch einen Gang auf der Suche nach Perl. Mein Vorrat war seit geraumer Zeit verbraucht, und mein Körper gierte nach der Droge.

In diesem Zustand reduziert sich die Sicht eines Süchtigen auf Kanten und Umrisse, die als dünne, weiße Linien in

Erscheinung treten. Alles andere wird dunkel. Ferner sieht man das Perl. Man sieht es im Blut der Süchtigen, ein Netz feiner Äderchen, die ihre Körper durchziehen. Und natürlich die Perlen selbst: Weiß pulsierende Lichter, die man sogar durch Wände hindurch sehen kann.

Ich stieg über eine Leiche hinweg und bog in einen anderen Gang ein.

„Du solltest sein Fleisch essen", meinte Hunger. Schon seit geraumer Zeit schlug er vor, Menschenfleisch zu essen. „Willst du heute wieder Rost lecken?" Ich bin bis heute froh, dass ich seinen Ratschlag nie befolgt habe. Ich mag ein Dieb sein, ein Mörder oder Schlimmeres, aber ich bin kein Kannibale. „Dann hungere eben", meinte Hunger verärgert, weil ich weiterging. „Wirst schon sehen ..." Er verstummte, weil jäh etwas sehr Merkwürdiges vor sich ging. Ein schwarzes, pulsierendes Licht war erschienen. Es drang aus den Grotten im unteren Teil des Rumpfes und einfach durch jede Wand, eine unbeschreibliche Anziehung auf mich ausübend. Jede Zelle meines Körpers verlangte nach diesem Licht. Dies konnte nur eines bedeuten: Jemand hatte schwarzes Perl freigelegt.

Ich fing an zu rennen. *Gib es mir! Gib es miiir!* Ich war ein Tier. Ein hungriger Wolf, der Beute gewittert hatte. Ein anderer Süchtiger bog vor mir in den Gang ein, offenbar mit demselben Ziel. Ich zog mein Messer und stieß es ihm in die Nieren, ohne stehen zu bleiben. Der Mann stolperte und stürzte. Ich rannte weiter. Blieb stehen, drehte um und bog in einen anderen Gang ein. Welcher Weg führte in die Grotten? Ich wusste es nicht, konnte mich nicht konzentrieren.

„Hier entlang", sagte Hunger und deutete in einen Gang. Ich vertraute ihm blind. Eilte eine Treppe hinab, noch eine, durch einen Gang, machte kehrt, folgte einem anderen Gang, noch eine Treppe hinab und schaffte es schließlich in die Grotten. Wenig später gelangte ich an die Quelle des schwarz pulsierenden Lichts. Die Faust eines Mannes schloss sich darum.

Seine Haut hatte Farbe, in seinem Blick lag Hoffnung. Er lebte noch nicht lange im Unterrumpf. Gewiss hatte er wie einst ich gehofft, durch die Dealertür entkommen zu können.

Der Mann rang bereits jetzt mit drei Perlsüchtigen. Sie schlugen auf ihn ein, zerrten an ihm, aber er wollte die Perle nicht loslassen. Er schrie. Ich trat hinzu, packte einen der Süchtigen hinten am Kragen und zerrte ihn zurück. Mein Messer durchbohrte sein Herz. In meinen Ohren pulsierte das Perl.

Gib es mir

Gib es mir

Ich tötete den Zweiten, indem ich ihm mit bloßen Händen das Genick brach. Der letzte Süchtige bemerkte von allem nichts. Seine Aufmerksamkeit galt der Faust, die er aufzuzwängen versuchte, während er unartikulierte Laute ausstieß. Ich jagte auch ihm das Messer von hinten durchs Herz und zerrte ihn von dem Mann.

„Bitte", flehte der Neuling. Die Angst stand ihm ins Gesicht geschrieben. Die Augen hatte er weit aufgerissen. Rotz lief ihm aus der Nase, Speichel aus dem Mundwinkel. „Bitte …" Meine Miene blieb ausdruckslos. Gnadenlos. Ich trat ihm in den Kehlkopf, und er starb röchelnd. Ich öffnete seine Faust und nun hielt ich die schwarze Perle in der Hand.

Der Schlüssel zum Sonnenlicht.

„Vergiss das Sonnenlicht", sagte Hunger. „Du hältst alles, was du willst, in den Händen." Ich schloss die Finger um die Perle. Meine Kiefer mahlten. „Worauf wartest du noch?" Hinter mir ertönten Schritte. Ich wandte mich um und sah drei Perlsüchtige auf mich zueilen, bewaffnet mit Rohren und rostigen Eisenstangen. Ich trat ihnen entgegen, fegte die Waffe des ersten zur Seite und rammte ihm die Faust in den Magen. Anschließend stieß ich ihm den Dolch in die Kehle. Warmes Blut sprudelte aus der Wunde, strömte mir über die Hand und den Unterarm hinab. Ich warf den erschlaffenden Leib zur Seite und stellte mich dem nächsten Gegner. Er holte mit dem Eisenrohr zum Schlag aus und schrie. Seine Augen hüpften. Mit dem gesamten Gewicht seines Körpers warf er sich mir entgegen. Ich sah ihn scharf umrissen, sah das Perl in seinem Blut. Die Iriden glühten, seine Bewegungen waren wie verlangsamt.

Ich tat nur einen Schritt zur Seite. Er verfehlte mich und stolperte an mir vorbei. Fast beiläufig schlitzte ich ihm den Bauch auf und schenkte ihm keine weitere Beachtung.

Die Darbietung meines Könnens war dem letzten Süchtigen keine Warnung. Die Gier nach Perl ließ ihn alle Vorsicht vergessen. Ich tötete ihn so mühelos, dass es wie zufällig erschien. Als wäre er eine Ameise, die ich zertrat, ohne es zu bemerken.

Ich öffnete meine Hand und betrachtete das schwarze Perl. Meine Beine trugen mich vorwärts, ohne dass ich wusste wohin.

Der Schlüssel zum Sonnenlicht.

Auf einer Treppe begegnete mir der nächste Gegner. Ein riesiger, breit gebauter Süchtiger mit blankem Schädel. Er ging langsam, als wäre die Anstrengung groß, die Masse des eigenen Körpers zu bewegen. Er hob zwei vernarbte Fäuste wie Waffen. Seine umschatteten Augen lagen tief und blickten dumpf.

Es war ein gutes dutzend Messerstiche nötig, um ihn zu Fall zu bringen.

Ich erreichte das Ende der Treppe und betrat einen der Hauptgänge. Schüsse und Geschrei wallten mir entgegen. Wenig später sah ich die Ursache des Lärms: Zwei Piraten vom Deck hatten den Unterrumpf betreten, vermutlich um die Maschinenräume der *Swimming Island* aufzusuchen und die Lampen und Fackeln auf dem Weg dorthin zu entzünden. Sie bewaffneten sich stets bis an die Zähne, um gegen die Perlsüchtigen gefeit zu sein. Allein das genügte, damit die Bewohner des Unterrumpfes eine Konfrontation vermieden. Jedoch nicht, wenn schwarzes Perl zu holen war. Ein Strom an Süchtigen flutete den Hauptgang. Die Piraten hatten ihre Pistolen gezogen und wichen zurück, während sie blind in die Menge schossen.

Viele Süchtige starben. Schließlich warfen sie die Waffen fort und zogen die Säbel. Aber zuletzt wurden sie von der schieren Masse einfach überrannt.

Ich floh in einen Seitengang. Das schwarze Perl verdrehte mir den Kopf. Hunger drängte mich unablässig, es mir unter die Zunge zu legen. Trotzdem war ich noch weit genug bei Verstand, mich nicht allein einer ganzen Meute wild gewordener Süchtiger zu stellen. Ich erreichte eine weitere Treppe, die auf halber Höhe einen Knick beschrieb und mich direkt in den nächsthöheren Hauptgang führte. Die Heimat des Pelzes. Schon jetzt hörte ich das Toben der wahnsinnigen Bestie. Hinter mir der wütende Mob …

Ich betrat den Hauptgang. Sekunden später erschien der Bär. Er rannte so schnell durch den gebogenen Gang, dass die Fliehkraft ihn gegen die Außenwand presste. Der Speichel troff von seinen Lefzen, das Weiß seiner Augen war blutunterlaufen. Ich selbst hielt ein Vorbeikommen in diesem Moment für völlig unmöglich. Aber ich hatte längst verlernt, was es bedeutete, den Tod zu fürchten. Im letzten Moment warf ich mich zu Boden. Der Bär sprang auf mich zu, und ich rollte mich unter ihm weg. Ich wandte mich nicht um, als die Bestie geradewegs auf die Meute traf. Die Symphonie des Sterbens, die nun einsetzte, war eine Folge von Disharmonien ohne Rhythmus, ohne Reim. Ich rannte weiter, durch Gänge und über Treppen. Zuletzt fand ich mich vor der Dealertür wieder. Erst jetzt wurde mir klar, dass sie die ganze Zeit mein Ziel gewesen war. Ich betrachtete erneut die schwarze Perle auf der offenen Handfläche.

Der Schlüssel zum Sonnenlicht.

Ich kann bis heute nicht sagen, wie viel von dem Folgenden eine Halluzination gewesen ist. Eine Entzugserscheinung. Aber ohne, dass ich klopfte, öffnete sich die Klappe in der Dealertür und die Augen mit den buschigen Brauen erschienen.

„Du hast die Perle“, sagte der Dealer. „Gib sie mir.“

„Das wirst du nicht tun", fuhr Hunger dazwischen. „Diese Perle ist alles, was du willst. Du wirst sie nicht einfach aus den Händen geben."

„Du willst doch das Sonnenlicht sehen, habe ich Recht?"

„Godric ..."

„Und den Wind im Gesicht fühlen. Das Rauschen der Wellen hören. Wie lange hast du schon nicht mehr das Flüstern der Bäume gehört? Das Singen der Vögel? Willst du wissen, wie Freiheit riecht?"

„Godric!"

„Weißt du noch, wie der Himmel aussieht? Weißt du, wie es sich anfühlt, draußen zu sein? Du kannst all das haben. Gib mir nur die Perle."

Hunger brach in Gelächter aus. „Wir wissen beide, dass du sie nicht hergeben wirst", sagte er. „Warum kürzen wir das nicht ab? *Leg sie unter die Zunge!*"

Ich betrachtete die Perle. Ein pulsierend schwarzes Licht. Hunger hatte Recht. Ich konnte sie nicht aus der Hand geben! Vielleicht würde ich eines Tages den Unterrumpf verlassen, aber wohl nicht heute. Nicht jetzt.

Ich hob die Perle auf Augenhöhe. Einen Moment lang verharrte ich so. Dann legte ich sie mir unter die Zunge.

Tanz in Tinte. Schwärze. Lichtsphären und zuckende Schatten. Schwärze. Tausend Augen, die mich verfolgen, während ich durch die Gänge des Unterrumpfes jage. Und Schwärze. In meinem Körper vereint sich die Kraft von zehn Männern. Und Schwärze. Ich töte jeden, der mir über den Weg läuft: Menschen, Süchtige und Halluzinationen. Monate vergehen. In meinem Verstand wechseln Tag und Nacht so schnell die Position, wie ich blinzle. Und dazwischen: Schwärze.

Ich kämpfe gegen einen riesigen Schatten und übergieße mich mit tintenschwarzem Blut. Ich jage Trugbilder und Irrlichter. Und ich sehe die Sonne.

Sie ist schwarz.

Ich laufe über einer Straße aus Pech durch die Nacht. Die Erinnerung an den Wind im Gesicht. Ich tanze mit Dämonen, mit Toten und mit bösen Geistern. Ich finde einen Thron aus schwarzen Schrumpfköpfen und lasse mich darauf nieder. Zu meinen Füßen fallen die Toten auf die Knie. Menschen und Süchtige, die durch meine Hand gestorben sind. Ganz vorne: Jamaal mit einer blutigen Augenhöhle. Daneben der Alte mit aufgeschlitzter Kehle.

Ich gehe weiter und gelange in einen runden Raum mit dreizehn Türen. Auf jeder Tür eine Ziffer. Ich überlege lange, durch welche ich gehen soll. Schließlich trete ich vor Ziffer dreizehn. Ich strecke die Hand nach der Klinke aus …

Grelles Licht explodiert vor meinen Augen.

Es war warm. Seltsam. Nach all der Zeit, die ich nun schon im Unterrumpf verbracht hatte, war die klamme Kälte dieses Ortes mir in die Knochen gezogen. War ein Teil meiner selbst geworden. Ihre Abwesenheit fühlte sich merkwürdig an.

Dann spürte ich, wie mir jemand mit einem feuchten Tuch die Stirn abtupfte. Ebenfalls seltsam. Emily hatte dies immer getan, wenn mich das Fieber plagte. War das möglich? Konnte alles nur ein Traum gewesen sein? Der Überfall auf Grey Heaven? Chemo, der irre Pirat? Teena und Sam? Und all die Menschen und Süchtigen, die ich getötet hatte?

Ich öffnete die Augen und blickte in das Gesicht einer dunkelhäutigen Frau. *Teena,* war mein erster Gedanke. Aber ich irrte. Diese Frau war älter, und ihre Haut nicht so schwarz wie das Perl, das ich genommen hatte, sondern von einem zarten Schokoladenbraun. Sie war hübsch. Sie hatte so viele Muscheln in ihr Haar geflochten, dass es keine mehr hätte sein können. Bei jeder Bewegung schlugen sie klappernd gegeneinander. Die großen, dunklen Augen hatte sie mit schwarzer Schminke umrandet. Als sie sah, dass ich wach war, lächelte sie und entblößte dabei zwei Reihen spitzer Zähne. Ihr Lächeln war gefährlich und zugleich anziehend.

Ich setzte mich auf. Ein dumpf pochender Schmerz machte sich in meinem Schädel bemerkbar. Ich durchmaß den Raum. Ich befand mich in einer für die Verhältnisse des Unterrumpfes geradezu luxuriösen Kammer. Viele Kerzen brannten an den Wänden und füllten den Raum mit warmem Licht und dem Duft von Bienenwachs. Ein Regal beanspruchte eine der Wände für sich. Darin standen Gläser gefüllt mit Pulvern, Kräutern und Flüssigkeiten. Außerdem ein lebloser Schrumpfkopf. Ein verhangener Durchgang führte in eine benachbarte Kammer. Daneben hing ein riesiger Spiegel an der Wand.

„Er erwacht“, sagte die Frau. Ein fremder Akzent zierte ihre Worte. „Godric End. König der Perlsüchtigen.“

Ich räusperte mich, um den Rost von den Stimmbändern zu kratzen. „Wer bist du?“

„Limbania“, sagte sie. „Mutter der Ratten.“ Sie kicherte. „Du bist in meinem Versteck. In Sicherheit.“

Ich stand auf und wieder spürte ich pochende Kopfschmerzen. Limbania ging einmal um mich herum und strich dabei mit einem langen Fingernagel über meinen nackten Oberkörper.

„Ich habe Euch und Eure Kleidung gewaschen, mein König“, sagte sie und lächelte noch einmal ihr gefährlich schönes Lächeln. Erst jetzt sah ich, dass auch ihr Oberkörper nackt war. Sie war schlank, ihre Haut makellos, ihre Brüste klein. Ich fragte mich, wie sie sich anfühlen mochten.

Schwindel ergriff mich.

„Wartet, mein König“, sagte Limbania besorgt. „Ich rühre Euch etwas gegen die Kopfschmerzen an.“

„Warum nennst du mich so?“, fragte ich mit schwerer Zunge.

Ihr Lächeln wurde breiter. „Erinnert Ihr Euch nicht, Godric End? Ihr tötetet im Rausch den Pelz.“

Die Bedeutung ihrer Worte drang erst viel später zu mir durch. „Was …?“

„Ich lüge nicht. Jeder Bewohner im Unterrumpf, der noch weit genug bei Verstand ist, um es begreifen zu können, redet davon. Sie werfen sich vor dir auf die Knie, Godric End, König der Perlsüchtigen. Nun wartet hier einen Moment." Sie wandte sich um, und ich sah, dass sie eine Tätowierung auf dem Rücken trug. Eine vertraute Rune, doch ich erinnerte mich nicht, was sie bedeutete. Dann verschwand sie hinter dem Vorhang in der angrenzenden Kammer. Ich trat vor den Spiegel neben dem Durchgang und betrachtete mich. Wie sehr ich mich verändert hatte! Ich war groß, meine Schultern breit. Meine Haut spannte sich über Brust- und Bauchmuskulatur. Sie war weiß wie Teig und schien weich zu sein. Tatsächlich aber war sie so hart wie das Eisen, mit dem die *Swimming Island* gepanzert war. Ich ballte die rechte Hand zur Faust und spannte den Bizeps. Die Adern am Arm traten dick hervor. Ich spürte eine ungemeine Kraft. Kurz spielte ich mit dem Gedanken, die Faust gegen die Eisenwand zu rammen, so fest ich konnte, um herauszufinden, ob ich sie durchschlagen konnte. Ich ließ es dann doch und blickte erneut in den Spiegel.

Viele Narben auf meinem Körper kündeten von unzähligen Kämpfen. Manche wulstig, andere dünn und fein. Zwei blasse Linien teilten mein Gesicht. Die rechte Ohrmuschel war von einer Ratte angefressen worden, die rechte Augenbraue gekerbt. Mein einst schwarzes Haar war grau. Vermutlich hatte ich es bislang nicht bemerkt, weil Schmutz und Schatten es besudelt hatten. Nun war es sauber und reichte mir bis über die Schultern. Ich blickte mir in die Augen. Die Augen eines Süchtigen. Eines Mörders. Meine Iriden waren dunkelviolett. Vermutlich würden sie bald verblassen. Ich kannte mein Alter nicht mehr. Aber gewiss war ich sehr viel jünger, als ich aussah.

Ich stand lange Zeit reglos da und betrachtete mein Spiegelbild. Je länger ich mir in die Augen sah, desto unheimlicher wurden sie. Die eigenen Augen erschienen mir fremd. Böse. Mein Blick veränderte sich, wurde mörderisch. Meine Oberlippe zuckte, ohne dass ich es gewollt hatte. Und dann hob ich die Arme. Nein, nur das Bild im Spiegel hob die Arme! Ich stand da, unfähig mich zu rühren. Mein Spiegel-Ich bleckte die Zähne. Seine Hände zuckten, bereit aus dem Glas zu greifen und sich um meine Kehle zu legen. Ich war wie gebannt. Mein Herz hämmerte, doch ich konnte mich nicht von der Stelle rühren, konnte nur starren, während ich vergeblich versuchte, meinen Körper wieder unter Kontrolle zu bekommen.

„Es ist fertig, mein König." Limbania trat durch den Vorhang, und der Stoff verdeckte für einen kurzen Moment die Sicht auf den Spiegel. Das brach den Bann. Ich stolperte rückwärts. „Was habt Ihr? Ihr schwitzt ja." Sie trat vor mich, einen dampfenden Becher in der Hand, und berührte meine Stirn. Ich blickte an ihr vorbei. Mein Spiegel-Ich verhielt sich normal. Hatte ich es mir nur eingebildet? War es eine Halluzination gewesen? Eine Nachwirkung des schwarzen Perls?

„Trinkt das", sagte Limbania und reichte mir den Becher. Ich nahm einen Schluck des honigfarbenen Tees, der darin brühte. Er schmeckte wie das Sonnenlicht. Warm, mild und süß.

Während ich trank, schlich Limbania um mich herum und berührte meine Arme und Brust, meinen Bauch und Rücken. „Er ist stark", murmelte sie. „Das schwarze Perl hat seine Muskeln anschwellen und hart wie Stahl werden lassen. Aber selbst wenn die Wirkung nachlässt, wird er immer noch ungewöhnlich stark sein." Sie stellte sich hinter mir auf die Zehenspitzen und schnupperte an meinem Haar. Ihre Brustspitzen streiften meinen Rücken. „Wovon habt Ihr Euch in den letzten Vierteln ernährt, mein König?"

Ich nahm einen weiteren Schluck Sonnenlicht. „Von Ratten. Von Rost. Von Algen und Muschelfleisch. Von verschimmeltem Brot, wenn ich Glück hatte."

„Raucht Ihr?"

„Ja."

„Sehr interessant." Sie ging um mich herum. „Eure Gestalt hätte eigentlich kümmerlich sein müssen. Aber das Perl kräftigt den menschlichen Körper, wenn man es nicht in zu hohem Maße zu sich nimmt."

„Ich habe es immer nur genommen, wenn ich musste."

Limbania nickte wissend. „Anderenfalls sähet Ihr jetzt aus wie eine dieser erbärmlichen Gestalten in den Grotten. Tyr sei ihrer armen Seelen gnädig. Das Perl bringt uns nicht um. Das Perl bringt uns lediglich dazu, uns gegenseitig umzubringen."

Kurz herrschte Schweigen, während dem ich einen weiteren Schluck Tee trank.

„Ihr müsst aufhören, diese Droge zu nehmen", sagte Limbania streng.

Ich lächelte spöttisch. Was hätte Hunger jetzt gesagt, wäre er hier? „Das geht nicht. Das Perl ist mein Sonnenlicht."

„Ihr seid nicht dazu bestimmt, im Unterrumpf zu bleiben, Godric End."

Ich schnaubte. „Es ist mir nicht möglich, diesen Ort zu verlassen."

Limbania hob die Brauen. „Glaubt Ihr das im Ernst? Seht Euch an. Gibt es wirklich eine Tür, die Euch aufzuhalten vermag?" Ich schwieg. „In diesem Moment befinden sich zwei Männer vom Deck im Unterrumpf. Nachdem kürzlich eine Meute wild gewordener Süchtiger zwei Piraten in Stücke gerissen hat, haben sie diese beiden hierher geschickt, um die Rattennester auszuräuchern. Sie tragen den Schlüssel bei sich, der Euch die Dealertür öffnet."

„Woher weißt du …?" Sie lächelte angesichts meiner verblüfften Miene.

„Eine Ratte hat es mir erzählt. Aber bevor Ihr geht, nehmt das hier." Sie zog einen zerknitterten Briefumschlag aus der Hosentasche. Ich nahm ihn entgegen und sah sie an. „Der Adressat befindet sich in Treedsgow. Es wird der Tag kommen, da Black Raven diesen Ort überfällt. Bei der Gelegenheit überreicht den

Brief. Aber seid gewarnt …" Sie trat nahe an mich heran. Ihr Blick war tödlich, ihre Stimme gefährlich leise geworden. „Ich werde davon erfahren, wenn Ihr ihn selbst öffnet. Und dann werdet Ihr wünschen, es nicht getan zu haben." Ihre Drohung machte mir keine Angst. Vielmehr ließ sie sie noch anziehender erscheinen.

„Du drohst deinem König?", fragte ich kühl.

Da war wieder jenes gefährlich schöne Lächeln. „Ich erkenne Eure Autorität an, König der Süchtigen. Aber ich schrecke deshalb nicht davor zurück, Euch zu töten."

Ich steckte den Umschlag in die Gesäßtasche. Meine Miene blieb ungerührt. Es war mir egal, ob Limbania mich töten wollte oder nicht. Aber der Inhalt des Briefes interessierte mich ebenso wenig.

„Nun geht", sagte Limbania und trat vor die Wand gegenüber dem Regal. „Es ist an der Zeit, dass Ihr den Unterrumpf verlasst." Sie schob mehrere Riegel zurück und erst jetzt bemerkte ich, dass es sich um eine verborgene Tür handelte. Sie öffnete mir, und ich trat hinaus auf den Gang. Hinter mir fiel die Tür ins Schloss und fügte sich nahtlos in die Wand.

Es dauerte nicht lange, bis ich die Piraten fand, von denen Limbania gesprochen hatte. Auf dem Weg dorthin begegneten mir an der Zahl drei Perlsüchtige. Bei meinem Anblick gingen sie auf die Knie, drückten ihr Gesicht gegen den kalten Eisenboden und murmelten unverständliche Worte. Limbania hatte wahr gesprochen. Ich war König der Perlsüchtigen.

Ich schenkte meinen Untertanen kaum Beachtung. Weder waren sie gefährlich, noch brauchte ich sie. Ich führte meine Kriege allein.

Die Piraten, die heruntergekommen waren, um die Rattennester auszuräuchern, verbargen ihre Gesichter hinter ledernen Schutzmasken und Schutzbrillen. Sie sahen aus wie übergroße Insekten. Außerdem trug einer von ihnen zwei Gaskartuschen auf dem Rücken. Ein Schlauch führte von den Kartuschen zu einer Düse, die an seiner rechten Hand befestigt war.

Aus sicherer Entfernung beobachtete ich, wie der Mann den Abzug an der Düse betätigte und einen Flammenstrahl in einen Gang jagte. Irres Geschrei ertönte und ein Perlsüchtiger, gekleidet in Flammen, stolperte heraus. Er schlug wild um sich, warf sich zu Boden und rollte sich herum. Das Feuer ließ ihn quälend langsam verenden. Zuerst roch ich verbranntes Haar, dann den widerlich köstlichen Geruch von gebratenem Fleisch. Irgendwann verebbten die Schreie, wurden zu einem Wimmern und verstummten vollends.

Der eine Pirat berührte seinen Kumpanen an der Schulter und bedeutete ihm mit einem Kopfnicken, weiterzugehen. Die beiden setzten sich in Bewegung. Ich lief los. Näherte mich ihnen von hinten, schnell und leise wie ein Panther. Zuerst nahm ich mir den mit den Gasflaschen vor. Ich wollte keine Bekanntschaft mit den Flammen machen. Ich packte seinen Kopf und riss ihn mit einem Ruck herum. Es knackte. Der Schrei des anderen Piraten klang gedämpft unter der Schutzmaske. Erst jetzt bemerkte ich, dass er einen Revolver in Händen hielt. Er richtete die Waffe auf mich. Ich fasste der Leiche unter die Arme und hielt sie schützend vor mich. Der Pirat feuerte drei Mal. Die Schüsse tönten laut durch den Gang und füllten meine Ohren mit einem durchdringenden Pfeifen. Die Kugeln schlugen in den menschlichen Schutzschild, und ich stolperte rückwärts. Ein Knurren entwich meiner Kehle. Ich fasste den rechten Arm des Toten und riss ihn in die Höhe. Die Düse deutete nun auf meinen Gegner. Die Augen hinter der Schutzbrille weiteten sich.

Ich betätigte den Abzug.

Die Flamme war hell. Ich kniff die Augen zusammen. Unsägliche Hitze schlug mir ins Gesicht. Der schrille Schrei meines Gegners klang selbst unter der Schutzmaske laut. Er rannte davon, doch die Flammen saßen auf ihm wie Dämonen, die sich nicht abschütteln ließen. Bald warf auch er sich zu Boden, wo er dasselbe qualvolle Ende erlitt wie das jüngste Opfer der Flammen vor ihm.

Ich legte den Mann mit dem gebrochenen Genick auf dem Boden ab und fing an, seine Taschen zu durchsuchen. Er trug einigen nützlichen Krempel bei sich. Darunter wertvolle Dinge wie Zigaretten, ein Bündel Geldscheine und drei kleine Beutel gefüllt mit verschiedenen Gewürzen: Thymian, Oregano und origonischer Pfeffer. Letzteres war so wertvoll, dass es auch *Gold des Südens* genannt wurde.

Den Schlüssel trug der Mann nicht bei sich. Also musste der andere ihn haben … oder Limbania hatte sich geirrt. Letztere Option jagte mir einen kalten Schauer über den Rücken. Ich wollte ans Sonnenlicht, mehr als alles andere auf der Welt. Ich wollte den blauen Himmel über mir sehen und den Blick nachts in den endlosen Weiten des Alls verlieren. Ich wollte den Mond sehen. Gott, ich erinnerte mich nicht einmal mehr an das Gefühl, wenn einem Regentropfen ins Gesicht fielen. Ich wusste nicht, wie es war, in die Welt hinauszuschreien, ohne dass das Echo von irgendwelchen Schachtwänden zurückgeworfen wurde. Es durfte nicht sein, dass ich schon wieder enttäuscht wurde.

Ich schnallte den Flammenwerfer vom Rücken des Toten und mir selbst um. Anschließend ging ich zu der verkohlten Leiche. Ohne dass ich es wollte, ließ der Geruch des gebratenen Fleisches meinen Magen knurren.

Schon war Hunger zur Stelle. Er kam und ging, wie es ihm passte, als hätte er zwischendurch Wichtigeres zu erledigen. Aber wenn es ums Essen ging, ließ er alles andere stehen und liegen. „Was spricht dagegen, sein Fleisch zu essen?"

Ich ignorierte ihn und tastete die Beine ab. Ich fand den Schlüssel in den Überresten der verkohlten Kleidung. Obwohl das Metall noch heiß war und mir die Haut an den Fingerspitzen verbrannte, ließ ich nicht los.

„Na schön, nun hast du es geschafft." Hunger versuchte, desinteressiert zu klingen, doch ich spürte, dass er beunruhigt war. „Du wirst das Sonnenlicht wiedersehen. Aber du wirst niemals aufhören, Perl zu nehmen. Das weißt du ebenso gut, wie ich es weiß."

Ich ignorierte ihn wieder, steckte den Schlüssel in die Hosentasche und machte mich auf den Weg. Bevor ich den Unterrumpf verließ, wollte ich noch eine Sache erledigen.

Wenig später betrat ich den Hauptgang auf der dritten Ebene. Ich musste dem Gang nicht lange folgen, bis ich mit eigenen Augen sah, wovon Limbania berichtet hatte: Der Pelz war tot. Viele Süchtige hatten sich bereits an seinem Fleisch gütlich getan, aber keiner hatte sich das genommen, weswegen ich gekommen war: sein Fell.

Die folgenden Stunden verbrachte ich damit, dem Pelz das Fell abzuziehen. Ich gönnte mir erst dann eine Pause, als die Arbeit getan war. Müde und hungrig zog ich mich in mein Versteck zurück, legte mich auf das warme, weiche, aber auch zum Teil blutverkrustete Fell und schlief fast sofort ein. Zuvor aber nahm ich den Schlüssel aus der Hosentasche und schloss ihn in die Faust.

Ich machte mir aus dem Fell einen Mantel. Den Kopf des Bären trug ich auf dem Rücken oder wie eine Kapuze über dem Haupt. Seine Vorderbeine nähte ich zu Ärmeln um. Als ich damit fertig war, nahm ich meine wertvollsten Habseligkeiten: Zigaretten, Geld, Gewürze und mein Messer. Ich legte mir den Flammenwerfer an, befestigte die Düse an der rechten Hand und warf mir den Bärenfellmantel über. Die mörderische Waffe wurde nun vollständig von dem Kleidungsstück verborgen.

Immer noch fielen die Bewohner des Unterrumpfes vor mir auf die Knie. *Töten oder getötet werden.* Die Regel galt nicht mehr für mich.

Erst als ich die Dealertür erreichte, zog ich mir den Bärenkopf über das Haupt. Ich klopfte an die Tür, und der Dealer schob die Klappe auf.

„Ja?"

Ich steckte die Düse in die Öffnung und betätigte den Abzug. Das Kreischen des Mannes klang, als lache er über einen sehr schmerzhaften Witz. Ich hörte ihn davonlaufen. Hörte, wie er sich zu Boden warf, um wie bislang jedes Opfer des Flammenwerfers vergeblich zu versuchen, die beißenden Dämonen zu ersticken.

Dann wurde es still, und der vertraute Geruch nach gebratenem Fleisch drang durch die Tür. Ich holte den Schlüssel hervor und schob ihn ins Schlüsselloch, holte einmal tief Luft und drehte ihn herum. Es klickte. Ich packte die Klinke und zog die Tür auf. Ein Luftzug schwebte an mir vorüber wie ein Geist, der mir spielerisch über das Gesicht strich. Ich konnte das Meer riechen, trotz des Geruchs nach verbranntem Fleisch in der Luft. Es roch frisch und salzig, nach Sonnenlicht und Freiheit. Meine Unterlippe zitterte. Ich trat durch die Tür und folgte dem Gang, vorbei an der verkohlten Leiche des Dealers. Bald gelangte ich an eine Treppe. Als ich den rechten Fuß auf die erste Stufe setzte, erstarrte ich mitten in der Bewegung. War das der Schrei einer Möwe gewesen? Ich spitzte die Ohren und nun hörte ich auch andere Geräusche. Rufe von Menschen. Von Menschen, nicht von Süchtigen! Und das Rauschen der Wellen. Das Knattern von Segeln.

Ich spürte einen Kloß im Hals. Ich machte mich an den Aufstieg und gelangte vor eine Tür. Gleißend weißes Licht drang durch das Schlüsselloch und unter dem Türspalt hervor. Das Licht der Sonne. Meine Augen brannten. Ich überlegte, mich hinzuknien und mein Gesicht darin zu baden. Aber wozu? Ich brauchte nur die Tür zu öffnen und würde umströmt vom warmen Sonnenlicht. Ich drückte die Klinke herunter.

Die Tür war verschlossen.

„Nein." Meine Stimme war heiser. „Nein, nein, nein." Vielleicht hatte der Dealer ja einen Schlüssel bei sich. Ich hastete die Treppe hinab zu der Leiche und durchsuchte ihre Taschen. Nichts. Ich erinnerte mich an Limbanias Worte. *Gibt es wirklich eine Tür, die Euch aufzuhalten vermag?* Ich blickte auf zu der Tür. Sie war aus Eisen und sah sehr massiv aus. Vor einigen Tagen, als das schwarze Perl noch in meinen Adern geflossen war, hätte ich sie vielleicht auftreten können. Nun aber …

„Vergiss es", sagte Hunger gelangweilt. „Dachtest du wirklich, der Unterrumpf gibt dich her? Du bist der Herrscher der Perlsüchtigen. Du kannst nicht einfach gehen. Die Dunkelheit ist dein zu Hause. Dein Königreich."

Ich ging zurück zur Treppe. Ich musste es wenigstens versuchen. Auf halber Höhe zur Tür spürte ich etwas Schweres in der Hosentasche, das gegen meinen Schenkel schlug. *Der Schlüssel zur Dealertür.* Vielleicht konnte er auch diese Tür öffnen. Ich holte ihn hervor, legte den Rest des Weges drei Stufen auf einmal nehmend zurück und steckte den Schlüssel ins Schloss. Er passte. Ich holte erneut tief Luft und drehte ihn herum.

Rauschen und Surren. Jeder Insasse von Zellenblock 13 wartete, dass End fortfuhr. Aber End starrte auf seine Hände, offenbar von der eigenen Erinnerung überwältigt.

„Und?", fragte der Sänger. „Wie geht es weiter? Hast du das Sonnenlicht gesehen?"

End schwieg. Fernes Donnergrollen antwortete an seiner statt.

„Das Sonnenlicht", murmelte er schließlich und seufzte schwer. Er hob die Arme, und die schweren Ketten an den Handgelenken klirrten, als er sich mit den Händen über den rasierten Schädel fuhr. „Ja, ich habe es gesehen. Ich habe es gefühlt. Ich konnte es *schmecken.* Das war der schönste Moment meines Lebens. Nie hatte ich etwas Vergleichbares erfahren und nie wieder sollte mir etwas annähernd Schönes widerfahren." Er sah dem Sänger in die Augen. In seinem Blick lag tiefe, tiefe Trauer.

Er hat aufgegeben, dachte der Sänger. *Wie soll jemand wie er uns zum Sieg gegen den Schwarzen Baron führen?*

„Wir sehen und fühlen das Sonnenlicht jeden Tag, ohne uns über seine Schönheit im Klaren zu sein", sagte End. „Dieser Tage, da oft dunkle Wolken den Himmel verdecken, habt ihr vielleicht eine Ahnung, wovon ich spreche. Und dennoch …" Wieder seufzte er schwer. Der Laut kündete von dem Bedürfnis nach frischer Kraft. „Wenn ich bedenke, was ich getan habe, wünschte ich, ich wäre im Unterrumpf geblieben. So wurde ich doch bloß zur Marionette des Schwarzen Barons …"

End

Das Sonnenlicht umflutete mich. Mir war, als stünde ich in einem reißenden Strom gleißend weißen Glücks. Es war warm. So wunderbar warm. Ich wankte. Stürzte beinahe zurück in den Treppengang. Ich tat einen Schritt nach vorn, und aus dem gleißenden Licht, das die Welt vor meinen Augen verschluckte, schälten sich Formen. Die Umrisse von Menschen. Von Masten und Schiffsaufbauten. Ich atmete tief ein, roch das Salz des Meeres und die Ferne. Leiser Wind kam auf, ließ die Haare meines Pelzmantels zittern und strich spielerisch durch die Strähnen meines langen, grauen Haares. Der zärtliche Willkommensgruß eines lang vermissten Freundes.

Ich sank auf die Knie. Hielt mir die Hände vor das Gesicht und betrachtete sie im Licht der Sonne. Meine Haut war so weiß, dass sie blendete. Ich kniff die Augen zusammen. Eine Träne fiel heraus und zerplatzte auf meiner Handfläche. Funkelnd brach sich das Sonnenlicht in den vielen kleinen Tröpfchen, als wären sie winzige Juwelen. Ich blinzelte mehrmals, und weitere Tränen liefen mir aus den Augen über die Wangen.

Ich, Godric End, König der Perlsüchtigen und Bezwinger des Pelzes, weinte beim Anblick meiner eigenen Tränen.

Mühsam kam ich auf die Beine. Ich wankte über das Deck. Noch immer sah ich kaum etwas. Meine Augen wollten sich nicht an das Licht gewöhnen. Möglicherweise bemerkte man mich, aber entweder verunsicherte ich jene, die mich sahen, oder ich interessierte sie nicht. Es wurde sehr warm unter meinem Umhang.

Ich erreichte die Reling und hielt mich daran fest. Vor mir glitzerte die Meeresoberfläche. Es war schön. So unfassbar schön. Keinen Schatz der Welt hätte ich gegen diesen Anblick eingetauscht. Die See lag ruhig vor mir. Ich hätte dort stundenlang stehen können.

Eine Möwe kreischte. Hatte je ein Vogel so schön gekreischt? Ich schloss die Augen, gönnte ihnen eine kurze Pause, und konzentrierte mich auf das, was ich hörte. Schritte auf dem Deck. Jemand rief, und der Ruf verlor sich in der Ferne.

Ferne. Ich hatte vergessen, was dieses Wort bedeutete. Ferne. Ich öffnete die Augen und hob den Blick. Schickte ihn bis zum Horizont. Inzwischen hatte ich mich soweit ans Licht gewöhnt, dass ich mit zusammengekniffenen Augen etwas erkennen konnte. Ich sah zum Himmel. Er war blau. Nur ein einzelner, wattiger Fetzen schwebte dort. In weiter, weiter Ferne.

Ich lächelte. Lächelte vor Freude. Zum ersten Mal seit Jahren.

Ich bemerkte etwas Weißes am Horizont. Eine Landzunge. Ich folgte ihr mit dem Blick, und sie wuchs zu einem Strand heran. Die *Swimming Island* ankerte vor einer Vulkaninsel. Hinter einem weißen Sandstrand wuchs ein Regenwald mit dichtem Blätterdach. Über der Spitze des Vulkans kreiste ein Schwarm Vögel. Ich lächelte wieder. Die Welt war groß, der Raum endlos, das Meer weit. Ich war nicht länger gefangen in den beengten Schächten des Unterrumpfes.

Ich war frei.

Zwischen dem Strand und der *Swimming Island* fuhren Boote. Die Piraten be- und entluden das Schiff mit irgendwelchen Gegenständen. Es sah aus, als schlügen sie ein Lager am Strand auf. Ich entdeckte ein Boot, das neben dem Deck schwebte. Es wurde soeben beladen und setzte offenbar gleich hinüber. Ein großer Mann mit dickem Bauch schleppte eine schwere Kiste heran und setzte sie darin ab. Ich hatte den Mann schon einmal gesehen. Er trug eine Schürze, ein Beil am Gürtel und erinnerte somit stark an einen Metzger.

Als ich auf ihn zutrat, blickte er mich an. Seine Miene war abschätzend, zeigte aber weder Misstrauen noch Angst.

„Kannst du mich mitnehmen?“, fragte ich.

„Wenn du mit anpacken kannst“, erwiderte der Mann mit tiefer Stimme. Er hatte keinen Hals, dafür eine Glatze, die seinem Kopf das Aussehen eines großen Eis verlieh.

Der Mann wies auf einen Stapel Kisten. „Die dort müssen ins Boot“, sagte er, setzte sich in Bewegung und kehrte mir dabei den Rücken zu. Kurz erwog ich, ihm das Messer ins Herz zu stoßen. *Töten oder getötet werden.* Aber das hier war nicht der Unterrumpf. Hier galten andere Regeln, wenngleich sie nicht weniger gnadenlos waren, wie ich schon bald lernen sollte.

Ich half dem Metzger, das Boot zu beladen, und kletterte zuletzt selbst hinein. Während wir mit einem Kran hinuntergelassen wurden, musterte er mich.

„Du kommst aus dem Unterrumpf, nicht wahr?“

„Woher weißt du das?“

„Deine Haut ist so weiß wie die eines Toten, Junge. Meinen Glückwunsch. Die meisten, die diesen Ort betreten, sterben dort. Ich glaube, Teena ist die Einzige, die unbeschadet hinein und hinaus spaziert.“ Er lachte schnaubend auf, und seine massigen Schultern bebten.

„Chemo hat es auch wieder hinausgeschafft“, warf ich ein.

„Chemo? Woher kennst du den denn?“ Ich zuckte mit den Achseln und tat seine Frage mit einer knappen Geste ab. Inzwischen wurde es unerträglich heiß unter dem Bärenpelzmantel, und ich streifte die Kapuze zurück.

„Tja, nun. Gut möglich, dass er über eines der Batteriedecks entkommen ist“, sagte der Metzger nachdenklich. „Es kommt nicht oft vor, dass jemand Widerstand leistet, wenn wir eine Stadt überfallen, aber dann kann es passieren, dass die Ausgänge zu den Batteriedecks unbewacht sind.“

Inzwischen hatte das Boot auf der Wasseroberfläche aufgesetzt. „Nimm dir ein Paddel“, sagte der Metzger und hielt mir eines hin. „Du siehst kräftig aus. So schaffen wir es schneller zum Strand.“

Während wir paddelten, sagte niemand ein Wort. Gierig verschlang ich den Anblick der Korallenriffe durch das kristallklare Wasser. Schillernde Fischschwärme flohen vor dem Schatten unseres Bootes.

Am Strand half ich dem Metzger, das Boot an Land zu ziehen.

„Danke, Junge." Der Mann wischte sich über die schweißnasse Stirn. „Ich will dir noch einen Rat mit auf den Weg geben. Ich war noch nie im Unterrumpf, aber von Teena weiß ich, wie es dort läuft. Dort heißt es, töten oder getötet werden, nicht wahr?" Wahr. „Nun, wenn du Mitglied unserer Crew sein willst, musst du deine Gewohnheiten ändern. Such dir Freunde. Menschen, denen du vertrauen kannst. Du magst stark sein, aber du brauchst mindestens ein weiteres Paar Augen, das über dich wacht, während du schläfst."

Freunde … Vertrauen … Ich kannte diese Worte, nicht aber ihre Bedeutung.

„Ich habe nicht vor, lange an Bord der *Swimming Island* zu bleiben", sagte ich.

Der Metzger zuckte die Achseln. „Wie du meinst. Ich glaube allerdings, dass du es gut haben könntest. Du siehst zäh aus."

„Ich möchte mich nicht …" Am Leid anderer bereichern? Hatten mir tatsächlich jene Worte auf der Zunge gelegen? Ein spöttisches Lächeln legte sich über meine Lippen. Skrupel … ein funktionsloses Organ meiner Persönlichkeit. „Ich denke drüber nach." Der Metzger nickte und machte sich daran, sein Boot zu entladen.

Ich wandte mich um und trat auf den weißen Sand hinaus. Der Strand hatte schmal gewirkt wegen der mächtigen Baumriesen, die im Regenwald wuchsen, aber er war es nicht. Schon bald war ich durchgeschwitzt, legte den Mantel jedoch nicht ab. Ich wollte nicht, dass jemand den Flammenwerfer sah. Die Gurte der Gasflaschen scheuerten an meinem Rücken. Der Sand war heiß und verbrannte mir die Fußsohlen; ein köstlicher Schmerz, so scharf wie ein feurig gewürztes Gericht.

Erst als ich den Rand des Waldes erreicht hatte, legte ich Mantel und Flammenwerfer ab und versteckte beides zwischen den verschlungenen Wurzeln eines mächtigen Baumes. Ich machte mir erst gar nicht die Mühe, das Versteck zu kennzeichnen. Die Bäume würden mir verraten, wo die Sachen waren.

Ich blickte mich um. Es konnte keinen Ort auf diesem Planeten geben, der grüner war als dieser Wald. Die Baumkronen bildeten einen dichten Schirm, der nur vereinzelt goldene Lichtspeere durchließ. Ein dichtes Geflecht aus Moos und Farn bedeckte Boden, Wurzeln und Baumstämme. Lianen hingen in großer Zahl aus dem grünen Himmel. Die Luft war feucht. Das Wasser kondensierte auf meinem nackten Oberkörper und vermischte sich mit Schweiß. Es roch nach Humus, nach Wald und nassem Fell, nach Leben und … nun, es roch grün. Das Lärmen von Fröschen, von Vögeln und vielen anderen Tieren füllte meine Ohren. Ich konnte mich nicht satthören. Zu lange hatte ich nichts anderes als das stete Tropfen und das stählerne Knarzen des Unterrumpfes ertragen müssen, nur dann und wann unterbrochen vom Geschrei eines Süchtigen oder dem Gebrüll des Pelzes.

Ich drang tiefer in den Wald vor. Das Grün schloss mich in eine friedvolle Umarmung. Ich entdeckte einen Vogel, dessen riesiger Schnabel an eine Banane erinnerte. An anderer Stelle hockte eine Gruppe kleiner Affen in den verworrenen Ästen eines Baumes. Immer öfter sah ich Blumen mit schmerzhaft schönen Blüten, die in den Baumkronen wuchsen. Ich hatte den Namen dieser Pflanzen einst gekannt. Ein Mann namens Rico Fonti hatte ihn mich gelehrt. Mein Blick wurde glasig, als ich versuchte, mich zu erinnern. Ich tauchte in der Zeit zurück durch die Dunkelheit des Unterrumpfes in ein Leben, das ich fast vergessen hatte. Da war die Erinnerung. Ich nahm sie und kehrte mit ihr in die Gegenwart zurück. Doch die Schwärze, die zwischen der Erinnerung und der Gegenwart lag, blieb an mir haften. Die Dunkelheit des Unterrumpfes klebte an mir wie Pech und legte sich einem schwarzen Umhang gleich um meine Schultern.

Plötzlich stand Hunger vor mir. „Orchidee", sagte er und lächelte selbstzufrieden. „Und so schön sie auch sein mag, sie ist kein Ersatz für das Perl."

Ich stieß ein zorniges Knurren aus. In der Tat war es schon einige Zeit her, seit ich zum letzten Mal die Droge genommen hatte. Ich wandte mich um. Selbst auf diese Entfernung sah ich das pulsierende Leuchten des Perls im Rumpf der *Swimming Island*.

Gib es mir

Gib es mir

Ich riss den Blick los. Noch war der Genuss der Freiheit mächtiger als das Verlangen nach der Droge. Aber zweifellos würde ich dem Drang bald unterliegen. Würde in den Unterrumpf zurückkehren …

Ich stutzte. Vor mir im Wald pulsierte ein weißes Licht. Perl? Auf dieser Insel? Es wuchs eigentlich nur in Muscheln. Wie hypnotisiert ging ich darauf zu. Über die Wurzeln eines Baumes hinweg, vorbei an einem moosbewachsenen Felsbrocken und unter einem umgestürzten Baumstamm hindurch, der in der Astgabel eines anderen lag. In einem Meer aus Farn entdeckte ich die Person, die das Perl hierher gebracht hatte. Es war Teena. Die weißen Augen in ihrem schwarzen Gesicht waren auf einen Punkt wenige Meter vor ihr gerichtet. Ich folgte ihrem Blick und erst da bemerkte ich den Panther. Einen Moment lang überwältigte mich der Anblick seines schwarz glänzenden Fells. Nicht einmal die Gefahr, die von der Bestie ausging, konnte mir die Freude an ihrer Schönheit nehmen.

Teena hob den Kopf und sah wohl gerade noch das Lächeln, das meine Lippen verließ. Unsere Blicke trafen sich. Ihre reglose Miene zeigte kein Flehen. Ich verspürte bloß Desinteresse angesichts ihres nahenden Todes. Schließlich war sie es gewesen, die mich die wichtigste Regel des Unterrumpfes gelehrt hatte. *Töten oder getötet werden.* Ich wollte warten, dass der Panther sie tötete, und dann den Panther erledigen.

Da hörte ich die Stimme des Metzgers in meinem Kopf. *Such dir Freunde. Menschen, denen du vertrauen kannst.* Ich tat einen Schritt und trat auf einen Ast. Ich kann beim besten Willen nicht sagen, ob aus Versehen oder absichtlich. Der Panther wandte mir sein anmutiges Gesicht zu. Die Bestie knurrte.

Nun gab es kein Zurück mehr.

Ich spannte die Muskeln. Kampfeslust überkam mich. Der Perlentzug verlieh mir Kraft. Ich duckte mich und grinste wölfisch, während ich mich dem Panther in großem Bogen näherte. Die Bestie ließ vollends von Teena ab und richtete ihre Aufmerksamkeit auf mich. Wir umkreisten einander. Sie knurrte wieder. Doch anstatt mich davon einschüchtern zu lassen, stürmte ich auf sie zu. Das Tier duckte sich. Dass ich nicht das kleinste bisschen Angst zeigte, verunsicherte es. Es schlug mit der Tatze nach mir, und seine Krallen hinterließen blutige Striemen auf meinem Arm. Brennender Schmerz. Mir war beinahe zum Lachen zumute. Harmloser Schmerz. Im Unterrumpf hatte ich tausendfach Schlimmeres erfahren. Ich hob den Dolch und stach damit auf die Bestie ein. Sie wich zurück. Ich setzte sofort nach, gönnte ihr keinen Moment. *Zögere nicht. Töte ihn, sonst tötet er dich.*

Ich rammte der Bestie die rostige Klinge in den Leib. Sie schnappte nach mir, und ich verpasste ihr einen Tritt, zog den Dolch heraus und stach wieder zu. Vier, fünf Mal. Zuletzt schlug ich ihr mit dem Knauf der Waffe auf den Schädel und rammte ihr die Klinge durchs Auge.

Mit einem zufriedenen Lächeln auf den Lippen sah ich zu Teena. Die kleine Frau stand hinter mir, den Arm erhoben, einen Dolch in den Fingern.

Unsere Blicke trafen sich.

Dann warf sie die Klinge.

Blackworth

Rauschen und Surren. Jäh unterbrochen vom Geräusch eines Schlüssels, der im Schloss herumgedreht wurde. Die Tür des Zellenblocks wurde geöffnet, und herein kamen samt fahrbarem Kessel jene beiden Männer, die das Essen ausgaben. Schweigend stellten die Insassen ihre Holzschalen vor die Zellentüren. Auch End. Die Essensausgeber füllten sie mit grauem Brei. Am Ende des Gangs blickten sie in Ends Zelle.

„Man sagte uns, dass End hier einsitzt", meinte der Größere. Seine Stimme klang gedämpft unter dem Mundschutz, den er trug. „Du bist also er?"

End schwieg.

„Du bist schuld am Bürgerkrieg", fuhr der Mann fort. „Du bist schuld, dass mein Bruder im Kampf gegen die aufständischen Bergbauer starb."

„Er ist bei einer Gasexplosion gestorben", flüsterte sein Partner. End und der Sänger hörten es dennoch.

„Uninteressant", meinte Ersterer. „Hätte das Gas ihn nicht getötet, wäre er im Kampf gefallen." Er schöpfte eine Kelle grauen Breis aus dem Kessel und hielt sie neben Ends hölzerner Schale über den Boden.

„Ups." Den Blick auf Ends reglose Miene gerichtet drehte er die Kelle um. Der Brei klatschte neben der Schale auf den Boden. Anschließend zog der Essensausgeber geräuschvoll die Nase hoch und den Mundschutz herunter, räusperte sich und spuckte auf den grauen Fleck.

„Guten Appetit", sagte er und verbarg das höhnische Grinsen, das sich bis in die Augen erstreckte, hinter dem Mundschutz.

Der Sänger sah Ends Blick. Seine kalten Augen, in denen kein Zorn lag. Nur die Gewissheit, dass sein Peiniger zahlen würde, und er erschauderte. Sah der Mann die Gefahr nicht? Er hatte soeben in ein Hornissennest gepisst. Die Gitterstäbe würden ihn vor End genauso wenig schützen wie vor einem Schwarm wild gewordener Insekten.

Die Essensausgeber verließen den Zellenblock.

„Gib mir deine Schale, End“, sagte der Sänger leise. „Wir teilen.“

„Lass nur“, meinte End. „Hunger ist ein alter Freund von mir.“

Der Sänger sah End verständnislos an. Dann zuckte er die Achseln und tauchte zwei Finger in den Brei. Stille gesellte sich zu den Insassen. Indes sah End aus dem Fenster. Er sah zum verhangenen Himmel und träumte von der Sonne. Von dem Gefühl, wenn ihr Licht einem die Haut wärmte.

Er seufzte stumm.

In diesem Moment landete eine Krähe auf der Bank von Ends vergittertem Fenster. Sie sah krank aus. Mager. Ihr Gefieder war so dünn, dass man stellenweise die entzündete Haut sehen konnte. Sie öffnete den Schnabel und gab ein kraftloses Krächzen von sich. Schwarzes Blut sprenkelte die Fensterbank.

End erhob sich und trat vor das Tier. Es erinnerte an eine sterbende Fliege, dem Tode zu nahe, um sich vor irgendwas zu fürchten. Kurzerhand erlöste End es von seinen Leiden.

„Was tust du?“, fragte der Sänger angewidert, als End anfing, den Vogel auseinander zu rupfen. End antwortete nicht und setzte seine makabere Arbeit fort, bis er einen kleinen, weißen Knochen in den Händen hielt.

„Vergiss es“, meinte der Sänger. „Der Knochen wird brechen. Das Schloss der Zellentür ist zu schwer.“

„Das Schloss der Zellentür vielleicht“, meinte End, „aber das der Handschellen nicht.“ Er fing an, mit dem Knochen darin herumzustochern. „Wo war ich stehengeblieben?“

End

Das Messer verfehlte mich knapp. Es wirbelte um Haaresbreite über meine Schulter hinweg und bohrte sich in den Stamm eines Baumes. Ich knurrte. War das ihr Dank?

Teenas Augen weiteten sich vor Schreck. Sie griff in die Tasche ihrer Leinenhose und holte jenes runde Fläschchen mit durchsichtiger Flüssigkeit hervor, mit dem sie mir schon bei unserer letzten Begegnung gedroht hatte. Es enthielt, wie ich mich erinnerte, ein Gift namens Vacuúm, dessen Dämpfe allein tödlich waren.

„Keinen Schritt …" Weiter kam sie nicht. Wer den Tod nicht fürchtet, zögert nicht. Schon war ich bei ihr und schlug ihr das Fläschchen aus der Hand. Es wirbelte durch die Luft. Teena keuchte. Ich fing es mit der Linken und umschloss mit der Rechten ihren schlanken, braunen Hals. Mühelos hob ich sie hoch und drückte sie gegen einen Baumstamm. Ihre kleinen Hände zerrten an meinem schraubstockartigen Griff – vergeblich. Sie zückte ein zweites Messer und stach damit auf meinen Arm ein. Die Klinge schnitt durch meine Haut, schien jedoch einfach an den Muskeln darunter abzugleiten, als träfe sie auf blanken Stahl. Die Wunden bluteten kaum. Teenas Bewegungen wurden schwächer, das Messer entglitt ihren Fingern. Sie hob einen zitternden Arm – ihr Blick flackerte – und deutete mit ausgestrecktem Finger hinter mich. Ich wandte den Kopf, ohne sie loszulassen, und sah das Messer. Auf seiner silbernen Klinge steckte wie auf einem Bratspieß eine fette Spinne und zuckte mit ihren Kieferklauen. Teena hatte nicht versucht, mich zu töten.

Sie hatte mir das Leben gerettet.

Ich setzte sie auf ihre Füße und ließ sie los. Sie wankte. Ihre Beine gaben nach, und sie sank zu Boden. Ich kniete mich neben sie und bettete das Vacuúmfläschchen auf ein weiches Polster aus Moos zwischen zwei Wurzelsträngen. Anschließend hielt ich einen Finger unter Teenas Nase. Sie atmete. Schwach, aber sie lebte.

„Was kümmert dich die schwarze Schlampe?", fragte Hunger. „Sie war es doch, die dich die Regeln des Unterrumpfes gelehrt hat. Töte sie. Und nimm das Peeerl, das sie bei sich hat." Die letzten Worte flüsterte er und seine Augen erglühten. Ich knurrte, packte das Fläschchen mit Vacuúm und holte zum Wurf aus …

Mitten in der Bewegung erstarrte ich. Hunger hatte die bandagierten Hände zu abwehrender Geste erhoben. Er lächelte spöttisch. „Bist du wirklich so dumm?"

Ich seufzte genervt und ließ den Arm sinken. Kurzerhand zückte ich mein Messer und schnitt einen kleinen Beutel, durch dessen Leder das Licht des Perls leuchtete, von Teenas Gürtel. Ich ließ ihn in die Tasche meiner abgewetzten Hose gleiten und erhob mich. Als ich ging, stöhnte Teena leise.

Die Nacht kehrte in den Wald ein. Ich erreichte den Strand, als die Sonne bereits halb im Meer versunken war. Auch für jemanden, der nicht Jahre lang in Dunkelheit gelebt hatte, war dies ein besonderer Anblick. Die See war dunkel, die Sonne ein flimmernder Feuerball. Der Himmel ein Lavameer, das gen Zenit zu einem dunklen Blau abkühlte. Darin funkelten Millionen kostbare Diamanten. Vorübergehend vergaß ich sogar das Verlangen nach Perl.

Ich ließ mich am Strand nieder und vom Anblick des Sonnenuntergangs gefangen nehmen. Zu meiner Rechten leuchteten die Lagerfeuer der Piraten. Ich hörte sie leise rufen, manchmal Gesang. Kein störender Lärm, eher einschläfernd. Gedankenverloren beobachtete ich einige Möwen, die als schwarze Silhouetten der untergehenden Sonne entgegenflogen. Bald war nur noch ein kleines Segment des flammenden Runds zu sehen, das – irrte ich? – in smaragdfarbenem Glanz erstrahlte. Dann hatte das Meer es vollends verschluckt. Noch lange zeichnete die Sonne Farben an den Himmel.

Ich lehnte mich zurück und verschränkte die Arme hinterm Kopf. Da lag ich und lauschte den Sternen. Der Sand wärmte mir den Rücken und der Geruch des Meeres füllte meinen Kopf. Ich war glücklich.

Die Piraten blieben mehrere Viertel auf der Vulkaninsel. Mücken zerstachen jeden Zentimeter meines Körpers. Das Sonnenlicht verbrannte mir die bleiche Haut. Es war ein guter Schmerz. Trotzdem verbrachte ich anschließend die meiste Zeit im Schutz des Regenwalds. Stets hielt ich nach giftigen Spinnen, Fröschen und Schlangen Ausschau. Ich ernährte mich von den Früchten, die dort wuchsen – von Bananen und Ananas, von Mango und Papaya, Kokosnüssen und Kiwis. Könnt ihr euch vorstellen, wie köstlich eine Frucht schmeckt, nachdem man jahrelang von Ratten, Rost und verschimmeltem Brot gelebt hat? Wie dem Verdurstenden ein Schluck klaren Wassers. Wie am Ende eines schwülen Tages die lindernde Kühle eines Gewitters. Wie … wie einem Gefangenen die Ferne.

Ich erinnerte mich an Vieles, das Fonti mich und Emily über den Regenwald gelehrt hatte. An die Bezeichnungen von Pflanzen, welche essbar waren, und wie man daraus Heilmittel herstellte. Ich sammelte einige und legte sie zum Trocknen in die Sonne. Ich erinnerte mich an die Namen von Tieren und welche gefährlich waren. Ich fing ein paar Frösche und machte aus ihren Häuten Beutel, in die ich die Kräuter steckte. Aus der Haut einer Schlange fertigte ich einen Gürtel.

Fonti hatte gut daran getan, mich auszubilden.

Doch wann immer ich eine Erinnerung aus meinem früheren Leben herüberholte, begleitete Hunger mich zurück in die Gegenwart. Er spottete über mich und meine Versuche, in das Leben außerhalb des Unterrumpfes zurückzufinden. Er drängte mich dazu, das Perl zu nehmen, das ich Teena gestohlen hatte, und erinnerte mich bei jeder Gelegenheit daran, dass ich eines Tages in den Rumpf der *Swimming Island* zurückkehren musste. Ich gab so selten wie nur möglich dem Verlangen nach, die Droge zu nehmen. Der Wechsel von Rausch und Verzicht verlieh mir übermenschliche Fähigkeiten. Ich war stark wie ein Bär, schnell und scharfsinnig. Ich sah das Perl auf hunderte Meter Entfernung. An manchen Tagen glühte der Rumpf der *Swimming Island*, als wäre er mit flüssigem Mondlicht gefüllt.

Ich versuchte mich abzulenken, indem ich durch den Regenwald streifte. Innerhalb von kurzer Zeit lernte ich, wie ein Affe durch die Baumkronen zu klettern. Hierhin, viele Meter über den Boden, konnte Hunger mir nicht folgen. So blieb ich von seiner Gesellschaft verschont, bis ich spätestens bei Sonnenuntergang auf den Boden zurückkehrte.

Die Nächte verbrachte ich am Strand. Im Unterrumpf hatte ich mir einen leichten Schlaf angewöhnt, sodass ich beim ersten Tageslicht erwachte, bevor die Sonne mir den Körper verbrannte.

Eines Nachts holte mich jedoch etwas aus dem Schlaf, lange bevor die Sonne aufging. Ich schlug die Augen auf und vor dem sternenklaren Himmel sah ich die schwarze Silhouette eines Mannes. In der Rechten hielt er ein Messer. Als er bemerkte, dass ich wach war, stach er zu. Ich war vor Schreck wie gelähmt … das würde ich jetzt wohl sagen, wenn ich nicht längst aufgehört hätte, um mein Leben zu bangen. Aber mein Verstand war eine rasiermesserscharfe Klinge, geschliffen von Furchtlosigkeit. Und Perl.

Ich riss den Arm hoch und schlug dem Meuchler das Messer aus der Hand. Die Klinge wirbelte durch die Luft und landete im Sand. Falls der Mann überrascht war, ließ er es sich nicht anmerken. Ohne zu zögern packte er den Griff einer Pistole, der aus seinem Gürtel ragte. Ich rollte mich blitzartig zur Seite – keine Sekunde zu früh. Es knallte, und Sand spritzte auf. Ich sprang auf die Beine. Der Meuchler zielte erneut. Ich rammte ihm die Faust ins Gesicht. Seine Nase knirschte. Blut spritzte. Die Wucht meines Treffers war so heftig, dass es den Mann nach hinten warf. Er schlug mit dem Kopf an einen Stein und blieb bewusstlos liegen.

Hinter mir lachte jemand. „Genug gespielt." Ich wirbelte herum. Dort standen zwei weitere Männer. Einer von ihnen hatte den Lauf seiner Pistole auf mich gerichtet. Ich ließ mich augenblicklich nach hinten fallen. Wieder ein Schuss. Ich konnte den Luftzug des Projektils spüren, das um Haaresbreite über mein Gesicht hinweg pfiff. Ich vergrub meine Rechte im feinen Sand und schleuderte den beiden Männern eine Handvoll davon ins Gesicht. Sie fluchten. Ich rollte mich zur Seite. Noch ein Schuss. Sand spritzte auf. Ich kam auf die Beine und stürzte mich auf sie. Schlug dem Ersten die Pistole aus der Hand und rammte dem Zweiten die Faust in den Magen, sodass er den Säbel fallen ließ, den er gerade gezückt hatte. Ich packte sie beide am Hals und hob sie hoch – ebenso mühelos wie Teena. Ich knurrte. Sie würgten und zerrten an meinen Händen. Die Augen quollen ihnen aus den Höhlen. Fast gleichzeitig zogen die beiden Messer aus ihren Gürteln. Ich beugte die Arme und stieß die Männer von mir. Sie landeten rücklings im Sand und hielten sich hustend und würgend die Hälse. Ich hob die Pistole auf, zielte auf das Gesicht des Einen und stellte dem Anderen einen Fuß auf die Brust.

„Warum wollt ihr mich töten?", fragte ich mit einer Stimme, die weder Gnade noch Grausamkeit verhieß. Die Männer schwiegen. Ich bemerkte den fahrigen Blick desjenigen, dem ich den Fuß auf die Brust gestellt hatte.

„Eine Bewegung und ich schieß deinem Freund das Hirn raus." Ich richtete den Blick auf den Anderen. „Keine Antwort in den nächsten fünf Sekunden und ich schieß dir das Hirn raus."

„Franco hat uns geschickt", keuchte er. „Bitte nicht schießen."

„Wer ist dieser Franco?"

„Franco … ist eben Franco. Unser Boss."

Der Mann, dem ich den Fuß auf die Brust gestellt hatte, streckte jäh den Arm aus und vergrub seine Hand im weißen Sand, wohl um es mir gleich zu tun und ihn mir in die Augen zu streuen. Ich richtete den Lauf des Revolvers auf sein Gesicht und feuerte. Sein Körper erschlaffte. Sein Blut sprenkelte die Wange des Anderen. Der Mann fluchte. Sein ganzer Körper versteifte sich, während er gegen das Verlangen ankämpfte, aufzuspringen und wegzulaufen.

„Wenn du wie ein Hase im Zickzack läufst, schaffst du es vielleicht", sagte ich kühl. „Oder du sagst mir einfach, was ich wissen will. Warum will dieser Franco mich tot sehen?"

„Weil du unseren Dealer ermordet hast, Mann. Er gehörte zu unserer Bande."

Ich ließ die Waffe sinken und lächelte freudlos. „Danke. War doch gar nicht so schwer. Jetzt mach, dass du wegkommst." Das ließ der Mann sich nicht zweimal sagen. Er rappelte sich auf und rannte davon. Ich durchsuchte den Toten und den Bewusstlosen und erweiterte meine persönliche Habe um zwei Revolver, ein Messer – die einzige Klinge, die mehr aus Stahl denn aus Rost bestand – sowie ein paar Zigaretten. Außerdem fand ich mehr oder minder kostbare Gewürze und zwei Kugeln Perl. Anschließend zog ich mich zum Waldrand zurück, wo ich drei Zigaretten hintereinander rauchte. Ich hatte lange kein Perl mehr genommen und der Tabak half, dem Drang jetzt nicht nachzugeben. Ich dachte lange nach. Bei Sonnenaufgang hatte ich einen Entschluss gefasst. Ich ließ mich vom Geflüster der Bäume zu der Stelle führen, wo ich den Flammenwerfer und den Bärenpelzmantel versteckt hatte. Ich rüstete mir die Waffe an und verbarg sie unter dem Pelz. Dann ging ich auf direktem Wege in das Lager der Piraten. Viele Köpfe wandten sich mir zu, während ich zwischen den Holzhütten und Lederzelten durchging. Der Geruch von Schnaps, Tabak und gebratenem

Fisch mischte sich hier mit dem Salzaroma des Meeres. Die Klänge einer Ziehharmonika schlängelten sich durch das Lager.

Nach einer Weile fand ich den Metzger. Er stand über eine Holzbank gebeugt und zerhackte mit seinem Beil einen riesigen Paradiesvogel. Als ich mich näherte, blickte er auf. Er grunzte und setzte seine Arbeit grußlos fort.

„Wo finde ich Franco?", fragte ich.

„Warum sollte ich dir das sagen?"

Ich runzelte die Stirn. „Sagst du es mir oder nicht?", fragte ich kühl.

„Zieh Leine."

Ich wandte mich um und sah mich jäh Chemo gegenüber. Seine geschmolzene Gesichtshaut und der irre Glanz in seinem Blick machten ihn unverkennbar. Nur das Grinsen fehlte.

„Das bist doch duuu", sagte er. Seine Stimme ähnelte der eines jungen Draufgängers, der einem seiner jüngeren Opfer begegnete. Er neigte den Kopf und blickte an mir vorbei zum Metzger. „Ist er dein Freund, Mario?"

„Wenn noch mehr Müll aus deinem Mund kommt, verstopf ich ihn mit meiner Faust", entgegnete der Metzger grob.

Chemos Grinsen wurde breiter. Sein Blick richtete sich wieder auf mich. „Du bist groß geworden, Junge. Und stark. Hast den Unterrumpf überlebt, Hut ab, und einen Weg hinaus gefunden. Aber dein Leben endet hier. Ich habe damals geschworen, mir aus deinen Eingeweiden einen Halsschmuck zu machen." Er zückte ein Messer mit gezackter Klinge. Das Metall blitzte im Licht der aufgehenden Sonne.

Ich aber hatte nur Augen für sein Gesicht. Sein verhasstes, entstelltes Gesicht. Er war schuld an meinem Elend. Er hatte mich damals in den Unterrumpf gehetzt. Dafür sollte er bezahlen. Ich ballte die linke Hand zur Faust. Ich war drauf und dran, ihn den Atem des Flammenwerfers spüren zu lassen. Aber ich wollte nicht, dass die Piraten von der Waffe erfuhren. Sie war mein Ass im Ärmel.

„Gehörst du zu Franco?“

Chemo schnaubte. „Was kümmert es dich?“

„Ich habe ihn verärgert, weil ich seinen Dealer getötet habe. Ich möchte es mir nicht völlig mit ihm verderben, indem ich auch noch dich kaltmache.“

Chemo lachte ungläubig auf. Dann brach er in schallendes Gelächter aus. „Hört ihn euch an. Ist er nicht süß?“

Ich ging auf ihn zu. Ruhigen Schrittes. Ein alarmierter Ausdruck trat auf Chemos Gesicht. Das Lächeln fiel von ihm ab. Er wich zurück …

„Oh, bist du böse? Hab ich was Gemeines gesagt?“ Seine Stimme hatte einen furchtbar nervig entschuldigenden Tonfall angenommen. Wieder juckte es mir in den Fingern, ihn in ein Kleid aus Flammen zu hüllen. „Tu mir nicht weh. Ich hab es nicht so gemeint. HA!“ Jäh sprang er vor und stach zu. Ich rührte mich nicht. Erst im letzten Moment drehte ich meinen Körper, und die Klinge ging ins Leere. Ich hob den Arm, um meinem Gegner den Ellenbogen gegen die Schläfe zu donnern. Aber Chemo war schneller. Er ließ sich zur Seite fallen und rettete sich mit einer eleganten Drehung aus seiner misslichen Lage. Ein wölfisches Grinsen stahl sich auf seine Lippen.

„Ich bin entzückt“, sagte er. „Du hast Tanzen gelernt.“ Er zog eine Machete aus dem Gürtel und ließ sie einmal in der Hand kreisen. „Mal sehen, ob du *Espada* tanzen kannst.“ Die Luft fauchte, als er sie probehalber mit der Klinge durchschnitt. Sein Grinsen wurde noch breiter, und er stürmte vor. Nun war es an mir, zurückzuweichen. Chemos Streiche folgten schnell. Auf und ab, sodass es mir nicht möglich war, zu ihm durchzukommen. Inzwischen hatte sich eine Menge um uns gebildet. Die Piraten lachten und feuerten uns an.

Der irre Pirat lachte ebenfalls.

Ich verzog keine Miene. Schließlich stieß ich mit den Hacken gegen die Rückwand einer Holzhütte. Chemos Augen blitzten. Seine Machete fuhr auf mich hinab.

Ich lehnte mich nur ein kleines Stück zur Seite. Die Klinge verfehlte mich und bohrte sich in die Hüttenwand. Chemo überwand seine Überraschung schnell, jedoch nicht seinen Zorn. Anstatt mit dem Messer auf mich einzustechen, grunzte er wütend und zerrte am Griff der Machete. Ich ließ den Kopf vorschnellen und rammte ihm die Stirn ins Gesicht. Seine Nase gab ein Geräusch von sich wie Schnee unter einem Stiefel. Er stolperte rückwärts und fiel. Das Messer glitt ihm aus der Hand. Die Piraten umher jubelten und lachten. Manche applaudierten. Ich bemerkte Mario in der Menge, der mit verschränkten Armen dastand. Neben ihm Teena, die in Gegenwart des Hünen noch kleiner wirkte. Und daneben Sam, unverkennbar durch ihr strohblondes Haar, das nur auf einer Seite ihres Kopfes herabfiel. Auch sie hatte die Arme vor der Brust verschränkt, doch sie lächelte milde.

Ich stellte Chemo einen Fuß auf die Brust und beugte mich zu ihm hinab. „Du bleibst am Leben. Aber nur, weil ich immer noch nicht weiß, ob du für Franco arbeitest." Chemo antwortete nicht. Er hatte beide Hände auf die Nase gedrückt und funkelte mich aus tränenden Augen heraus an. „Deine Machete behalte ich. Sie sieht teuer aus. Eine kleine Entschädigung sozusagen." Ich zog die Waffe mühelos aus der Hüttenwand und klemmte sie in den Schlangengürtel. Dann wandte ich mich der Menge zu, die im Begriff war, sich aufzulösen.

„Wo finde ich Franco?", rief ich laut.

„In der Hütte beim spitzen Felsen dort", meinte ein Pirat, der weniger Zähne im Mund hatte als Finger an seinen Händen.

Ich nickte zum Zeichen des Danks und verließ den Schauplatz.

„Aye", hörte ich Sam zu Mario sagen, als ich an ihr vorbeiging. „Nimm dich vor diesem Malaka in Acht. Er kämpft mit der Ruhe eines Mannes, der den Tod nicht fürchtet." Sie rollte das „R" beim Sprechen.

Mario grunzte zur Antwort.

Vor der Hütte, die der zahnlose Pirat mir beschrieben hatte, erwarteten mich zwei Wächter.

„Ich möchte zu Franco", sagte ich.

„Und ich möchte die Königin von Dustrien ficken", meinte einer der Wächter gedehnt. „Arrangier das, Bursche, und ich lass dich rein."

„Ich habe …"

„Hör zu, Junge. Wenn du dich nicht innerhalb der nächsten zehn Sekunden verziehst, schneide ich dir den Schwanz ab." Er lächelte böse. „Haben wir uns verstanden?" Ich schwieg. „Zehn … neun …"

Die Tür zu Francos Hütte ging auf. „Hat mich jemand gerufen?"

Der Wächter verdrehte die Augen und wandte sich um. „Nein, Boss. Der Bursche hier will aufmucken." Ich sah gleich, warum Franco der Kopf der Bande war. Er war groß mit breiten Schultern. Unzählige Narben entstellten seine Haut. Er hatte einen gewaltigen Schnauzbart. Das schmutzige Haar hing in fettigen Strähnen über seinen Schultern. Er hatte Perlen, Muscheln und andere Dinge hinein geflochten, die – da war ich mir sicher – sich schon lange nicht mehr daraus befreien ließen.

Franco musterte mich.

„Du bist der, der aus dem Unterrumpf gekommen ist", stellte er fest. „Der meinen Dealer getötet hat. Wie hast du ihn so zugerichtet? Hast du ihn angezündet, nachdem du ihn abgestochen hast?" Ich hielt seinem Blick mit furchtloser Miene stand und schwieg. „Und jetzt hast du auch noch Trepper ermordet."

„Ist es schade um ihn? Deine Männer haben es vermasselt, mich zu töten, als ich ihnen unbewaffnet und schlafend ausgeliefert war. Sie waren *zu dritt.*"

Franco kratzte sich gelangweilt im Schritt. „Du hast zwei meiner Männer auf dem Gewissen. Dafür wirst du bezahlen."

„Ich kann dich auf andere Weise entschädigen."

Franco hob die Brauen. „Was hast du zu bieten?"

„Ich kann töten."

Ein spöttisches Schnauben war die Antwort. „Männer von der Sorte habe ich genug."

„Du meinst die, die du auf mich losgelassen hast?"

„Du wirst sterben, Junge." Franco gab den Wächtern einen Wink, woraufhin sie ihre Macheten zogen. Unter dem Ärmel meines Umhangs legte ich die Hand auf den Abzug des Flammenwerfers.

„Was hast du zu verlieren?", fragte ich. „Schlimmstenfalls sterbe ich bei dem Versuch, einen deiner Aufträge auszuführen. Im besten Fall hast du einen Killer für deine Bande gewonnen. Einen, der den Unterrumpf überlebt hat. Einen, der den Pelz getötet hat."

Francos Augen weiteten sich, als bemerke er erst jetzt den Umhang, der um meine Schultern lag. Offenbar war der Name des Bären auch an Deck der *Swimming Island* bekannt. Er hob die Hand, und die Wächter hielten inne.

„Du bist der, den sie den Perlkönig nennen?" Er musterte mich einen Moment lang nachdenklich. „Also gut, Junge. Arbeite für mich."

„Ich habe Bedingungen." Franco hob die narbengespickten Brauen. „Solange ich für dich arbeite, stehe ich unter deinem Schutz. Ich bekomme drei Mahlzeiten pro Tag. Und eine Kugel Perl an jedem Zahltag."

Franco bleckte die Zähne. „Du stehst in meiner Schuld, Junge. Die ersten beiden Morde bekomme ich umsonst. Ab dann stehst du unter meinem Schutz und bekommst deine Mahlzeiten. Das Perl kannst du vergessen. Ich dulde keinen Junkie in meiner Bande."

„Also gut", knurrte ich. Der Perlentzug machte mich reizbar. Franco spuckte sich in die Hand, und ich ergriff sie.

Nach Sonnenuntergang dieses Tages suchte Mario, der Metzger, mich am Strand auf. Ich hatte mich weit vom Piratenlager entfernt, um mich dort zur Ruhe zu legen. Die jüngste Begegnung mit Francos Handlangern hatte mich vorsichtig werden lassen. Mario näherte sich mir im Schutz des Waldes. Trotzdem bemerkte ich ihn, lange bevor er auf den mondbeschienenen Strand hinaustrat.

„Als ich sagte, du sollst dir Freunde suchen, meinte ich nicht mich", sagte er grußlos. „Grundsätzlich habe ich nichts gegen dich, Junge. Aber zwischen unserer Bande und Franco herrscht ausnahmsweise Waffenstillsand. Und offenbar hat Franco was gegen dich. Ich möchte diesen Frieden nicht aufs Spiel setzen, indem ich mich mit dir anfreunde."

„Du kannst beruhigt sein", sagte ich. „Ich arbeite jetzt für Franco."

Marios Blick verfinsterte sich. „So? Du scheinst deinen Platz auf diesem Schiff gefunden zu haben, Junge. Viel Glück."

Ich denke oft, dass ich die Vulkaninsel nie hätte verlassen dürfen. Das Grün des Waldes war Balsam für meine Seele. Ich erfuhr, dass die Piraten sich an abgelegene Orte wie diesen zurückzogen, um für einige Zeit abzutauchen. Bis die Königreiche ihre Patrouillen auf See zurückzogen, und die Händler es wagten, ihre Routen wieder zu fahren. Ich hatte meine letzte Kugel Perl schon vor einer Weile aufgebraucht, als Black Raven höchstselbst auf das Dach einer Hütte kletterte und verkündete, dass sie binnen vierundzwanzig Stunden ablegen würden. Es war das erste Mal, dass ich den Kapitän der *Swimming Island* sah. Er unterschied sich in seinem Aussehen nicht wesentlich von einem Mann wie Franco. Doch blickte man in seine schwarzen Augen, bekam man es mit der Angst zu tun. Man war froh, in der Menge zu stehen wie ein Schaf, das sich in der Herde in Sicherheit wähnte. Die Kälte in Ravens Augen ließ keinen Zweifel, dass er auf Ungehorsam nur eine Antwort kannte: Den Tod.

Die Furcht, die der Mann verströmte, umgab ihn wie eine schützende Rüstung. Er schritt so kühn durch das Lager, als wäre er unverwundbar. Die Männer senkten den Blick, wenn er vorüberging. Große Männer. Männer mit Armen wie Baumstämme. Männer, die tödliche Waffen bei sich trugen. Sie grüßten ihn mit respektvoller Stimme. Sie wichen ihm aus.

Am nächsten Tag kehrte ich wie alle anderen an Bord der *Swimming Island* zurück. Ich saß in einem der Boote. Inzwischen zitterte ich am ganzen Leib. Mein Herz raste. Ich gierte nach Perl.

Auch Hunger sah nicht gut aus. Sein Gesicht war unrasiert, seine Augen blutunterlaufen und er atmete hörbar.

„Du wirst als erstes den Eingang zum Neulingsschacht suchen", sagte er mit bebender Stimme. „Hörst du?" Der Neulingsschacht war eine Art Rutsche, durch die regelmäßig Bewohner in den Unterrumpf gelangt waren. Mitglieder von Ravens Crew, die man bestraft hatte oder die einfach Pech gehabt hatten. Vier von fünf Neulingen hatten nicht länger als zwei Viertel im Unterrumpf überlebt. Viele waren direkt an der Schachtmündung der Rutsche ermordet und geplündert worden.

„Du kannst dir Perl besorgen und den Rumpf einfach wieder verlassen", fuhr Hunger fort. Dunkle Schweißflecken zeichneten sich unter seinen Armen ab. „Du bist der Perlkönig. Wer sollte dich aufhalten?"

„Ich gehe nicht zurück", murmelte ich verbissen. Die Insassen des Bootes warfen mir misstrauische Blicke zu.

„Rede keinen Unsinn", keifte Hunger. „Wir wissen beide, dass du es keine Sekunde länger aushältst."

Ich sah zum Rumpf der *Swimmung Island*. Hunger hatte Recht. Das Perl hinter der gepanzerten Wand pulsierte so hell, dass es zu einem einzigen, silbernen Licht verschmolz.

Gib es mir

Gib es mir

Ich erschauerte.

Unser Boot wurde von einem Kran auf Höhe des Decks angehoben. Zuallererst suchte ich ein geeignetes Versteck für den Flammenwerfer. In meinem Zustand war es nicht klug, ihn bei mir zu tragen. Anschließend lief ich ziellos umher. Ich holte eine Zigarette hervor - meine zehnte heute - und zündete sie an. Meine zitternden Finger konnten kaum den dünnen Stängel halten. Indessen huschte Hunger umher auf der Suche nach dem Neulingsschacht. Er verschwand hinter einem Schiffsaufbau, nur um sogleich hinter einem anderen wieder aufzutauchen.

„Wo ist dieser Schacht?", sagte er in immer drängenderem Tonfall. „Wo, wo, wo?"

Kaum gewahr, wo ich hinlief, rempelte ich einen Piraten an. „Pass doch auf", blaffte er.

„Gefunden!", rief Hunger triumphal. Er stand vor einer eckigen Schachtöffnung, die aus einem der Aufbauten ragte. „Gefunden! Hier ist er! Rein, geh rein, und hol es dir."

„Halt den Mund ...", murmelte ich mit mühsam beherrschter Stimme.

„Wie bitte?", fragte der Pirat und packte den Griff seines Säbels.

„Rein, geh rein, losloslos, da unten ist es, geh rein ..."

„Ich sagte: HALT DEN MUND!" Viele Gesichter wandten sich mir zu.

Der Pirat zog den Säbel. „Du hast es so gewollt", knurrte er.

Hunger fing an zu schreien. Seine blutunterlaufenen Augen glühten. Er verschwand an Ort und Stelle und tauchte hinter dem Piraten wieder auf. In den Händen hielt er ein Messer - mein Messer! Er riss den Kopf des Piraten in den Nacken und schlitzte ihm die Kehle auf.

Unmöglich! Er war nur eine Halluzination, eine Ausgeburt meines kranken Verstands.

Ich blinzelte.

Jäh war ich an Hungers Stelle. Das Blut meines Opfers strömte mir über die Hände. Ich wich zurück und starrte den Mann an, der röchelnd vor mir zusammenbrach. Ich war mehr irritiert denn entsetzt. Was von alledem war noch real? Ich betrachtete meine Handrücken. Die Adern traten dick hervor. Ich spürte eine unsägliche Kraft wie damals, als ich das schwarze Perl genommen hatte, doch wurde sie nun von dem noch größeren Verlangen nach der Droge begleitet.

Weitere Piraten zogen ihre Waffen.

„Er dreht durch."

Eine Pistole klickte. Ich hob den Blick. Mir war klar, dass ich nicht schnell genug reagieren können würde. Hunger hingegen konnte es. Schon stand er vor dem Schützen und schlug ihm die Waffe aus der Hand. Er packte seinen Kopf mit beiden Händen und brach ihm mit einem Ruck das Genick. Und erneut fand ich mich an seiner Stelle wieder.

Tumult brach aus. Die Piraten stürzten sich auf uns oder flohen. Ich zückte Chemos Machete und hackte damit auf den nächsten Widersacher ein. Ich tötete zwei Männer und schlug einem dritten aufs Auge. Der Mann taumelte rückwärts. Erst jetzt bemerkte ich, dass es Chemo war. Er kämpfte sichtlich gegen die Benommenheit an, die mein Schlag ausgelöst hatte. Ich warf die Machete weg, packte ihn um die Körpermitte und hob ihn so mühelos über den Kopf wie eine Stoffpuppe. Vergeblich versuchte er sich aus meinem Griff zu befreien. Ich drehte mich einmal um die eigene Achse. Ich wollte ihn über die Reling werfen. Da fiel mein Blick auf die Öffnung des Neulingsschachts und ich warf Chemo hinein. Der irre Pirat verschwand schreiend in der Tiefe.

„Hinterher", brüllte Hunger. „Er wird sich das Perl holen, das dir zusteht!"

„Ich gehe nicht wieder zurück!", schrie ich.

Inzwischen hatte man einen Kreis um uns gebildet. Ich sah viele Pistolenmündungen auf mich gerichtet. Es gab, glaube ich, zwei Gründe, warum man mich nicht längst erschossen hatte. Zum einen bestand das Risiko, mich zu verfehlen und jemand anderes zu treffen. Zum anderen war ich eine Art

Kuriosität. Ein Tier, das zwar gefährlich, aber zu exotisch war, um es zu töten.

Da ertönte das helle Lachen einer Frau. Sam drängte sich zwischen den Piraten hindurch und betrat den Ring. „Gerade wollte ich dich töten", sagte sie, „da wirfst du Chemo in diesen Schacht. Nein, das ist zu komisch." Sie schien keine Angst vor mir zu haben. Wirkte lediglich belustigt. „Ich lasse dir dein Leben." Ihre Augen blitzten kampflustig. „Komm her, Malaka. Du bist stark, aber ich werde dir jetzt eine Lektion erteilen."

Ich knurrte und ballte die Hände zu Fäusten. Sam stand genau zwischen mir und dem Eingang zum Neulingsschacht. Hunger schrie. *Töte sie! Töte sie!*

Ich trat auf sie zu. Unermessliche Kraft pulsierte in meinen Muskeln. Ich wollte sie zermalmen! Mein Faustschlag kam mit solcher Geschwindigkeit, dass sie ihn unmöglich sehen konnte.

Aber sie sah ihn. Sie wich ihm aus und flog mit einer eleganten Drehung, fast wie beim Tanz, an mir vorbei. Ihr langes Haar kitzelte meine Wange. Als ich mich zu ihr umwandte, zierte ein verspieltes Lächeln ihre Lippen.

Sie bedeutete mir, es erneut zu versuchen. „Ella, Malaka. War das alles?" In den Reihen der Piraten ertönte verhaltenes Lachen.

Dann tauchte Hunger hinter Sam auf. Er hielt mein Messer in der Hand, bereit, es Sam in den Rücken zu stoßen. Sam drehte sich so schnell herum, dass ihre Umrisse verschwammen. Sie hatte ein Messer gezogen und donnerte das Heft gegen Hungers Schläfe.

Greller Schmerz explodierte vor meinen Augen. Ich fand mich zu Sams Füßen wieder.

„Netter Versuch, Malaka." Sie fasste mein langes Haar und zog mich daran auf die Beine. Die Welt drehte sich, und mir wurde übel. Sams Gesicht kam dem meinen so nahe, dass ich ihren Atem riechen konnte. „Du bist gut. So gut, dass ich diesen Kampf jetzt beenden muss." Sie stieß mich von sich, und ich taumelte rückwärts geradewegs gegen den dicken Bauch eines Piraten. Marios Bauch. Ich hatte noch die Zeit, ihm ins Gesicht zu sehen, ehe er sagte: „Schlafenszeit“ und mich mit einem einzigen Schlag ausknockte.

Ich erwachte kurz, als man meinen erschlafften Körper vor jemandes Füße warf.

„Was soll das?“ Das war Francos Stimme.

„Er sagte, er arbeitet für dich“, knurrte Mario. „Betrachte es als unseren guten Willen, dass wir ihn nicht getötet haben.“ Ich wurde wieder bewusstlos.

Als ich erwachte, schwebte ich auf einer Trage über das Deck der *Swimming Island.* Der Rahmen einer Tür glitt über mich hinweg, und das Sonnenlicht verschwand. Brachte man mich in den Unterrumpf?

„Nein.“ Ich lallte, als wäre ich betrunken. Ich hob den Kopf. Augenblicklich erfasste mich Schwindel und wieder verlor ich das Bewusstsein.

Das nächste Mal holte mich eine vertraute Stimme zurück. „Godric? Mein König?“

Ich blinzelte. Über mir schwebte das Gesicht von Limbania. Mutter der Ratten. Ich wollte antworten, aber mein Kopf war leer.

„Ihr habt ihm ganz schön zugesetzt“, sagte Limbania. „Schädel-Hirn-Trauma.“

„Nicht wir“, brummte Franco.

„Geht. Kommt in drei Tagen wieder.“

„Du sollst ihn nicht bloß heilen, Limbania. Es gibt da noch eine andere Sache, um die du dich kümmern musst.“

„Denkst du, das weiß ich nicht? Geht!“

Schritte entfernten sich, und eine Tür fiel ins Schloss. Limbanias Gesicht tauchte wieder über mir auf. „Mein armer Kleiner.“ Sie strich mir durchs Haar, wie Emily es früher getan hatte. „Ich weiß, was in dir vorgeht. Ein böser Geist verfolgt dich. Das schwarze Perl gab ihm die Kraft, dich bis ins Sonnenlicht zu begleiten." Sie lächelte und offenbarte ihre nadelspitzen Zähne. „Ich werde ihn vertreiben. Aber du wirst dafür bezahlen." Sie wandte sich ab und verschwand im angrenzenden Zimmer. Unter großer Anstrengung drehte ich den Kopf. Mein Blick fiel als erstes auf den Spiegel und traf den meines Ebenbildes.

Es lächelte.

„Nein", flüsterte ich.

Mein Spiegelbild stieg aus dem Bett. Ich versuchte mich aufzusetzen. Schwindel erfasste mich, und für einen Moment trat ich weg. Als ich wieder zu mir kam, war mein Spiegel-Ich im Begriff, durch das Glas zu treten. Es streckte seinen Arm hindurch, und der Spiegel warf Wellen wie die Oberfläche eines Sees. In den Augen meiner selbst funkelte die Mordlust. Mir wurde heiß.

„Limbania." Meine Stimme war ein raues Flüstern. „Limbania."

Mein Ebenbild betrat vollends die Kammer. Kurz blickte es an sich herab, als könne es nicht glauben, seinem Gefängnis entkommen zu sein. War das alles eine Halluzination? Es trat vor das Bett, in dem ich lag. Ich blickte zu ihm auf, die Augen weit aufgerissen. Sein Lächeln war beinahe liebevoll. Sein Blick dunkel und kalt. Ich fürchtete mich nicht vor dem Tod, wohl aber vor mir selbst. Mein Ebenbild zog ein Messer.

„Limbania!" Nicht ich hatte gerufen. Ich blickte zum Regal. War der Schrumpfkopf zum Leben erwacht?

„Was ist?" Mein Spiegelbild raste an seinen angestammten Platz zurück. Eine Sekunde später betrat Limbania die Kammer. In der Hand hielt sie eine winzige Schale mit gelbem Brei. Sie ging vor mir in die Hocke. „Iss das, mein König." Der Brei schmeckte wie faule Eier. Aber im Unterrumpf hatte ich schon weitaus widerwärtigere Dinge mit Appetit verschlungen. Gehorsam aß ich, was sie mir verabreichte, und versank in tiefem Schlaf.

Ich träumte von einem Birkenwald. In der Nähe einer Stadt mit roten Dächern. Die Strahlen der tief stehenden Sonne wärmten mein Gesicht. Grillenzirpen füllte die Luft. Eine Böe strich mir durchs Haar und trug den Geruch des Meeres heran, und die Birken flüsterten durcheinander.

„Ich kenne diesen Ort", sagte ich zu mir selbst.

„Es ist deine Erinnerung." Es war, als hätte Limbania schon die ganze Zeit neben mir gestanden.

„Unmöglich." Ich ging in die Hocke und berührte die Samen eines Grashalms. Es waren acht. „Ich habe ein gutes Gedächtnis, aber kein so gutes."

„Lass dich nicht täuschen. Woran du dich nicht erinnerst, erfindet dein Gehirn dazu."

Ein Ruf ertönte. „Komm zurück, Emily. Signore Fonti sagte, wir sollen diese Aufgaben bis morgen gelöst haben."

Die Silhouette eines Mädchens tauchte über der nächsten Hügelkuppe auf. Haar und Rock wehten hinter ihr her, als sie auf die Birken zulief. Ihr folgte ein magerer Junge, der große Schwierigkeiten hatte, mit ihr Schritt zu halten.

„Na und?", rief das Mädchen. „Die erledigen wir doch in Nullkommanichts. Es ist ein wunderschöner Tag. Bis die Sonne untergeht, können wir den Bäumen lauschen." Emily erreichte den Birkenwald und ließ sich an dessen Rand im Gras nieder. Der Junge legte sich wortlos neben sie, sodass sich ihre Köpfe fast berührten.

Ich ging zu ihnen. Eine Zeit lang stand ich bloß da und betrachtete das Gesicht, das einst mein eigenes gewesen war. Rund und rosig und narbenlos. Die Augen voller Lebensfreude.

„Komm", sagte Limbania leise und fasste mich am Unterarm. Mit sanfter Gewalt zog sie mich fort.

„Wohin gehen wir?"

„Das siehst du gleich."

Wir taten nur drei Schritte. Die Hügel lagen hinter uns, und wir standen auf den Straßen der Stadt. Hier wurde meine Erinnerung blasser, die Umrisse aller Dinge unschärfer. Limbania öffnete die Tür eines Hauses, und dahinter kam ein dunkler Gang zum Vorschein. Mit einem Nicken forderte sie mich auf, einzutreten. Ich erwiderte ihren Blick und schüttelte den Kopf.

„Es ist nicht der Unterrumpf", sagte Limbania. „Es ist nur eine Erinnerung. Der einzige Weg zurück in die Gegenwart." Ich holte tief Luft, straffte die Schultern und trat ein.

In meiner Erinnerung war der Unterrumpf wie in meinen Albträumen. Ein undurchsichtiges Gewirr dunkler Gänge und enger Räume. Nur jene Orte, die ich oft besucht hatte, sah ich klar. Wie jene Kammer über dem Maschinenraum. Irres Geschrei hallte durch die Gänge. Stetes Tropfen begleitete es. Rattenfiepen und das Knarren von Stahlträgern. Es roch nach Eisen, nach Rost und Blut.

„Du hast gelogen." Ich blieb abrupt stehen. „Lass mich zurück."

„Es gibt kein Zurück."

„Limbania, ich werde dir den Hals umdrehen …"

„Vertrau mir. Hier entlang." Sie führte mich durch einen Gang, eine Treppe hoch, durch ein Loch in der Wand und eine Leiter hinauf. Während wir dem Verlauf eines breiten Hauptganges folgten, bemerkte ich eine Bewegung aus den Augenwinkeln.

„Wir werden verfolgt", murmelte ich.

Limbania nickte und schwieg.

Wir gingen weiter und gelangten vor eine Tür. Die Dealertür.

„Sie ist verschlossen." Limbania ignorierte meine Worte und belehrte mich eines Besseren. Hinter der Tür führte eine Brücke zum Deck der *Swimming Island*. Das Holz knarrte unter unseren Füßen. Auf der anderen Seite bedeutete Limbania mir, mich umzudrehen. Unser Verfolger stand dort im Rahmen der Tür. Die Dunkelheit verbarg ihn, doch ich erkannte den Zylinder.

„Hunger …"

„Er folgt dir, wann immer du eine Erinnerung aus deinem alten Leben mitnimmst. Du kannst dem ein Ende bereiten." Limbania reichte mir eine Axt, die sie scheinbar aus dem Nichts geholt hatte.

„Ich soll ihn töten?"

„Das würde dir nicht gelingen. Zerstör die Brücke."

Als ich die Axt hob, legte Limbania mir eine Hand auf den Arm. „Warte. Du solltest wissen, dass du auch den Weg zu deinen Erinnerungen an das Leben vor dem Unterrumpf zerstörst."

Ich ließ die Arme sinken. „Ich werde mich an nichts erinnern?"

„An das wenigste."

„Emily?"

„An sie vermutlich schon. Nicht dein Kopf, sondern dein Herz erinnert sich an sie."

„Und wenn ich die Brücke nicht zerstöre?"

„Wird er dir folgen", sagte Limbania, „und dir das Leben zur Hölle machen."

Ich betrachtete nachdenklich die Brücke. „Fonti hat mir Vieles beigebracht…"

„Deine Erinnerungen sind nicht für immer verloren. Du kannst sie nicht mehr finden, aber wenn du geduldig bist, finden sie dich."

Ich nickte. Hob die Axt und schlug sie krachend ins Holz. Nach nur wenigen Streichen stürzte die Brücke ins dunkle Wasser. „Auf Nimmerwiedersehen", sagte ich zu Hunger und lüftete einen unsichtbaren Hut, als der Traum sich schon aufzulösen begann.

„Er erwacht. Ich hole Franco."

Als ich die Augen öffnete, stand Franco schon über mir. „Raus hier. Ich möchte mit ihm allein reden." Eine Tür fiel knallend ins Schloss.

Ich setzte mich auf und sah mich um. Ich war nicht mehr in Limbanias Versteck, auch nicht mehr im Unterrumpf. Tageslicht fiel durch ein Fenster. Ich lag in einem riesigen Bett, an dessen Fußende eine Kleidertruhe stand. Gemälde nackter Frauen zierten die Wände.

„Du bist in meiner Kammer." Franco ließ sich auf einem Stuhl nieder. Kurz schwieg er, weil er wohl erwartete, dass ich etwas sagte. Doch ich blieb stumm. Franco sog geräuschvoll die Luft ein und strich sich über den Schnauzbart.

„Warum hab ich dich nicht einfach über Bord geworfen?", knurrte er. „Mmh? Was denkst du, Bursche?"

Ich schwieg.

„Die Männer, die du getötet hast, gehörten zu niemandem. Dein Glück. Es hätte auch anders kommen können. Hättest du diese Saminthi getötet, hätte das einen Bandenkrieg ausgelöst. Also, warum habe ich dich am Leben gelassen?" Er strich sich erneut über den Schnauzbart. „Man hat mir berichtet, dass du kämpfst wie ein Dämon. Sogar Saminthi hatte Respekt vor dir. Du bist ein wertvoller Kämpfer, Godric. In dir schlummert eine Bestie, aber wenn du sie nicht zähmen kannst, muss ich dich töten." Er erhob sich. „Unser Deal steht noch. Zwei Opfer habe ich gut. Danach stehst du unter meinem Schutz." Franco verließ das Zimmer. Ich schwang die Beine über die Bettkante und fuhr mir mit der Hand durchs Haar. Es war nur noch wenige Millimeter lang. Jemand hatte es abrasiert.

Ich dachte an den Traum. Es war, wie Limbania gesagt hatte. Ich wusste noch, dass ich ein Leben vor dem Unterrumpf gehabt hatte. Dass ich und meine Schwester von Rico Fonti ausgebildet worden waren, dass wir beim Überfall der Piraten voneinander getrennt worden waren, und dass ich eine lange Zeit im Unterrumpf verbracht hatte. Dass mein Name … wie lautete er? Ich griff in die Hosentasche, als glaubte ich, ihn dort zu finden, und fand stattdessen meinen Siegelring. Ich betrachtete die Initialen – GE – und die Erinnerung fand mich.

Ich steckte mir den Ring an den kleinen Finger, wie um sicherzustellen, dass ich den Namen nicht wieder vergaß.

Ich erinnerte mich nicht mehr an das, was Fonti mich gelehrt hatte. Ebenso wenig an den Schrecken des Unterrumpfes. Und das Verlangen nach Perl … es war fort.

Francos Aufträge ließen nicht lange auf sich warten. Ich tötete die Männer und wurde offiziell Mitglied seiner Bande. Ich erhielt weitere Aufträge, und angesichts meines Erfolgs fand Franco zunehmend Gefallen an mir. Er schrieb die Namen derer, die ich töten sollte, auf einen Zettel und nagelte diesen an eine Tür. Bald wusste jeder: Stand jemandes Namen auf diesem Zettel, blieb ihm nicht mehr viel Zeit. Ich wurde zur meist gehassten Person an Bord der *Swimming Island*.

„Nehmt euch vor diesem Malaka in Acht", hörte ich Sam sagen. Doch weder Furcht ließ ihren Blick gefrieren, noch Hass ihre Augen glühen. Sie respektierte mich.

Ich schlief immer woanders. Meist unter freiem Himmel. In einer Hängematte hoch oben im Takelwerk, auf dem Dach eines Schiffsaufbaus oder zwischen einem Stapel verrottender Kisten. An kalten Tagen zog ich mich ins Schiffsinnere zurück. Zweimal versuchte man, mich im Schlaf zu ermorden. Beide Male weckte mich mein Instinkt, und ich vergalt den Mördern den Versuch mit gleicher Münze – nur erfolgreicher. Danach ließ man mich in Ruhe.

Nur einmal gelang es jemandem, sich mir zu nähern, ohne dass ich es bemerkte. Ich lag auf dem Dach eines Deckaufbaus und blickte zum Himmel. Unter mir zechten und sangen die Piraten. Als ich die Sterne sah, passierte es: Eine Erinnerung fand mich. Ich erinnerte mich an die Namen der Sternenbilder. Tyrs Augen, Stahl, Einar … und natürlich die zwölf Wächter. Aber etwas war merkwürdig. Da waren nur elf. Ich zählte ein zweites Mal.

„Du bist so ruhig." Ruckartig setzte ich mich auf. Es war Sam. „Du sprichst kaum, du betrinkst dich nicht und bist am liebsten allein. Ich hingegen bin laut und ungeduldig, aber wenn ich dich nur ansehe, werde ich selbst ruhiger." Sie legte sich neben mich und blickte zum Himmel. „Was siehst du?"

Ich zögerte einen Moment. Dann kam ich zum Schluss, dass sie mir nichts Böses wollte. Ich ließ mich zurücksinken, so nahe neben sie, dass mein Kopf auf ihrem blonden Haar ruhte.

„Kennst du die Sternenbilder der Norvolken?", fragte ich.

„Nein."

Ich deutete zum Himmel. „Das sind Tyrs Augen. Er sucht nach Lotin, um ihn zu verbannen. Dort ist Stahl, der sich nach seiner Schwester sehnt. Und diese sind die zwölf Wächter." Aber es waren nur elf.

„Was bewachen sie?"

„Ich … erinnere mich nicht." Waren es vielleicht schon immer elf gewesen? Täuschte mich meine Erinnerung?

Sam stellte keine weitere Frage. Sie holte eine Zigarette hervor und reichte sie mir nach dem ersten Zug. Als wir sie aufgeraucht hatten, ging sie ohne ein Wort des Abschieds.

Nachdem die *Swimming Island* die Vulkaninsel verlassen hatte, dauerte es mehrere Viertel, ehe erneut Land in Sicht kam. Es war Dustrien. Das erste Ziel der Piraten war South Harrow, eine Hafenstadt. Es sollte nicht oft vorkommen, dass jemand Widerstand gegen Black Raven leistete, aber die Verteidigung von South Harrow war bestens gerüstet und der Offizier hatte offenbar Befehle. So sah ich, wie die Piraten kämpften, und begriff, warum gegen sie kein Kraut gewachsen war.

Zunächst war da das Schiff mit mehr als sechzig Kanonen je back- und steuerbordseitig. Sobald die Artillerie ihr Zerstörungswerk verrichtet hatte, gingen die Piraten an Land. Sie waren ein bunter Haufen und kamen wie eine Lawine über die Stadt. Schwarze, braune und weiße Menschen; Hünen, Krüppel und Zwerge. Sie kämpften mit exotischen Waffen, mit Beilen, Macheten und Katanas, Revolvern, Granaten und Flammenwerfern. Sie zogen ohne System in den Kampf und schlachteten ihre Feinde. Sie nahmen keine Rücksicht auf Verluste und töteten sich sogar gegenseitig.

Lief ein Raubüberfall friedlich ab – was in aller Regel der Fall war – wurde die Beute unter den Bandenbossen aufgeteilt. Die Mächtigsten bekamen das meiste. Die Bosse wiederum bezahlten die Bandenmitglieder.

Eskalierte ein Überfall wie in South Harrow, behielt jeder, was er erbeutete. Das war die Gelegenheit, sich zu bereichern, auch für mich. Trotzdem hielt ich mich zurück. Viele an Bord der *Swimming Island* trachteten mir nach dem Leben. Ich stand unter Francos Schutz, doch im Gefecht wäre schwer nachzuweisen, aus welcher Waffe die Kugel gestammt hatte. Während sich alle anderen auf die Soldaten stürzten, blutdurstig wie Wölfe, drang ich tiefer in die Hafenstadt vor. Ich gelangte vor ein Hotel, das vom Beschuss größtenteils verschont geblieben war. Kunstvolle Buchsbäume säumten den Weg zum Eingangsportal, Marmorsäulen verliehen dem Gebäude antike Anmut.

Ich betrat das Foyer. Niemand war hier. Personal und Gäste waren geflohen oder versteckten sich irgendwo. Die Kassen hatte man mitgenommen. Ich durchquerte den Saal in der Hoffnung, etwas von Wert zu finden, da ertönte das metallene Klingen eines Säbels, der aus der Scheide gezogen wurde. Ich wandte mich um und sah mich einem bärtigen Adligen gegenüber. Er trug eine entschlossene Miene und deutete mit der Spitze seiner Waffe auf mich.

„Gebt mir den Ring, den Ihr da tragt“, sagte er mit theatralischer Stimme. „Es ist nicht der Eure, Dieb.“

Ich schnaubte. „Versuch nicht, den Helden zu spielen, Mann. Es ist meiner.“ In diesem Moment fand mich eine Erinnerung und mir wurde klar, dass ich einen Fehler gemacht hatte. Jeder, der einen Siegelring wie ich besaß, war registriert. Wenn der Mann die Initialen gesehen hatte, kannte er meine Identität.

„Lügner“, rief der Mann, fuchtelte mit dem Säbel und kam näher. Ich zog Chemos Machete. Die Wucht meines ersten Treffers entwaffnete den Mann, der für mich kaum ein Gegner war. Der zweite Schlag hinterließ einen so tiefen Schnitt in seiner Kehle, dass er ihn fast enthauptete. Der Mann starb in der Lache seines eigenen Blutes.

Ich hörte ein Wimmern. Als ich mich umwandte, sah ich zwei Kinder, die hinterm Empfangstresen hervorlugten. Ein Junge von vielleicht zehn Jahren und ein jüngeres Mädchen, vermutlich seine Schwester. Mit vor Schreck geweiteten Augen starrte der Junge mich an. Das Mädchen drückte ihr Gesicht an seine Schulter und weinte. Mein erster Gedanke war, auch sie zu töten. Vielleicht hatten sie die Initialen gesehen. Vielleicht würde der Junge den Tod des Mannes, der sein Vater oder Onkel gewesen sein mochte, rächen wollen. Dann würde er nach mir suchen lassen.

Ich tat einen Schritt in ihre Richtung und erstarrte. Mir wurde klar, dass ich im Begriff war, eine Grenze zu überschreiten. Im Unterrumpf hatte ich viele grausame Dinge getan. Aber ein Kind zu ermorden, das war etwas anderes. Lange Zeit hatte ich geglaubt, dass die Dunkelheit mir alles Menschliche ausgetrieben hatte. Aber als ich diesen Jungen sah und das Mädchen, das an seiner Schulter weinte, keimte Mitleid in mir – ein Gefühl, das ich für immer verloren geglaubt hatte.

Ich wandte mich um und verließ das Hotel, ohne etwas mitzunehmen.

Einige Viertel nach diesem Vorfall reichte Franco mir einen Fetzen Papier. Es war ein Steckbrief. Unter einer treffenden Zeichnung meines Gesichts stand:

GESUCHT

GODRIC END

TOT ODER LEBENDIG

1000 LIBERTY BELOHNUNG

Einmal fragte ich Franco, wer zur Bande des Kapitäns gehörte.

Franco zuckte die Achseln. „Das weiß keiner so recht. Manche behaupten, für ihn zu arbeiten, aber vielleicht bezahlt Raven sie, damit sie lügen. Der Kapitän spielt nicht mit offenen Karten. Könnte sein, dass ihm das halbe Schiff untersteht. Vielleicht auch kein einziger Mann. Es hat schon Meutereien gegeben, aber stets schlagen sich die meisten auf Ravens Seite. Kaum einer glaubt, dass man ihn stürzen kann."

„Haben sie denn nicht versucht, so viele wie möglich zu mobilisieren, bevor es zur offenen Revolte kam?"

„Das haben sie. Aber Raven hat ein System. Seine Mannschaft setzt sich aus Halsabschneidern und Verrätern zusammen. Einmal hat er ein Gefängnis überfallen, nur um die Insassen aufs Schiff zu holen. Jeder zweite würde dich verkaufen. Ständig sterben Mannschaftsmitglieder oder landen im Unterrumpf oder verlassen das Schiff. Er hetzt die Banden gegeneinander auf. Dazu kommt die Größe der Besatzung. Du wirst es nie schaffen, sie zu einen."

Von Zeit zu Zeit ankerte die *Swimming Island* in Schwarzwasserhafen, einem Hafenabschnitt der Metropole Rust. Viele Erinnerungen fanden mich hier. Erinnerungen an das, was Fonti mich und Emily über die Stadt gelehrt hatte. Die Hauptstadt Dustriens ist so groß, dass selbst ein Schiff, das als schwimmende Insel bekannt ist, dort unbemerkt bleibt. Schwarzwasserhafen ist die wohl mieseste Gegend. Es ist der Rückzugsort aller Kriminellen. Wenn am Morgen keine Leiche auf der Straße liegt, sprechen die Menschen von einer gesegneten Nacht.

Die Piraten gingen hier an Land, um ihre Beute zu verkaufen, um neue Mitglieder anzuwerben und um Vorräte, Waffen und Munition zu kaufen. Aber vor allen Dingen, um die Hurenhäuser zu besuchen. Franco zeigte mir das Haus, in dem die Gefahr am geringsten war, sich mit der Fickfäule, dem Schwanzschwamm oder dem Freudenfieber anzustecken. Sex fühlte sich gut an und war zugleich enttäuschend. Von kurzer Dauer, und die Erregung der Hure war schlecht gespielt. Trotzdem kehrte ich zu ihr zurück. Ich wurde besser, und die Hure fand zunehmend Gefallen an mir. Ich genoss, wenn ihr Blick ehrfürchtig meinen Körper streifte. Die Muskeln unter meiner straff gespannten Haut. Die Narben überall. Sie wäre wohl gerne mit mir durchgebrannt. Eine romantische Vorstellung, wie nur Frauen sie haben. Vielleicht bildete sie sich ein, mir etwas zu bedeuten. Ich aber machte mir nichts vor. Sie hatte mir nichts zu bieten und war mir bloß ein Objekt, das dazu diente, meine Lust zu befriedigen.

Bei unserem ersten Halt in Schwarzwasserhafen erkannte mich jemand von den Steckbriefen trotz des flaumigen Bartes, den ich mir seither stehen ließ.

„Dein hässliches Gesicht hab ich schon mal irgendwo gesehen", rief eine junge Frau. Sie wäre hübsch gewesen, wäre ihr Haar nicht verfilzt und voller Flöhe, ihre Kleidung nicht zerlumpt und ihr Körper nicht schmutzig. „Du wirst gesucht, Godric End. Eintausend Liberty Belohnung."

„Willst du mich ausliefern?"

„Mich ausliefern?", äffte sie nach. „Hältst du mich für dämlich? Ich sehe doch, dass schon andere sich die Zähne an dir kaputtgebissen haben. Zugegeben … mit eintausend Liberty könnte ich dieses Leben hinter mir lassen." Sie seufzte. „Die Hafenhexe meinte, ich sollte nach Treedsgow gehen." Sie imitierte die Stimme einer alten Frau. *„Es würde dir dort gut gehen, Diane. Es wäre kein Leben im Luxus, aber allemal besser als dieses hier."*

„Wer ist die Hafenhexe?"

Diane zuckte die Achseln. „Eine blinde Alte, die behauptet, die Zukunft zu kennen. Jeder hält sie für verrückt und trotzdem bezahlen die Leute sie für ihre Vorhersagen."

Ich griff in meine Hosentasche, zog ein Bündel Banknoten hervor und warf es Diane vor die Füße. Sie hob es auf, ohne mich aus den Augen zu lassen. „Denkst du, ich mach die Beine für dich breit, wenn du mir Geld gibst? Das haben schon andere gedacht … die haben jetzt keinen Schwanz mehr."

Ohne eine Erwiderung ging ich fort. Keine Ahnung, warum ich ihr das Geld gegeben habe. Nicht aus Mitleid. Ich hatte aus einer Eingebung heraus gehandelt. Verschmerzen konnte ich die Summe allemal. Meine Dienste bei Franco brachten mir mehr als genug ein.

Dann war da noch Sam. Zu behaupten, dass ich sie beobachtete, hätte wohl nicht ganz der Wahrheit entsprochen. Man kam nicht umhin, sie zu bemerken.

„Malaka", nannte sie die anderen Mannschaftsmitglieder, wobei keiner so recht wusste, ob das eine Beleidigung war. Jeder kannte sie. Sie hatte schon unzählige Male sowohl ihr schlagfertiges Mundwerk als auch ihre herausragende Kampfkunst bewiesen. Es gab immer wieder Dummköpfe, die sie unterschätzten.

„Sag *Meine Mutter ist eine Hure*", befahl sie einem Neuling, der sie belästigt hatte. Er lag auf dem Bauch, Sam über ihm und verdrehte ihm die Arme.

„Meine Mutter ist eine Hure", stöhnte der Mann, und Sam erntete Gelächter.

Ich bewunderte sie im Stillen. Sam lebte mit einer Leichtigkeit mit den Piraten, ob der man sich fragen musste, warum sie und Teena die einzigen Frauen an Bord waren. Ich ertappte mich dabei, wie ich solche Orte aufsuchte, an denen ich sie am ehesten anzutreffen glaubte. Ihre Nähe verschaffte mir ein warmes Gefühl. Sie redete viel und lachte gerne – ganz im Gegensatz zu mir – und ich genoss ihr lebendiges Wesen wie auch sie meine Schweigsamkeit.

Es gab da nur ein Problem. Sie gehörte zu Marios Bande, ich zu Francos. Wir waren Feinde.

Eines Nachts – ich hielt mich am Heck des Schiffes auf – hörte ich ihr Lachen. Es war ein schwüler Tag gewesen, und ein kühler Wind und fernes Grollen kündeten ein Gewitter an. Fast jeder hatte sich ins Innere des Schiffes zurückgezogen. Ich ging um einen Schiffsaufbau herum und dort sah ich sie inmitten einer kleinen Gruppe von Piraten. Sie alle gehörten zu Marios Bande. Sie hatten sich auf Kisten niedergelassen, tranken Schnaps und spielten im Windschatten Karten. Da waren der Zwerg Little Jow und sein riesenhafter Freund Bigass Bob, Mario selbst, Teena und natürlich Sam.

„Eine Karte legen, eine ziehen“, rief Little Jow wütend. „Wenn ich noch einmal weniger als vier Karten in deiner Hand sehe, musst du trinken.“

Bob brummte etwas.

Teena beugte sich zu Sam und flüsterte ihr ins Ohr. Sam hob den Blick und sah zu mir. „Fantasma.“ Das bedeutete wohl Geist. Obwohl meine Haut längst nicht mehr weiß war, mein Haar wieder schwarz und meine Augen normal, nannte Sam mich manchmal immer noch so. „Komm her.“

Ich trat in den Schein der Laternen. Nacheinander begegnete ich den Blicken der anderen. Misstrauen und Abneigung waren nicht zu verkennen. Nur Sam schien sich über mich zu freuen.

„Was hast du hier zu suchen?“, fragte Mario.

„Lass nur, Mario. Er soll mitspielen.“ Mario schien nicht glücklich darüber zu sein, doch Sam winkte mich zu sich und bedeutete mir, neben ihr Platz zu nehmen. „Hast du schon mal Rapidez gespielt?“ Ich schüttelte den Kopf. „Es ist ganz einfach. Ziel ist es, als erster deinen Kartenstapel abzulegen.“ Kurzerhand erklärte Sam mir dir Regeln. Es war wirklich nicht schwer. Hinzu kam, dass der Verlierer einen Kurzen irgendeines exotischen Schnapses aus Sams Heimat trinken musste. In der ersten Runde schlug ich mich gut. Die zweite gewann ich. Die dritte verlor ich. Jow schob mir das Glas zu.

Ich hob abwehrend die Hand. Ich wollte einen klaren Kopf bewahren.

„Wir teilen", sagte Sam, leerte das Glas zur Hälfte und reichte es mir. Gehorsam trank ich den Rest. Indes mischte Mario die Karten. Jow und Bob stritten lautstark über die Regeln. Teena füllte das Glas.

„Da, wo ich herkomme", sagte Sam leise, „heißt es, teilt man Racó, teilt man ein Geheimnis. Was hast du über mich herausgefunden?"

Ich sah ihr in die Augen. Worauf wollte sie hinaus? „Du bist eine gute Kämpferin."

„Das ist kein Geheimnis", sagte Sam, während Mario die Karten austeilte und Bob und Jow anfuhr, endlich mit der Diskussion aufzuhören. „Was hast du über mich herausgefunden?"

„Du magst mich." Die Worte waren heraus, ehe ich es verhindern konnte.

Sam lachte und wechselte abrupt das Thema. „Er braucht einen anderen Haarschnitt. Hab ich Recht, Bob?"

Der Hüne blickte auf und betrachtete mich. „Hast Recht. Sieht nicht gefährlich aus. Braucht dringend einen neuen Haar von Schnitt."

„Das heißt Haarschnitt, du Ochse", meinte Jow.

„Halt doch deine Boca, du Arsch von Gesicht." Jow verdrehte die Augen.

Wir spielten weitere Runden. Immer häufiger erhellten Wetterleuchten den Himmel. Das Grollen wurde zu einem Donnern, der Wind stärker, und die ersten Tropfen fielen. Die Piraten packten ihre Sachen und zogen sich ins Innere des Schiffes zurück. Ich folgte wenig später, als der Himmel seine Schleusen öffnete. Ich hatte so manche regnerische Nacht im Freien verbracht, aber bei einem Unwetter wie diesem war das Risiko zu groß, über Bord geworfen zu werden. Dann zog ich mich in eine der Schlupfkajüten zurück. Kaum hatte ich den Flur betreten, von dem aus die Schlafräume zu erreichen waren, vermisste ich den Himmel. Schummrige Gasleuchten an den Wänden spendeten als einziges Licht. Auf halber Höhe des Flurs öffnete sich eine Tür vor mir, und ich hörte Sams Stimme.

„Ich schwöre dir, Jow, wenn morgen nichts mehr da ist, mache ich dich noch einen Kopf kürzer, als du ohnehin schon bist.“ Sie trat auf den Gang und bemerkte mich. Als sich unsere Blicke trafen, donnerte es lauter denn je, und Sam zuckte zusammen.

Ich lächelte.

Sam schürzte die Lippen und ging wortlos an mir vorbei, als wäre ihr die Sache peinlich. Als ich die Tür zu der Kajüte öffnete, rief sie meinen Namen. Ich wandte den Kopf. Auch sie stand vor der offenen Tür ihres Schlafraums. „Was du vorhin gesagt hast … richtig vermutet.“ Und sie verschwand in ihrer Kajüte.

Auch ich kroch in die winzige Kammer und legte mich auf das Lager. Ihre Worte ließen mich vergessen, wie sehr ich die Enge dieses Ortes hasste. Mein Herz jubilierte. Zugleich verspürte ich ein anderes Gefühl. Es war Angst. Angst vor dem Tod. Denn mit Sam gab es wieder etwas, das das Leben lebenswert machte.

Am Morgen klopfte ich an ihre Tür. „Da bist du ja“, sagte sie, als hätte sie auf mich gewartet. „Komm rein.“ Sie schloss die Tür hinter mir. Ihre Kajüte war deutlich größer als meine. Man konnte aufrecht stehen und es war genug Platz für einen Stuhl und einen winzigen Tisch. „Setz dich. Ich verpasse dir jetzt einen neuen Haarschnitt.“ Sie zückte eine Rasierklinge und stellte sich hinter mich. Ich überlegte, dass sie mir womöglich die Kehle durchschneiden wollte. Dann kam ich zu dem Entschluss, dass es das Risiko wert war.

Sie schnitt mir nicht die Kehle durch. Mit Bedacht führte sie die Klinge über meine Kopfhaut und entfernte das dunkle Haar bis auf einen schmalen Streifen in der Mitte. Mit einer Schere kürzte sie das verbliebene Haar auf wenige Zentimeter Länge.

„Nun bist du nicht nur gefährlich", sagte sie, „sondern siehst auch so aus."

Sam weckte in mir den Wunsch, noch gefährlicher zu werden. Ich kaufte mir bei einem Waffenhändler verschiedene Schusswaffen und übte mich in ihrem Umgang. Ich schoss auf Flaschen und Dosen, später auf Möwen. Ihr kennt Federico Fibonacci? Er ist wohl der berühmteste Violinist der Welt. So sicher, wie er die Töne greift, so sicher lernte ich, mein Ziel zu treffen.

Eines Tages erreichten wir Treedsgow. Noch immer hatte ich den Brief von Limbania. Zusammen mit den anderen Piraten ging ich an Land. Der Überfall lief friedlich ab. Man brachte den Piraten, was sie verlangten, und sie trugen es an Bord. Ich streifte indes durch den Hafen. Seit ich jenem Mädchen Diane in Schwarzwasserhafen Geld gegeben hatte, war viel Zeit vergangen. Ich schätzte zwei Jahre, war mir aber nicht sicher. An Bord der *Swimming Island* waren wir viele Monate lang auf hoher See gewesen. Ich hatte zusammen mit den Piraten die Küsten wärmerer Länder überfallen oder an Orten wie jener Vulkaninsel gelebt. Da verlor man leicht den Überblick über die Jahreszeiten und jegliches Zeitgefühl.

Was mochte aus Diane geworden sein?

Treedsgow war eine schöne Stadt. Selbst der Hafen war nobel. Es gab kaum Bettler. Die Straßen waren halbwegs sauber und entlang der Promenade reihten sich Straßenlaternen. Mein Blick fiel auf einen Jungen. Er mochte elf Jahre alt sein und stand in einer merkwürdigen Haltung da: Die Arme hingen in der Luft wie bei einer Marionette, die nicht gelenkt wurde, und er regte sich nicht. Als ich an ihm vorbeiging, wandte er sich jäh um. Seine Augen waren blau und wirkten leblos.

„Godric End."

Ich blieb stehen und starrte ihn an. Hatte er mich erkannt? Trotz des struppigen Bartes, der inzwischen mein Gesicht beherrschte, und der neuen Frisur, die ich beibehielt, seit Sam sie mir verpasst hatte?

„Du hast einen Brief für mich." Der Junge machte eine unbeholfene Geste, und erneut fühlte ich mich an eine Marionette erinnert. Ich bemerkte dünne rote Striemen an seinen Handgelenken. „Gib ihn mir."

Ich zog den Brief aus der Hosentasche. Der Junge streckte beide Hände danach aus, doch ich hielt ihn außerhalb seiner Reichweite.

„Woher weiß ich, dass du der Adressat bist?"

„Woher weiß ich sonst von dem Brief?", fragte der Junge ungeduldig. Seine Stimme klang merkwürdig. Etwas zu tief für sein Alter. „Nun gib ihn mir." Ich reichte ihm den Brief, und der Junge klemmte ihn zwischen den Handflächen ein. Ohne ein weiteres Wort ging er davon. Ich war mir nicht sicher, ob ich die Art, wie er einen Fuß vor den anderen setzte, lustig oder unheimlich finden sollte.

Es war ein paar Monate nach diesem Vorfall, da ich einen merkwürdigen Traum hatte. Es war eine kalte Winternacht, und ich schlief in meiner Schlupfkajüte. Ich träumte, dass eine leise Melodie mich weckte. Sie drang deutlich an meine Ohren, als säße jemand hier, in meiner Kajüte, und ließe seine Trauer Musik werden.

Ich verließ den Schlafraum und trat ins Freie. Die *Swimming Island* war gestrandet. Sie befand sich in Schräglage am Fuß einer Steilklippe. Es schien, als sei eine halbe Ewigkeit vergangen, seit sie hier ihr Ende gefunden hatte. Die Segel hingen in Fetzen von den Masten. Der Rumpf war rostzerfressen und einer der Schornsteine umgestürzt. Aus einem Loch im Deck ragte eine mächtige Eiche. Feenwürmchen schwirrten in ihrer Krone. Am Himmel funkelten die Sterne. Im Schatten des Baumes saß ein Mann und spielte jene traurige Melodie. In seinem Rücken steckte ein Messer.

Er blickte nicht auf, als ich mich näherte. Die Waffe steckte tief. Der Griff war schlicht, von einer einzelnen Diamantträne abgesehen, die wie das Mondlicht leuchtete.

„Was ist passiert?"

Blut tropfte aus dem Mundwinkel des Mannes auf den Korpus der Gitarre. „Du hast tausend Jahre geschlafen, Godric End."

„Wer hat das getan?"

„Frage die Toten nicht." Ehe ich etwas erwidern konnte, fuhr der Mann fort. „Eibalan hat etwas für dich."

Ich blickte zu der Eiche. Eine Böe strich mir durchs Haar und trug den Geruch von Salz und Rost heran. Eibalans Laub raschelte.

Komm zu mir.

Ich trat näher. Zwischen den moosbewachsenen Wurzeln der Eiche fand ich ein Buch mit ledernem Einband. Als ich es nahm, beendete der Mann sein Spiel. Er blickte auf. Seine Pupillen waren milchig und er weinte Blut. „Die Zwölfte Stunde schlägt, Godric End. Es bleibt nicht viel Zeit."

Ich erwachte. In den Händen hielt ich das Buch. Eine geschlagene Minute, während der ich zu begreifen versuchte, ob ich wahrhaftig nicht mehr träumte, starrte ich den Ledereinband an. Es gab keine logische Erklärung dafür, wie ich in den Besitz gekommen war. Meine Tür war verschlossen. Die Kammer bis auf eine dünne Matratze leer. Es war unmöglich, dass jemand es vorher hier platziert hatte. Ich fuhr mit dem Finger über den Rand des Buchdeckels und wog es in der Hand, wie um mich zu vergewissern, dass es real war. Es war ein dünnes Buch ohne Titel. War es möglich, dass ich es aus dem Traum mitgenommen hatte? Ich klappte den Deckel auf, blätterte zur ersten Seite und las:

Ich wohne jetzt seit fast einem Viertel hier: Treedsgow, Stadt des Wohlstands und der Naturwissenschaften …

Treedsgow. Ich hatte Limbanias Brief dort abgegeben, Diane hatte davon gesprochen und jetzt wieder. Was hatte es mit dieser Stadt auf sich?

Laute Stimmen und schnelles Fußgetrappel vor der Tür zerrissen die Leinwand meiner Gedanken. Ich legte das Buch beiseite und öffnete die Tür.

„Was ist passiert?", fragte ich einen vorbeieilenden Piraten.

„Sam und Franco … angeblich kämpfen sie."

Ich runzelte die Stirn. Unmöglich. Das hätte einen Bandenkrieg ausgelöst, eine Schlacht an Bord der *Swimming Island,* so verheerend, dass Raven es nicht zulassen würde. Ich folgte den anderen. Schon auf halbem Wege hörte ich Sams aufgebrachte Stimme.

„Wie lange sollen wir uns das noch gefallen lassen, Mario?"

Marios Antwort klang drohend, war aber nicht zu verstehen. Ich betrat das Deck und schloss mich der Menge an, die sich um Franco, Mario und Sam gebildet hatte.

„Das nennst du Waffenstillstand?", empörte sich Sam. „Jorge ist nun der dritte unserer Männer, den er töten ließ."

„Wer hat etwas von einem Waffenstillstand gesagt?", fragte Franco. Ruhig stand er da, die Hände in den Hosentaschen, und lächelte.

Sam tat drei schnelle Schritte. Ihr Gesicht kam dem Francos so nahe, dass sich ihre Nasenspitzen beinahe berührten. Ihr Haar wehte im Wind. „Du willst einen Krieg? Den kannst du haben!"

„Genug." Marios Stimme schnitt durch die Luft wie eine Machete. „Jorge hat beim Kartenspiel beschissen. Er hat gewusst, welches Risiko er eingeht. Ich werde nicht wegen ein paar Liberty einen Bandenkrieg lostreten."

„Jorge hat nicht betrogen! Das weißt du ebenso gut wie ich. Franco dezimiert unsere Bande, weil er uns fürchtet."

„Ich sagte: genug!"

„Das Meer soll dich holen!" Sam wandte sich an Franco. „Ein weiterer Mord, Franco. Ein weiterer Mord an einem unserer Männer und, das schwöre ich, ich werde dich töten." Franco lächelte nicht mehr. Sam wandte sich um und stürmte davon. Der Bandenboss bleckte die Zähne. Seine Augen waren dunkel.

Am nächsten Morgen erhielt ich einen Auftrag.

Ich starrte auf den Namen, den Franco in krakeliger Schrift niedergeschrieben hatte.

Saminthi.

Seit sie mir gesagt hatte, dass sie mich mochte, und mir einen neuen Haarschnitt verpasst hatte, waren einige Monate vergangen. Doch ihre Worte hatten sich in mein Gedächtnis gebrannt. *Was du vorhin gesagt hast … richtig vermutet.* Wahrscheinlich erinnerte sie sich nicht einmal mehr daran. Ich zündete mir eine Zigarette an und starrte auf den Namen.

Saminthi.

Das einzige Mal, da ich gegen sie gekämpft hatte, hatte sie mich vorgeführt wie einen Anfänger. Damals war ich stark wie zehn gewesen, aber auch rasend vor Verlangen. Seither hatte ich viel dazugelernt.

Saminthi.

Wenn ich den Auftrag ablehnte, würde Franco mich büßen lassen. Seine Bande war in den vergangenen Jahren mächtig geworden. Ich warf die Zigarette fort, an der ich nur zwei Mal gezogen hatte. Sam musste sterben. Wozu mein Leben für sie riskieren? Ich bedeutete ihr ohnehin nichts.

Ich brauchte Sam nicht zu beobachten, wie ich es für gewöhnlich mit meinen Opfern tat. Ich kannte ihre Gewohnheiten. Es gab nicht viele Dinge, die sie wiederholt tat, wohl um ein ebensolches Vorhaben wie meines zu unterbinden. Doch wenn sie aufgewühlt war, zog sie sich immer an denselben Ort zurück. Hunderte Male hatte ich sie dort zu den Sternen aufblicken sehen: am Heck des Schiffes auf dem Dach eines Schiffsaufbaus hinter dem letzten Schornstein.

Auch an diesem Tag kam sie wieder hierher. Ein starker Wind wehte, und hohe Wellen brachen sich am Rumpf des Schiffes. Ich blieb im Verborgenen und betrachtete ihre kahle, mondbeschienene Gesichtshälfte. Meine Hand lag auf dem Griff der Pistole. Ich wartete auf den Befehl. Hunger, der mich aufforderte, es endlich zu tun. Aber zu hören war nur das Rauschen der Wellen. Der Wind blies kalt über meinen nackten Oberkörper.

Worauf wartest du?

Sam erhob sich. Seltsam. Für gewöhnlich blieb sie länger an diesem Ort. Vielleicht fror sie …

Sie sprang von der Aufbaute und machte sich am Schloss einer Tür zu schaffen. Es klickte und sie verschwand im Innern. Still wie ein Schatten folgte ich ihr. Eine Treppe hinab und durch einen Gang. Gasleuchten an den Wänden spendeten schummriges Licht. Der Geruch von altem Leder, Papier und geborgenem Wissen hing in der Luft. Der Gang mündete in einen Saal. Auch hier gab es Gasleuchten. Mit Büchern gefüllte Regale reichten bis unter die Decke. Schnallen verhinderten, dass die Bände herausfielen oder gar die Regale umkippten. Auf einem Messingschild war der Name Hazlewood Industries eingeschlagen. Sam war nirgends zu sehen. Ich trat ein und betrachtete die Schnallen genau. Sie ließen sich über winzige Zylinder öffnen, die durch ein feines Netz aus Kupferrohren miteinander verbunden waren.

Ein lauter Knall ertönte. Ich wirbelte herum. Hinter mir stand Sam. Sie hatte die Eisentür ins Schloss geworfen. Ihre Augen fixierten mich.

„Hat Franco dich beauftragt, mich zu töten?"

Ich antwortete nicht.

„Warum hast du mich vorhin nicht erschossen?"

„Du hast es gewusst?"

Sie zuckte die Achseln. „Ich habe immer gewusst, wenn du dort warst." Ich bin kein Mann vieler Worte, aber in diesem Moment war ich schlicht sprachlos. „Es hat mir gefallen, zu wissen, dass du mich beobachtest." Sie ging an mir vorbei und trat vor ein Regal. „Du willst mich doch nicht töten, Godric." Sie berührte eines der Kupferrohre.

„Franco will, dass du stirbst", entgegnete ich. „Wenn ich dich nicht töte, stehe ich als nächster auf seiner Liste und jemand anders wird sich um dich kümmern."

„Ist diese Technologie nicht faszinierend?“ Über ihren Worten lag ein dunkler Schleier. „Ich habe sie untersucht. In diesen Zylindern stecken kleine Federn, die die Schnallen geschlossen halten. Öffnet man aber dieses Ventil …“ Sie drehte an einem kleinen Rädchen. Sekunden später fuhren die Zylinder ein und die Schnallen öffneten sich. „… drückt ein Schraubenverdichter die Luft in den Kupferrohren zusammen. Mehr noch: Sollte das Schiff eines Tages sinken, füllt das Wasser weitere Rohrleitungen. Der Druck verschließt jede Ritze dieses Raumes. Je tiefer das Schiff sinkt, desto größer der Druck, desto besser versiegelt ist die Bibliothek.“ Sie nahm ein Buch aus dem Regal und blätterte darin. „Dieser Ort ist die Schatzkammer Ravens. Die wenigsten, die ihn kennen, sind schlau genug, den Wert eines Buches zu verstehen. Und jene, die es tun, sind nicht so dumm, den Kapitän zu bestehlen.“ Die Hand, die das Buch hielt, schnellte vor. Sams Angriff traf mich völlig unvorbereitet. In letzter Sekunde zog ich meinen Revolver und schoss das Buch aus der Luft. Sam pflückte weitere Bände aus dem Regal und schleuderte sie nach mir. Ich wehrte sie mit dem Revolver ab, teils mit der bloßen Hand. Sam legte mit dem Fuß einen Hebel am Boden um, und auch die Schnallen, die das Regal hielten, öffneten sich. Das Schiff neigte sich, und das Regal rutschte einige Zentimeter über den Boden. Vereinzelt fielen Bücher heraus. Schnell wie eine Katze verschwand Sam auf der anderen Seite. Ich steckte den leer geschossenen Revolver in meinen Gürtel. Ehe ich ihr folgen konnte, erschütterte ein Schlag das Regal, und das Gestell neigte sich. Bücher prasselten auf mich herab. Ich packte das Gestänge und hob das Regal hoch. Durch eine Lücke in den Buchreihen sah ich, wie Sam die Augen aufriss. Ich warf das Regal auf sie. In letzter Sekunde rollte sie darunter hinweg, und das Möbelstück krachte gegen seinen Bruder und riss ihn aus der Verankerung. Eine Rohrleitung brach zischend. Das zweite Regal kippte.

Sam kam auf die Beine. In der Hand hielt sie eine Pistole. Ich schlug sie ihr aus der Hand. Ehe sie eine weitere Waffe ziehen konnte, drängte ich sie zurück, bis sie mit dem Rücken zur Wand stand, und drückte ihr Chemos Machete an den Hals.

Unsere Blicke trafen sich.

„Du solltest es nicht tun."

Ich schwieg.

„Raven weiß von deinem Auftrag. Wenn er mich hier findet, wird er wissen, dass du seine Bibliothek zerstört hast. Dann wird er dich töten."

„Ich glaube nicht, dass Raven es schert."

Sam lachte. „Du kennst ihn schlecht. Sein Reichtum ist das Einzige, das ihm etwas bedeutet. Er würde seinen eigenen Sohn verkaufen."

Ich schwieg.

„Manche denken, er ist gierig. Aber wenn du mich fragst, ist er bloß größenwahnsinnig. Er hofft, sich eines Tages ganz Dustrien kaufen zu können." Sam regte sich unter meinem Griff, und ich drückte die Klinge noch fester gegen ihren Hals.

„Dann tu es", flüsterte sie. „Töte mich. Töte uns beide."

Ich sah ihr in die Augen. Graublaue Edelsteine. Würden sie ihren Glanz verlieren, wenn ich das Leben dahinter erstickte?

Ich ließ die Machete fallen. Sprachlos sah Sam mich an. Ich nahm ihren Kopf in beide Hände, vergrub meine Linke in ihrem blonden Haar, zog sie heran und küsste sie. Wenn mein Handeln sie überrascht hatte, verbarg sie es gut. Sie erwiderte meinen Kuss so leidenschaftlich wie noch nie eine Frau. Ich ließ von ihrem Mund ab und küsste sie am Hals. Sie lachte leise.

Ich biss sie zärtlich, und sie sog lustvoll die Luft ein.

Wir zogen uns aus und liebten uns inmitten der Bücher. Keine Hure der Welt hatte mich je solche Lust empfinden lassen, und auch Sam musste sich auf die Unterlippe beißen, um nicht laut zu stöhnen.

„Hast du schon bei vielen Frauen gelegen, Fantasma?" Wir lagen nah beieinander. Sie zeichnete mit dem Finger die Narben auf meinem Oberkörper nach.

„Bei Huren. Aber nicht bei vielen. Was ist mit dir? Wie viele Männer hattest du schon?" Sam schwieg. „Ich wette, eine Menge. Es ist mir egal."

„Du … wo bist du nur hergekommen?"

„Mit wem von den Piraten warst du schon zusammen?"

Sie zögerte. Ihre Stimme war leise, als sie antwortete. „Mit … Mario."

„Mario? Er ist bestimmt zehn Jahre älter als du."

„Fünfzehn Jahre." Sie zuckte die Achseln. „Er hat mich beschützt, als ich an Bord des Schiffes kam."

„Wieso ist es vorbei?"

Sie seufzte. „Meinetwegen hätten wir für immer zusammen bleiben können. Aber das Arschloch hatte Angst. Als er zum Boss unserer Bande wurde, wurde ihm die Sache zu heikel."

„Wie alt bist du, Sam?"

„Vierundzwanzig. Und du?"

„Ich weiß es nicht. Siebzehn? Achtzehn? Vielleicht neunzehn."

Sam setzte sich auf und sah mich an. Ihr Haar fiel herab und kitzelte meine Brust. „So jung?" Ich strich ihr durchs Haar und streichelte ihr Gesicht. „Du wirkst älter."

„Das verdanke ich dem Unterrumpf." Ich musterte die Tätowierung auf ihrer Kopfhaut. „Was sind das für Ranken?"

Sam zuckte die Achseln. „Ein Motiv, das mir gefällt. Nichts weiter. Und du? Was sind das für Zeichen auf deinem Rücken?"

„Zeichen?"

Sie starrte mich an und brach in Gelächter aus. „Monatelang habe ich mich gefragt, was sie bedeuten mögen. Und du weißt nicht mal, dass sie dort sind." Ich starrte sie an. Wollte sie mich auf den Arm nehmen? „Es sind zwei Schriftzeichen. Runen oder etwas in der Art." Sie stand auf. „Komm, Godric. Wir sind schon zu lange hier." Wir zogen uns an. „Ich kenne einen Ort, an dem wir vorerst sicher sind. Hier …" Sie verstummte, weil ich von hinten an sie herantrat und ihren Hals küsste. Vielleicht würde es nicht mehr viele Gelegenheiten geben, dies zu tun. Franco und Raven trachteten uns nach dem Leben.

Sam atmete genussvoll ein und schloss die Augen. „Lass das", flüsterte sie, unternahm aber nichts. „Hör auf." Ich berührte ihre Hüften, und sie kicherte.

„Das kitzelt. Nicht." Sie wandte sich um und küsste mich auf den Mund. „Wir müssen los. Hier entlang." Sie führte mich aus der Bibliothek in einen Gang. Auf halber Höhe drückte sie gegen die Wand. „Hilf mir mal." Ich presste mit den Handflächen dagegen und die Wand gab nach. Sam schob sie auf und offenbarte mir eine verborgene Abzweigung, die nach nur wenigen Schritten in einem Schacht endete.

„Ich gehe nicht in den Unterrumpf." Meine Stimme war ruhig.

„Dieser Schacht führt nicht in den Unterrumpf." Sam verriegelte die Geheimtür hinter uns. „Geh schon." Wir stiegen die Leiter hinab und gelangten in einen dunklen Raum. Ein Bett stand hier, außerdem mehrere Kisten.

„Wo sind wir hier?"

„Es ist ein isolierter Raum im Rumpf des Schiffes. Also streng genommen *sind* wir im Unterrumpf. Reg dich nicht auf", fügte sie hinzu, als sie meinen Blick bemerkte. „Hier droht uns keine Gefahr."

„Darum geht es nicht", knurrte ich. „Ich werde nervös, wenn ich den Himmel nicht sehe."

„Dort ist ein Bullauge." Sam musterte mich mitleidig. „Die Zeit dort unten muss furchtbar gewesen sein."

„Ich mag es nicht, wenn ich längere Zeit die Sonne nicht sehe", erwiderte ich gereizt. „Das ist alles. Was tun wir als nächstes?"

„Wir warten auf die kleine Negrita."

Während wir warteten, lernte ich mehr über Sam als während der ganzen Zeit, die ich sie kannte. Ich erfuhr, dass sie von ihrem Vater verprügelt worden war, und deshalb von zu

Hause geflohen war. Sie erzählte mir von den Männern, bei denen sie gelegen hatte, und den Feinden, die sie getötet hatte.

„Ich kenne den Namen eines jeden, den ich ermordet habe", sagte sie. „Wenn es ein Leben nach dem Tod gibt, dann bete ich dafür, dass sie mir verzeihen." Diese gefühlvolle Seite an ihr überraschte mich. „Du darfst niemandem davon erzählen. Wenn die anderen erfahren, wie ich wirklich bin, halten sie mich für schwach."

Es gab auch Momente, während derer wir überhaupt nicht sprachen. Wir standen bloß da und hielten einander in den Armen, blickten aus dem Fenster und hingen unseren Gedanken nach. Es schien, als sei eine unsichtbare Barriere zwischen uns gebrochen. All die Jahre hatte sich eine gegenseitige Sehnsucht dahinter angestaut und endlich - endlich! - konnten wir unser Verlangen stillen. Wir küssten uns, liebten uns. Danach betrachtete sie mein Gesicht, minutenlang, als wollte sie sich jedes Detail einprägen. Und immer wieder wanderte ihr Blick zu meinen Augen. Ein Leuchten belebte jene graublauen Edelsteine, die ihre Iriden waren.

„Du bist anders, Godric. Anders als jeder Mann, den ich je gekannt habe. Du bist ruhig. So unerschütterlich. Du bist stark." Sie streichelte mir über den Bizeps. „Als du dieses Regal hochgehoben hast, dachte ich, ich sehe nicht richtig. Du bist jung und hast doch mehr erlebt als die meisten. Ich möchte nicht länger auf diesem Schiff bleiben. Ich möchte nur noch mit dir zusammen sein, re agapi, egal wo. Wir werden von hier verschwinden und ein neues Leben anfangen."

Teena kam nach etwa vierundzwanzig Stunden. Sie trat durch eine Tür, die unverkennbar in den Unterrumpf führte. Ich hörte die Schreie eines Süchtigen. Schnelle Schritte, die in den Untiefen verhallten. Roch die unverwechselbare Mischung aus Rost und Blut …

Die Tür fiel hinter Teena ins Schloss. Sie trug eine Gasleuchte bei sich. Ihre Augen leuchteten.

„Oben ist die Hölle los", berichtete sie. „Raven tobt. In seiner Bibliothek wurde randaliert. Ich nehme an, das wart ihr?" Sam lachte.

Teena musterte mich. „Franco ist misstrauisch. Ihm ist nicht entgangen, dass du *und* Sam verschwunden sind. Ihr solltet euch besser nicht blicken lassen."

„Wie weit sind wir vom Land entfernt?"

Teena zögerte. „Weit ..."

„Können wir ...?"

Die kleine schwarze Frau schüttelte den Kopf.

Ich sah abwechselnd von Teena zu Sam. „Was?"

„Teena hat weit unten im Rumpf Sprengstoff gelagert", erklärte Sam. „Sobald wir uns in Küstennähe befinden, zünden wir den Vorrat. Das sollte ausreichend Verwirrung stiften, um von hier zu verschwinden." Sam wies auf die Kisten umher. „Ich habe hier einige Vorräte gelagert. Es ist nicht viel ..."

„Das macht nichts. Hunger ist ein alter Freund von mir."

„So siehst du aus." Sam musterte mich mit einem Blick, der eindeutig nicht missfallend war.

Die folgenden Tage zählten zu den schönsten meines Lebens. Der kleine Raum hatte uns nicht viel zu bieten, wir einander dafür umso mehr. Ich wurde nicht müde, sie anzusehen. Ihren Worten zu lauschen. Sie erzählte viel – von ihrem Vater, den sie gehasst hatte, und von ihrer Flucht. Davon, wie sie an Bord des Schiffes gelangt war, und wie glücklich und geborgen sie sich an Marios Seite gefühlt hatte. Wie eine Welt für sie zusammengebrochen war, als er sie verlassen hatte. Und sie erzählte von mir.

„Ich habe mich immer gefragt, was die Runen auf deinem Rücken zu bedeuten haben. Du hast wirklich keine Ahnung?"

Ich schüttelte den Kopf. „Hatte ich die Runen damals schon, bei unserem ersten Kampf?"

„Ich erinnere mich nicht." Sam blickte kurz ins Leere. „Wenn, dann sind sie mir nicht aufgefallen."

Eines Tages war es so weit.

„Land in Sicht“, meldete Teena. Sam blickte zu dem Bullauge. „Die Küste ist auf der anderen Seite. Ich habe es vom Batteriedeck aus gesehen.“ Seit Sam und ich uns in Ravens Bibliothek begegnet waren, war Teena in den Unterrumpf abgetaucht. Als Sam ihr angeboten hatte, bei uns zu bleiben, hatte sie abgelehnt.

„Ich komme bestens mit den Süchtigen zurecht, danke. Außerdem will ich doch nicht … eure knapp bemessenen Vorräte aufbrauchen“, hatte sie mit blitzenden Augen hinzugefügt.

„Dann ist es Zeit, die Bombe zu zünden. Wir warten auf den Knall.“

„Da gibt es noch eine Sache“, sagte ich. Seit ich das Versteck betreten hatte, hatte mich das Gefühl nicht losgelassen, etwas vergessen zu haben. Wie ein Traum, an den man sich nicht mehr erinnerte. Zunächst hatte ich es ignoriert. In meinen Gedanken war nur Platz für Sam gewesen. Doch dann hatte ich mich gefragt, was es sein konnte, das da so hartnäckig in meinem Hinterkopf verweilte.

Nun fiel es mir wie Schuppen von den Augen.

Teena und Sam sahen mich fragend an. „In meiner Kajüte ist ein Buch. Ich brauche es.“

„Ein Buch?“, fragte Sam ungläubig.

„Es ist wichtig.“ Etwas sagte mir, dass es so war. Allein der mysteriöse Umstand, wie ich in seinen Besitz gekommen war.

„Das schaffe ich“, sagte Teena. „Welche ist deine Kajüte? Nummer vierzehn?“

„Eine vorher.“

Teena verschwand. Nach weniger als einer Stunde kehrte sie mit dem Tagebuch zurück.

„Mach die Zündung lang genug“, schärfte Sam ihr ein.

„Macht euch um mich keine Sorgen. In weniger als einer Stunde ist es so weit. Wartet hier. Wir werden das Bullauge einschlagen, sobald die Bombe hochgegangen ist. So erreichen wir eines der Sicherheitsboote." Sie verschwand erneut.

Sam wandte sich mir zu. „Nur noch wenige Augenblicke trennen uns von der Freiheit, re agapi." Sie küsste mich. Küsste mich zum letzten Mal.

Eine Stunde verstrich. Sam blickte auf ihre Taschenuhr und kaute auf der Unterlippe. Eine weitere Stunde verstrich, ohne dass ein Knall ertönte.

„Etwas stimmt nicht", sagte Sam. „Wir gehen sie suchen." Sie öffnete die Tür zum Unterrumpf. Dann sah sie meinen Blick. „Oh …"

Ich bemerkte nicht einmal, wie sie mich musterte. Starrte bloß in die Dunkelheit. Bildete ich es mir ein oder hörte ich die Schreie der Süchtigen? Das stählerne Knarren, das stetige Tropfen, das Brüllen des Pelzes in den Tiefen …

„Godric?" Sams Stimme holte mich in die Gegenwart zurück. „Was ist dein Problem? Bist du nicht der Perlkönig? Wirst du nicht spielend mit den Süchtigen fertig?"

„Nun ja …" Es waren nicht die Süchtigen, die ich fürchtete, nicht der Tod. Ich fürchtete mich vor mir selbst. Vor dem, was der Unterrumpf aus mir machte.

„Godric … du musst nicht gehen."

Ich räusperte mich. „Schon gut. Ich schaffe das." Ich betrat den Gang. Schon nach wenigen Schritten wurde mir schwindelig. Die Wände legten stählerne Arme um mich. Der Geruch von Rost und Blut füllte meinen Kopf. Eine Erinnerung fand mich. Olli, wie er vor mir lag, in der Mitte durchgeschnitten, seine Eingeweide auf dem Boden verteilt. Der Schweiß brach mir aus. Irgendwo vor mir, wo sich der Gang im Dunkeln verlor, sah ich die Umrisse eines Mannes mit Zylinder. Die Knie gaben unter mir nach. Ich suchte Halt an der Wand und glitt langsam an ihr herab. Der Rumpf knarrte wie der Magen eines Monsters. Ich biss die Zähne zusammen. Ballte die Hände zu Fäusten.

Töten oder getötet werden.

In meinem Kopf hörte ich Hungers selbstgefällige Stimme: *Ich wusste, dass du zurückkommen würdest.* Ich knurrte.

„Godric?" Sam legte mir eine Hand auf die Schulter. Ich wirbelte herum, packte sie an der Gurgel und drückte zu. Ich hob sie hoch, fletschte die Zähne. Mein hasserfüllter Blick traf ihre weit aufgerissenen Augen, während ich sie vor mir hertrug, den Gang zurück. Erst als das Sonnenlicht ihre Augen traf, wurde ich wieder ich selbst. Ich setzte sie auf dem Boden ab und wich zurück, entsetzt über das, was ich getan hatte. Ich stieß mit dem Rücken gegen die Wand und sank an ihr herab. Starrte auf meine Hände, als könnte ich nicht glauben, dass es meine eigenen waren.

„Es … es tut mir leid."

„Schon gut", flüsterte Sam und rieb sich die Kehle. „Ich gehe allein." Schon hatte sie den Gang betreten. Die Tür fiel hinter ihr ins Schloss.

„Warte." Ich sprang auf die Beine, obwohl ich am ganzen Leib zitterte. Eilte ihr nach und packte die Klinke. Doch die Tür ließ sich nicht öffnen. Sam musste sie von der anderen Seite verriegelt haben.

„Sam!" Ich hämmerte gegen die Tür. Wie sehr wünschte ich mir schwarzes Perl herbei, das mir die Kraft gab, die Eisentür aufzubiegen. „SAAAM!" Nach etwa zehn Minuten gab ich auf.

Ich kehrte zum Bett zurück und ließ mich darauf nieder. Grausame Bilder fanden einen Weg in meine Gedanken. Sam, abgestochen von einem Süchtigen. Überwältigt von Francos oder Ravens Männern. Ich raufte mir die Haare. Mein Blick schweifte durch den Raum auf der Suche nach etwas, das mich ablenken konnte, und fand das Tagebuch. Ich schlug es auf und las:

Ich wohne jetzt seit fast einem Viertel hier: Treedsgow, …

Ich warf es fort und erhob mich. Ging auf und ab, trat eine Kiste durch den Raum und mehrmals gegen die Eisentür, bis mir der große Zeh schmerzte. Zuletzt ließ ich mich wieder auf dem Bett nieder. Ich konnte nichts tun außer hoffen, dass Sam heil zu mir zurückkehrte.

Sie ist stark, sagte ich mir. *Hab Geduld. Sie wird es schaffen.*

Ich nahm das Tagebuch wieder zur Hand und strich über den ledernen Einband. Nun, da mein Herzschlag sich ein wenig beruhigt hatte, verspürte ich Neugier. Wieder dachte ich daran, wie ich in seinen Besitz gekommen war. Wollte jemand, dass ich es las? Ich dachte an die Worte des Mannes in meinem Traum. *Die Zwölfte Stunde schlägt, Godric End. Es bleibt nicht viel Zeit.* War es bloß irgendein Traum gewesen? Oder eine Botschaft?

Zum zweiten Mal öffnete ich das Tagebuch und fing an zu lesen.

Das Tagebuch

13. Taumond 1713, Viertabend

Ich wohne jetzt seit fast einem Viertel hier: Treedsgow, Stadt des Wohlstands und der Naturwissenschaften. Ich habe immer davon geträumt, eines Tages hierherzuziehen. Doch nun vermisse ich meine Heimat. Little Hill. Ich vermisse die hügelige Landschaft, die die kleine Stadt umgibt, die Berge am Horizont, die Kohlearbeiter, sogar das riesige Bergwerk. Ich vermisse das Landhaus meiner Eltern, die langen Flure, mein geräumiges Zimmer, die Bibliothek … Ich vermisse Mutter, meine beiden jüngeren Schwestern, sogar Vater, obwohl wir nicht in Freundschaft auseinandergingen. Und ich vermisse Edwina. Immer noch.

Ich versuche, mich von alldem abzulenken und gehe oft spazieren. Treedsgow hat viel zu bieten: Breite Straßen und alte Bauten. Plätze mit Brunnen und Statuen. Einen Hafen, einen Leuchtturm, einen Bahnhof, unzählige Läden und Bars und natürlich die Universität. Der Winter steht der Stadt gut. Viertmorgennacht kleidete er sie in unschuldiges Weiß. Aus den Schornsteinen steigt Rauch, der sich über die Dächer aus Tonziegeln erhebt und mit dem wintergrauen Himmel verschmilzt. Entlang der Hauptstraßen stehen Gasleuchten. Gasleuchten! Ich habe so etwas nie zuvor gesehen. Nachts bricht sich ihr Licht tausendfach in den Eiskristallen.

Der einzige Makel dieser idyllischen Stadt ist die Nervenheilanstalt *Sankt Laplace* jenseits des Stadtrandes, fern vom Licht und vom Leben. Sie bietet guten Stoff für Gruselgeschichten.

Übernächstes Viertel beginnt mein Studium an der Treedsgow University. Der Umzug ist getan, nun werde ich den Rest der Stadt erkunden. Mein nächstes Ziel ist der Hafen. Angeblich gibt es dort ein Dampfschiff!

Meinen Mitbewohner habe ich bisher nicht zu Gesicht bekommen. Er ist bei seinen Eltern und kehrt erst nächste Sonnnacht zurück. Unser Nachbar sagte, Edward sei ein einmaliger Mensch.

W. D. Walker

16. Taumond 1713, Viertmorgen

Gestern kehrte mein Mitbewohner zurück. Sein Name ist Edward Thomas Jones Thomson, Sohn des Barons von Westebbe. Ich nenne ihn Ed. Er ist groß. Ein gelassener Kerl, der oft mit den Schultern zuckt. Seine Eltern wollten, dass er studiert. Wie ich Ed einschätze, hat er nicht viele Widerworte gegeben. Ich vermute, er ist weniger am Studium interessiert als daran, möglichst viele Frauen ins Bett zu kriegen.

„Wenn du Spaß haben willst, geh zum Hafen", teilte er mir im Vertrauen mit, zehn Minuten nach unserer ersten Begegnung. „Auf der Universität wirst du kein Glück haben. Dort gibt es nur Prüderine und Langeweila. Und die wissen genau, dass sie fliegen, wenn sie nicht brav sind. Nein, wenn du dir nicht die Zähne an steinharten und dabei nicht mal leckeren Nüssen ausbeißen willst, halt dich an mich." Ed ist in Ordnung. Was mich betrifft, so bin ich nicht daran interessiert, ein Mädchen kennenzulernen, bloß *um ihren Acker zu pflügen,* wie Ed es so schön formuliert. Nenn mich romantisch, aber ich mache mir nicht viel aus einer einzigen Liebesnacht. Ich suche nach dem, was ich mit Edwina hatte. Egal was ich tat, wenn ich es mit ihr zusammen tat, trug ich ein Lächeln auf dem Herzen. Und wenn es bloß darum ging, ihr dabei zu helfen, die Wäsche zum Trocknen aufzuhängen.

Edwina hätte das Zeug gehabt, in Treedsgow zu studieren, wäre sie keine Frau gewesen, noch dazu die Tochter eines Kohlearbeiters. Wir waren fünfzehn, als wir uns zum ersten Mal küssten. Meine Hände zitterten. Edwina lachte. Zufällig berührte ich ihren Oberarm und fühlte ihre Gänsehaut.

Wir warteten nicht lange und teilten unsere erste Liebesnacht. Zwei Jahre lang waren wir ein Paar. Aber unsere Liebe erkrankte. Einmal sagte Edwina, dass wir uns trennen müssten. Denn sie war die Tochter eines Kohlearbeiters, ich der Sohn eines wohlhabenden Mannes. Ich wies es von der Hand. Nichts könne mich davon abhalten, bei ihr zu bleiben.

Doch irgendwann hatte der Druck unerträgliche Ausmaße angenommen. Mein Vater kam immer öfter auf unsere Beziehung zu sprechen: „Sie werden dich nicht auf der Christopher-Adams-Schule annehmen, wenn sich herumspricht, dass du dich mit dieser Dirne triffst. Wie willst du eines Tages in Treedsgow studieren ohne Abschluss?“

„Vielleicht will ich ja gar nicht nach Treedsgow“, erwiderte ich. Das war natürlich Unsinn, war das Studium an der Treedsgow University doch von klein auf mein Traum gewesen.

„Willst du etwa wie der Vater dieser Edwina in einer Kohlemine graben?“

Auch Edwinas Eltern wollten unsere Beziehung nicht gutheißen. Ihr Vater hasste den meinen, weil er Mitglied im Vorstand des Bergbauvereins war. Er nannte mich nie beim Namen, sagte immer nur *Der Sohn des Bonzen*. Eines Tages beendete Edwina unsere Beziehung. Bis zu meinem Umzug nach Treedsgow blieben wir Freunde. Aber selbst nach meinem Schulabschluss, vier Jahre nach der Trennung, spürte ich ihren Kummer über meinen Fortgang. Es war mehr als nur die Trauer über einen verlorenen Freund. Sie trauerte um eine verlorene Liebe.

W. D. Walker

28. Taumond 1713, Mittviert

Das Semester hat vor drei Tagen begonnen. Was in meinen Augen an Wunder des technischen Fortschrittes grenzt, ist für die meisten Bürger Treedsgows längst zum Alltag geworden. So wird der Haupteingang der Universität von zwei elektrisch gespeisten Bogenlampen beleuchtet. Dr. Warrick, unser Professor für Grundlagenmechanik, radelt jeden Morgen auf einem Hochrad zum Campus. Er hat es selbst konstruiert, in einer der Werkstätten der Universität bauen lassen und bereits ein Patent dafür angemeldet. Neben Laboren, Werkstätten und einer riesigen Bibliothek gibt es auch eine Rohrpostzentrale, die gut ein Dutzend Häuser der wichtigsten Bürger Treedsgows miteinander vernetzt.

Die Zukunft beginnt hier.

Nach den Veranstaltungen dieses Tages besuchte ich die Bibliothek. Es gibt dort Enzyklopädien und Lexiken, aber auch Romane und lyrische Werke. Ich lieh mir eine Gedichtsammlung von Anthony Robert Gray aus.

W. D. Walker

7. Frühlingsmond 1713, Werktag

Ist es möglich, dass ich schon seit zwei Vierteln in Treedsgow studiere? Es gibt viel zu tun, und die Zeit vergeht ungesehen …

Vor zwei Tagen war Frühlingsanfang. Gray bringt diese Jahreszeit in seinen Gedichten oft mit der Liebe in Verbindung. Ich horche in mich hinein und empfinde nur Sehnsucht.

Und Mutlosigkeit.

Wo ist sie, die ich suche? Hier in Treedsgow? Irgendwo in Dustrien? Gibt es sie überhaupt?

W. D. Walker

17. Frühlingsmond 1713, Stahltag

Es ist Abend.

Vor wenigen Stunden begegnete mir Emily End und schlug mich zum Narren.

(Ich vergaß zu atmen. Emily End? Meine Schwester Emily? Sie lebte? In Treedsgow? 17. Frühlingsmond 1713 … Wie lange war das her?)

Sie ist es, nach der ich gesucht habe. Daran besteht kein Zweifel!

Jedoch … darf ich wahrhaftig hoffen? Sie ist eine der wenigen Frauen, die in Treedsgow studieren. Sie würde nie – nie! – ihr Studium für mich riskieren.

Emily.

Dieser gewöhnliche Name war mir nie exotischer erschienen. Egal wie, ich kann ihn nicht aussprechen, ohne zu lächeln. Wenngleich es ein wehmütiges Lächeln ist.

Em-mi-ly. Wieder. Ein Lächeln.

Als ich vor vier Stunden meine Wohnung betrat, war ich allein. Ed besuchte eine Veranstaltung. Ich ging in die Küche. Als ich nach dem Brotmesser griff, verging mir der Appetit. Ich blickte mich um. Es war still, und ich fühlte mich beengt. Ich ging in mein Zimmer und fing an, einen Brief zu schreiben. Schon nach wenigen Zeilen legte ich den Füllfederhalter nieder. Die Luft erschien mir fremd und staubig. Mir war heiß und ich wurde zunehmend unruhig.

Mein Blick schweifte durch den Raum auf der Suche nach einem Grund, die Wohnung für wenigstens eine, besser zwei Stunden zu verlassen. Ich wollte mir selbst nicht eingestehen, dass ich Heimweh hatte. Ich entdeckte die Gedichtsammlung von Anthony Robert Gray auf meinem Schreibtisch und schnappte danach wie ein Schiffbrüchiger nach dem rettenden Seil. Das Rückgabedatum war erst für den achtundzwanzigsten ausgezählt. Egal. Ich stand auf und zog mir Schuhe und Jacke an.

Wenig später stieg ich die Stufen zum Podium der Bibliothek empor. Ich ging langsam, da ich unterwegs Grays Sammlung aufgeschlagen und mich in seinen Gedichten verloren hatte. Ich erreichte die Tür und tastete nach der Klinke. Zu spät sah ich den Bücherturm, der mir entgegenkam. Ich stolperte, während Bücher zu beiden Seiten des Turms auf den Boden klatschten.

„Bitte entschuldige!", rief das Mädchen, das die Bücher getragen hatte. „Hab dich nicht gesehen." Der Klang ihrer Stimme machte mich stutzig. Vielleicht lag es auch bloß daran, wie sie sich artikulierte, eine beiläufige Art, jedes Wort in Gesang zu kleiden.

„Nicht doch", sagte ich und beeilte mich, ihr beim Aufsammeln zu helfen. „Ich habe geträumt." Ich warf ihr einen flüchtigen Blick zu. Mein erster Gedanke war, dass sie nicht besonders hübsch war, eher durchschnittlich wie eine typische Studentin. Sie trug eine Brille. Ihre geröteten Wangen und das zerzauste Haar verliehen ihrer Erscheinung eine ungekünstelte Note.

Im Nachhinein denke ich, dass ihr Charakter ihre wahre Schönheit ausmacht. Sie hat eine spitze Nase, einen kleinen Mund und über der linken Braue trägt sie ein entrückendes Mal. Sie ist weder besonders schön noch hässlich. Umso stärker scheint die Schönheit ihres Wesens durch ihr unscheinbares Äußeres. Ed hätte das nicht verstanden.

Ich griff nach einem Buch. Ich erwartete eine wissenschaftliche Lektüre, etwas wie *Lehrbuch der Physik* oder *Evolutionsbiologie.* Ich konnte Ed in meinem Kopf fragen hören: *Ist sie eine Prüderine? Oder eine Langeweila?* Ich drehte das Buch um und las *Norvolkische Mythologie.*

Ich stutzte.

„Du interessierst dich für Mythen?" Sie nickte, während sie ihre Bücher wieder zu einem Turm stapelte. „Ich habe dieses Buch bestimmt ein Dutzend Mal gelesen", sagte sie. „Es ist mir ein tragbares Stück Heimat." Sie schenkte mir ein flüchtiges Lächeln.

„Kommt mir bekannt vor." Ich wollte ihr die Gedichtsammlung von Gray zeigen. Doch das Buch – ich hatte es nur kurz auf den Boden gelegt – war verschwunden. „Hast du mein Buch genommen?"

„Welches?"

„Dort." Ich zog es aus ihrem Bücherturm und zeigte ihr den Einband. Die Augen des Mädchens weiteten sich.

„Oh. Ich dachte, es wäre von mir. Ich wollte es mir ausleihen, aber jetzt erinnere ich mich, dass das einzige Exemplar schon vergeben war." Sie musterte mich milde interessiert. „Du liest Gray?"

Ich zuckte die Achseln. „Er schreibt gute Gedichte."

„So ein Zufall. Ich *liebe* die Gedichte von Gray."

„Ach ja?"

Sie nickte, überlegte kurz und sprach:

„Worte, die im All verrauchen
Verse in den Raum geführt
Strophen, die durch Zeiten tauchen
Ein Wort von mir, das dir gehört."

Es war eine Strophe des ersten Gedichtes in der Sammlung von Gray.

„Ich habe nach genau diesem Buch gesucht", fuhr sie fort.

„Du kannst es haben", sagte ich und hielt es ihr hin. „Ich wollte es gerade zurückbringen, aber die Frist endet …" Der Rest des Satzes ging mir verloren. Die Worte fielen von dem sinnbildlichen Tablett, auf dem sie herangetragen wurden, und verteilten sich auf dem Boden. Schlagartig war mir klar geworden, dass ich Emily mochte. Sie faszinierte mich. Unvernünftig, kannte ich sie doch gerade mal seit wenigen Minuten. Aber mein Herz war noch nie für seine Vernunft bekannt gewesen.

Emily sah mich erwartungsvoll an, während die Stille sich ausbreitete wie der endlose Ozean. Ich räusperte mich.

„… endet erst am achtundzwanzigsten."

„Vielleicht komme ich besser morgen wieder und leih es mir dann selbst aus", sagte Emily. Ein unterschwelliges Lachen begleitete ihre Worte. „Ich werde ohnehin lange Arme haben, wenn ich zu Hause bin."

„Ich gebe es dir im Austausch hierfür …", schlug ich vor und hielt das Buch mit dem Titel *Norvolkische Mythologie* hoch.

„Abgemacht …" Emily bückte sich nach dem Bücherturm.

„… und helfe dir, die Bücher heimzutragen, wenn du magst."

Wieder lächelte sie ihr kleines Lächeln, das mir bereits so vertraut erschien wie die Berge um Little Hill.

Wir unterhielten uns ausgelassen auf dem Weg zu ihrer Wohnung; erzählten uns, welche Gedichte von Gray wir am liebsten mochten und zitierten seine Verse. Ich wusste nicht und weiß auch noch immer nicht, was ich mir von meiner neuen Freundschaft erhoffen darf. Aber eines ist klar: Ich habe ihr Buch: ein Versprechen, dass ich sie wiedersehen werde.

W. D. Walker

Im Verwunschenen Tal

Der Mond schien im Verwunschenen Tal. Grillen zirpten, und der Wind trug den Duft des ewigen Frühlings heran. Ein Duft wie nasses Laub, wie feuchte Erde und Vogelnester. Dichte Waldstücke, Weiden und Blumenwiesen beherrschten die hügelige Landschaft, durchzogen von glitzernden Bachläufen.

Dies war ein verborgener Ort. Ein Ort bar jeder Menschenseele.

Nun, nicht ganz.

Über eine Blumenwiese stakste eine hochgewachsene Gestalt. Obwohl der Marionettenmann gebeugt ging, war er immer noch ein Riese. Die Kleidung stand im Kontrast zu der bleichen Haut. Die Beine waren lang und spindeldürr. Seine Schritte wirbelten Wolken von Löwenzahnsamen auf. Die Samen umspülten ihn, formten Wirbel und Strömungen aus Mondlicht und legten sich um seine Schultern wie ein Mantel aus fließender Seide.

Die dürre Gestalt erreichte einen Waldrand, und die nächtlichen Waldbewohner verstummten. Das Flüstern der Bäume erstarb. Der Marionettenmann richtete sich zu voller Größe auf und wandte den Kopf. Seine Glupschaugen verengten sich. Er blähte die Flügel der Hakennase und sog die Luft ein. Sie roch nach feuchtem Moos, Baumharz und – wie immer – nach Angst. Er ging weiter. Das Zirpen der Grillen blieb aus. Die Vögel warteten stumm, bis er vorüber war.

Der Blick des Marionettenmannes war unstet. Mal in die Ferne gerichtet auf die weiß gepuderten Berge, die das Tal umringten, mal auf die Bäume, die ihre Augen auf ihn richteten, wenn er nicht hinsah.

Helles Plätschern mischte sich in die Luft. Der Marionettenmann gelangte an eine Quelle. Wasser sprudelte aus dem Spalt einer moosbewachsenen Felswand. Farn wuchs zu beiden Seiten des Bachbetts und blinkende Feenwürmchen – sie verloschen allesamt, als der Marionettenmann sich näherte – machten ihre Aufwartung.

Der Marionettenmann legte einen Beutel auf den Boden. Mit Armen, die an die Fühler eines riesigen Insekts erinnerten, brachte er ein bauchiges Glas mit Bügelverschluss zum Vorschein. Er öffnete es, füllte es mit dem Wasser der Quelle und hob es ins Mondlicht. Zwischen silbernen Lichtspeeren schwamm ein menschenähnliches Wesen. Libellenflügel ragten aus seinem Rücken. Eine Quellenfee.

Der Marionettenmann nickte zufrieden und trat mit unter der Last zitternden Ärmchen den Heimweg an.

Fadenarm war er als Kind genannt worden – und Schlimmeres. Oft hatte er sich in den Schlaf geweint und sich an manchen Tagen nicht vor die Tür getraut. Jetzt lächelte der Marionettenmann, als er an den alten Spottnamen dachte.

Fadenarm.

Seine Peiniger waren dafür allesamt Schrumpfköpfe. Verdammt zu einem Leben in Demut. Er hatte sie vergiftet, verhext, in den Selbstmord getrieben. Sie denunziert, im Dunkeln überrascht, dem Wahnsinn geopfert. Er hatte ihnen die Häupter abgeschlagen und sie ins Regal gestellt. Dort trockneten sie vor sich hin. Viele waren schon im Topf gelandet.

Recht so.

Der Marionettenmann folgte dem Verlauf des Waldrandes über die Blumenwiese bis hin zu einem Fichtenwäldchen. Darin verborgen lag eine kreisrunde Hütte. Vor der Hüttentür schloss er die Augen und sog ein weiteres Mal die Luft ein. Er konnte Tannennadeln, Baumrinde und Morgentau riechen. Er roch die Dunkelheit, das Mondlicht und die Angst der Waldbewohner. Er konzentrierte sich auf die Geräusche und nun registrierte er die Stille. Er hörte das Schweigen, den angehaltenen Atem, die weit geöffneten Augen. Eine seltene Regung zeigte sich auf dem Gesicht des Marionettenmannes. Die schmalen Lippen wölbten sich, die Mundwinkel wanderten qualvoll aufwärts und warfen Falten auf die Wangen. Das Kinn zitterte, als könne es der Anstrengung kaum standhalten.

Ein Lächeln.

Der Marionettenmann öffnete die Augen, anschließend die Tür und trat ein. Drinnen war es finster. Leise Gespräche hafteten an den Wänden wie Anwuchs an einem Schiffsrumpf. Der Marionettenmann stellte das Glas neben den Eingang, hängte den Beutel an einen Haken und schloss die Tür. Sicheren Schrittes bewegte er sich durch die Finsternis. Eine Schublade schnarrte, ein Zündholz flammte auf, Kerzen erwachten zum Leben.

Bald schwamm die spärliche Einrichtung der Hütte im Dämmerlicht vieler Flammen. Der Marionettenmann ließ den Blick über die Regalbretter schweifen, die wie Baumpilze aus der Wand ragten. Darauf lagen die Schrumpfköpfe. Zu dutzenden. Sie hingen auch an den Haaren von der Decke, häuften sich in einem großen Korb neben der Feuerstelle und füllten die Schubläden eines Schranks.

Ja – viele hatten ihn gehänselt, hatten hinter vorgehaltener Hand geflüstert, als er vorbeigegangen war, oder auch nur einen zu langen Blick riskiert. Aber jeder hatte den gleichen Preis bezahlt. Bezahlte ihn immer noch.

Die gedämpften Worte der Schrumpfköpfe füllten die Hütte. Der Blick des Marionettenmannes glitt durch den Raum und blieb zuletzt an einem runden Spiegel hängen. Darin sah er nicht etwa sich selbst. (Es hätte ihm noch gefehlt, dass er unablässig daran erinnert wurde, wie widernatürlich er aussah.) Der Spiegel zeigte auch nicht den hohen Schrank daneben oder den Tisch in der Mitte des Raumes, nicht den Lattenrost, auf dem der Marionettenmann schlief, und auch nicht die offene Herdstelle.

Der Spiegel zeigte Emily End. Das Mädchen mit dem Lotinsmal widmete sich ihrem liebsten Zeitvertreib: Sie wanderte in der Bibliothek, dem Buffet der Bücherfresser, vor den Regalen auf und ab. Die Tablare bogen sich unter der Last fetter Buchschinken, würziger Lektüren, exotischer Gedichtbände, aber auch fader Lehr- und Fachbücher.

Die tiefroten Sonnenstrahlen fluteten fast waagerecht durch die Fenster der Bibliothek. Das Geschehen hatte sich vor einigen Stunden ereignet. Der Marionettenmann war versucht, den Spiegel von der Wand zu nehmen und den Rest der Nacht zu verbringen, wie er schon zahllose Nächte zuvor verbracht hatte: Auf der mit Stroh gefüllten Matratze, die drahtigen Beine wie die einer Gottesanbeterin verschränkt, die Glupschaugen auf das runde Glas in seinem Schoß geheftet und dann und wann etwas murmelnd wie: „Donnerkopf und Hexenbein, diese Tat wirst du bereu'n."

Aber die vielen Bücher, mit denen Emily ihr sinnbildliches Tablett belud, ließen darauf schließen, dass sie den Abend verlesen würde. Unwahrscheinlich, dass sie auch nur daran dachte, zu tun, was den Fluch auslösen würde.

Es wäre wohl das Beste, er nutzte die Zeit sinnvoll. Er konnte nicht fortfahren mit der Sache, die der Wurmgott ihm aufgetragen hatte. Aber sollte der Marionettenmann eines Tages zurückerhalten, was Emily ihm gestohlen hatte, wäre er wenigstens vorbereitet. Er betete, dass die Tränen wieder in seinem Besitz waren, wenn der Wurmgott zu ihm zurückkehrte. Anderenfalls konnte er nur auf Gnade hoffen.

Der Marionettenmann öffnete den Schrank und betrachtete den Inhalt. Er hatte sich in den letzten Vierteln zu sehr darauf beschränkt, Zutaten zu ernten. Sehr erfolgreich zwar – die Gläser mit Pulvern, Essenzen und getrockneten Insekten waren bis unter die Deckel gefüllt – aber was nutzte ihm das, wenn er tagein, tagaus in den Spiegel stierte? Es war an der Zeit, dass er tätig wurde! Nur dann durfte er hoffen, das Verwunschene Tal je wieder verlassen zu dürfen.

Der Marionettenmann kramte einen Glasbehälter aus dem Schrank und ging zur Herdstelle. Daneben stand ein Athanor, ein spezieller Ofen für alchemistische Zwecke, ausgestattet mit einem Stellschieber zur Temperaturregulierung. Er entfernte den Deckel vom Ofen, stellte die Retorte darauf und steckte einen Trichter oben ins Ansatzrohr. Dann trug er das Glas mit der Quellenfee zum Athanor und goss Wasser in den Trichter, bis die Retorte zu etwa einem Drittel gefüllt war. Die Fee ruderte wild mit den Armen und Flügeln, um nicht mitgerissen zu werden. Der Marionettenmann stellte das bauchige Glas auf den Boden und krempelte die Ärmel hoch. Nun kam der schwierige Teil. Er tauchte die Hände ins Wasser und grapschte nach der Fee. Das kleine Biest war flink. Als er sie zu fassen bekam, versenkte sie die nadelspitzen Zähne in seinem Daumen. Der Marionettenmann fluchte. Er hob sie aus dem Glas und ließ den Arm kreisen. Spiralen tanzten in den Augen der Fee. Er hielt sie über den Trichter, ihren Leib mit beiden Händen umfasst, und wrang sie aus wie einen feuchten Lappen. Tropfen wie flüssiges Mondlicht fielen in die Destillationsblase. Er warf den schlaffen Leib der Fee zurück ins Glas. Die Augen des zierlichen Wesens flatterten, und es sank zu Boden.

Der Marionettenmann öffnete den Brennholzschacht des Athanors, gab etwas Holzkohle hinein und entfachte die Glut. Warme Luft stieg empor und schmiegte sich von unten an das kugelige Hinterteil der Retorte. Er ging zum Schrank und kehrte mit mehreren Gläsern auf den Armen zum Athanor zurück. Dabei murmelte er unablässig.

„Frostkröte, getrocknet und gemahlen, pulverisierte Vulkanwurz, Schwarzkorn …“

Er öffnete nacheinander die Gläser und warf jeweils eine Handvoll in die Glut. Die Kohlen fauchten und änderten jedes Mal die Farbe. Erst grün, dann rot, dann schwarz …

Binnen Sekunden siedete das Wasser. Nun hieß es warten. Der Marionettenmann rieb sich die Hände und ließ den Blick schweifen. Er könnte inzwischen den Trauertau filtern, das Seelensalz mahlen … oder …

Sein Blick blieb am Glas des Zauberspiegels hängen. Emily hatte die Bibliothek verlassen und unterhielt sich mit einem jungen Mann. Das Interesse des Marionettenmannes war geweckt. Er trat vor den Spiegel und folgte gebannt dem Verlauf des Geschehens. Aufmerksam beobachtete er die Augen des Mädchens. Er kannte diesen Blick. Es war einfach, Gedanken zu lesen, wenn man nur wusste wie. Direkt hinter den Augen lag das Gehirn, ein offenes Buch. Man durfte sich nur nicht vom Anblick der Iriden gefangen nehmen lassen.

Emily mochte ihren neuen Freund. Vielleicht würde sie ihn wiedersehen. Vielleicht würde sie ihn eines Tages küssen. Und dann, wenn sie sein Schicksal besiegelt hatte, ja, dann würde sie vielleicht endlich verstehen.

Das Tagebuch

22. Frühlingsmond 1713, Ruhenacht

Zur Feier des Viertendes gingen Ed und ich ins *Ampère*. Bei einem kalten Bier erzählte ich ihm von der Begegnung mit Emily.

„Eine harte Nuss“, kommentierte Ed.

Ich nickte mit resignierter Miene.

„Es gibt nicht viele Studentinnen. Sie wird ihren Platz an der Universität nicht für ein Schäferstündchen riskieren.“ Er trank einen Schluck. „Trefft ihr euch wieder?“

„Am achtundzwanzigsten“, sagte ich und nahm meinerseits einen Schluck. „In der Bibliothek. Sie wird wissen wollen, wie mir das Buch gefallen hat.“

Ed sog zischend die Luft. „In der *Bibliothek*?“ Er schüttelte den Kopf. „Sie wird sich langweilen.“

„Sie mag Bücher.“

Ed wirkte nicht überzeugt. „Das ändert doch nichts daran, dass es dort nach Staub riecht.“ Ich war drauf und dran, Ed zu erklären, dass die Luft in der Bibliothek keineswegs nach Staub roch. Sie roch nach altem Papier, würzigem Leder und verborgenem Wissen. Ich schluckte die Worte hinunter. Ed hätte doch nur gelacht und mich einen verträumten Poeten genannt.

„Hör mir gut zu, denn ich sage dir jetzt, wie du sie im Handumdrehen um deinen Finger wickelst.“ Ed legte eine dramatische Pause ein, indem er noch einen Schluck Bier trank. „Geh mit ihr ins Coffee-House Calvin. Warst du schon mal dort?“ Ich nickte. Das Café befindet sich ganz in der Nähe vom Campus und ist ein beliebter Aufenthaltsort der Studenten. „Gut“, fuhr

Ed fort. „Dieses Buch mit den Mythen bietet schon mal guten Gesprächsstoff. Hör ihr aufmerksam zu, und wenn sie aufhört zu reden, sprich aus, was dir gerade in den Sinn kommt. Halte Blickkontakt und vergiss nicht, zu lächeln, sonst glaubt sie noch, du wärst aus *Sankt Laplace* geflohen. Sprich immer so laut, dass sie dich verstehen kann, und wenn sie etwas Kluges oder Witziges sagt, belohnst du sie mit einer beiläufigen Berührung. Ungefähr so …" Ed gab ein überzeugendes Lachen von sich. Dabei legte er die Hand für die Dauer eines Herzschlages auf meine. Unsere Blicke trafen sich, und er zog die Hand ohne Hast wieder weg.

„Oh, Eddie", säuselte ich mit gespielt hoher Stimme. „Du bist so ein Schatz. Ich will sofort mit dir in die Kiste."

Ed prostete mir zu und trank noch einen Schluck Bier. „Du würdest staunen", sagte er. „Wenn ich möchte, gehe ich in eine der Kneipen der Promenade und komme eine Stunde später mit einem willigen Mädchen wieder heraus."

„Ich weiß", entgegnete ich kühl. „Dein Bett quietscht, Ed. Und das sage ich dir nicht zum ersten Mal."

„Stimmt", sagte Ed grinsend. „Ich dachte bloß, du freust dich für mich."

Ich verdrehte die Augen, konnte ein Lächeln aber nicht unterdrücken.

W. D. Walker

29. Frühlingsmond 1713, Lohntag

Die Mythen der norvolkischen Stämme, die vor hunderten von Jahren unser Land bevölkert hatten, waren unterhaltsam. Aber hätte mich vor zwei Tagen jemand gefragt, ob sie auch lehrreich seien, ich hätte diese Frage vehement verneint. Nach dem gestrigen Treffen mit Emily müsste ich meine Antwort allerdings überdenken.

„Du denkst, dass nichts davon wahr ist", konstatierte sie und sah mich herausfordernd an, nachdem ich ihr gegenüber die Mythen als unterhaltsame Märchen bezeichnet hatte. Sie trug heute keine Brille und hatte ihr braunes Haar mit einer Schleife zusammengebunden. Es kostete mich große Willenskraft, nicht ständig hinzusehen. Sie selbst hatte vermutlich nicht einmal einen Blick in den Spiegel darauf verwendet.

Wir hatten die Bücher zurückgegeben und an einem der Tische im Coffee-House Calvin nahe beim Fenster Platz genommen.

„Glaubst *du* etwa, dass sie wahr sind?", fragte ich. „Dass der Götterbildner Tyr die erste Frau in Eis meißelte? Dass er Kinder mit ihr zeugte, die Ea und Stahl hießen und halb Gott und halb Eismensch waren? Glaubst du an böse Geister und daran, dass Stahl sie in die Schattenwelt hinter die Spiegel bannte?"

Zu meiner Beruhigung schüttelte Emily den Kopf. Ich wartete, während sie an ihrem brühend heißen Kaffee nippte.

„Ich glaube nicht, dass sie wahr sind", sagte sie schließlich und setzte mit einem leisen Klirren ihre Tasse ab. „Ich glaube an nichts, aber ich halte alles für möglich. Ich muss mich damit abfinden, dass ich die Wahrheit nicht kenne. Diese Mythen liefern eine Erklärung für die Existenz. Sie lassen sich nicht beweisen, lassen sich aber auch nicht widerlegen."

„Es gibt deutlich plausiblere Theorien für die Entstehung des Lebens", begehrte ich auf.

„Keine dieser Theorien lässt sich endgültig beweisen", fuhr sie mit ruhiger Stimme fort und bekundete damit mehr

Schneid, als ich ihr zugetraut hätte. „Aber jede Theorie wird irgendwann widerlegt. Du kannst an die Mythen der Norvolken glauben oder an wissenschaftliche Theorien, wenn dir das lieber ist. Aber der Wahrheit kommst du nicht näher, egal wie du dich zuletzt entscheidest." Ich schwieg einen Augenblick, während ich über ihre Worte nachdachte. Dann nickte ich anerkennend.

„Ich stimme dir zwar nicht zu", sagte ich. „Aber ich stimme dir auch nicht nicht zu."

Sie lächelte. „Freut mich, dass wir uns nicht uneinig sind."

Beim Abschied fragte ich beiläufig, ob sie schon einmal das Hafenviertel von Treedsgow gesehen habe.

Sie verneinte. „Ich hörte, dass dort ein Dampfschiff ankert."

„Als ich zuletzt dort war, war es noch da", sagte ich. „Wir könnten hingehen und es uns zusammen ansehen."

Emily blickte zerstreut ins Leere. Ich schluckte schwer, während die gelassene Maske, die meine Unsicherheit verbarg, zu rutschen drohte. Lieber hätte ich Dr. Carter, unserem Professor in Physik, einen Kuss auf die runzeligen Lippen gedrückt, als ihr Zögern eine Sekunde länger ertragen zu müssen. Unstete Gedanken jagten durch meinen Kopf. Sollte ich etwas sagen? *War doch nur ein Scherz. Ich gehe jetzt. Vielleicht trifft man sich ja mal wieder.* Oder auf eine Antwort warten? Ich stellte mir vor, wie ich aufsprang, ihr meinen Stuhl in den Weg warf und fortrannte.

„Das würde mich sehr freuen", sagte sie, und eine so große Last fiel mir vom Herzen, dass es mich nicht gewundert hätte, wenn ich vom Boden abgehoben hätte.

Emily sah aus dem Fenster. Ihr Blick war geistesabwesend, wenngleich nicht in die Ferne gerichtet … eher so, als sähe sie etwas in der Spiegelung des Fensterglases.

W. D. Walker

31. Frühlingsmond 1713, Ruhenacht

Soeben kehrte ich von meinem jüngsten Treffen mit Emily zurück.

Ich holte sie an diesem Nachmittag vor ihrer Wohnungstür ab. Als sie die Tür öffnete, wurde ich von ihrem Anblick regelrecht überfahren. Sie trug anders als bei unseren ersten beiden Begegnungen weder Rock noch Bluse, wie es für Studentinnen üblich ist, sondern ein hochgeschlossenes, weißes Kleid. Außerdem eine Mantille um die Schultern und einen großen Sommerhut aus Stroh.

Ich schenkte ihr ein Lächeln und bot ihr den Arm dar. Sie hakte sich ein, ohne zu zögern, und wir spazierten hinunter ins Hafenviertel.

„Ist das ein Glücksbringer?“, fragte ich mit Blick auf einen winzigen Stoffbeutel, der an einer Lederschlaufe um ihren Hals hing. Emily blickte überrascht an sich hinab und ließ den Beutel kurzerhand unter dem Stoff ihres Kleides verschwinden.

„Es ist ein Mojo“, erklärte sie widerwillig. „Ein Talisman origonischen Ursprungs.“

Ich lachte. „Ein Talisman? Mit magischen Kräften?“

In Erwartung, ein klares Nein zu hören, wirkte ihr Schweigen lang, beinahe verlegen. Glaubte sie etwa tatsächlich an die übersinnlichen Kräfte von Talismanen?

„Es hat natürlich keine Zauberkräfte“, sagte sie. „Ich finde es bloß hübsch. Und es riecht gut.“

Es war ein schöner Tag. Sonnig, wenn auch stürmisch. Das Meer warf große Wellen gegen die Kaimauer, und die Segel vieler kleiner Boote knatterten im Wind.

Das Dampfschiff war noch da. Emily betrachtete staunend den großen Schornstein und die Schaufelräder am Rumpf. Schwarze Lettern verkündeten den Namen des Gefährts: *Royal Mordred.* Obwohl ich den Dampfer bereits gesehen hatte, erfüllte sein Anblick mich wieder mit Ehrfurcht. Ich bewahrte eine gelassene Miene, als wäre ich durch nichts auf dieser Welt zu beeindrucken.

„Ich würde gern einmal auf der *Royal Mordred* fahren", schwärmte Emily. „Du nicht auch?" Der Wind hatte ihr den Strohhut in den Nacken geweht. Eine Haarsträhne hatte sich aus ihrem Pferdeschwanz befreit und deutete wie ein Hinweispfeil unablässig wedelnd auf das Mal über ihrer Augenbraue. Irrte ich oder sah sie heute noch bezaubernder aus als sonst?

Eine große Welle brach an der Kaimauer. Gischt spritzte auf, und Emily wich erschrocken zurück.

Ich lachte.

„Es ist doch nur Wasser", sagte ich und stellte mich vor sie, wie um das Wasser abzufangen.

Sie errötete. „Hab mich erschrocken", murmelte sie und wich meinem Blick aus.

Immer noch schmunzelnd deutete ich auf ein Café und bot an, ihr eine Cola zu spendieren.

Insgesamt kann von einer gelungenen Verabredung die Rede sein. Wir tranken Cola und spazierten die Promenade entlang. Wir redeten über die norvolkischen Mythen, über das Studentenleben in Treedsgow, über uns.

Emily sagte, dass sie alle halbe Jahre den Konzerten der Treedsgower Philharmoniker lauschte.

„Ich würde dich gerne einmal begleiten", sagte ich.

Emily schwieg. Ihre Miene war nicht abweisend, eher abwesend genau wie vor zwei Tagen im Coffee-House Calvin. Was beschäftigte sie? Fühlte sie sich womöglich bedrängt?

Schließlich deutete sie auf eine Bank mit Blick auf das Meer und schlug vor, sich zu setzen. Das dunkle Wasser war an diesem Abschnitt der Küste zurückgewichen, und hinter der Kaimauer lag ein breiter Sandstrand. Schweigend lauschten wir dem Rauschen der Wellen. Die Sonne versank hinterm

Horizont. Es war keine peinliche Stille, wie Ed sie fürchtete, eher eine stillschweigende Übereinkunft, den Zauber des Augenblicks nicht durch sinnlose Worte zu verscheuchen.

Nach einer Weile lehnte Emily ihren Kopf an meine Schulter. Ich rührte mich nicht, als wäre sie ein Vogel, den ich nicht erschrecken wollte. Die Sonne war schon fast im Meer versunken und unzählige Sterne glitzerten am Himmel. Eine kühle Brise trug uns den Salzgeruch zu, und Emily schlang fröstelnd die Arme um den Leib. Ohne nachzudenken, legte ich ihr den Arm um die Schultern und wartete mit klopfendem Herzen auf Widerspruch. Aber Emily schwieg und rührte sich nicht.

„Kennst du die Sternenbilder der Norvolken?“, fragte ich leise, als nur noch ein orangeroter Streifen über dem Meer an den vergangenen Tag erinnerte, und die Straßenlaternen entlang der Promenade aufflammten.

„Nicht alle, aber einige“, flüsterte Emily, legte den Kopf in den Nacken und deutete himmelwärts. „Die Hemisphäre lässt sich in drei Abschnitte unterteilen. Blickst du in Lotrichtung nach oben, siehst du Stahl.“ Ich folgte ihrem Blick. „Wenn du die Sterne richtig verbindest, bilden sie seine Silhouette, wie er die Hand nach dem Mond ausstreckt.“ Ihre Stimme lächelte. „Du erinnerst dich, dass der Mond der Sage nach das silberne Schloss von Tyr, dem Götterbildner, ist? Dass er es zum Gefängnis seiner Tochter Ea machte, weil sie ihren Sohn ins Leben zurückholte?“

„Du meinst Lotin?“

Bei der Erwähnung des Namens zuckte Emily zusammen. Aus den Augenwinkeln sah ich, wie ihre Hand zum Talisman fuhr.

Sie fasste sich schnell. „Stahl vermisst seine Schwester“, fuhr sie fort, als wäre nichts gewesen. „Die Sternenbilder zwischen den Linien auf der Höhe von dreißig und sechzig Grad zum Horizont sind die Kinder von Ea und werden deshalb auch die zweite Generation genannt. Zwölf mal zwölf Bilder sind es. Dort sind Einar, Alfgard und Oddleif. Von null bis dreißig Grad ist entsprechend die dritte Generation …"

Ich lauschte verträumt dem Klang ihrer Stimme. Ich hätte mit ihr die ganze Nacht verbringen können, nein, die *Ewigkeit* auf dieser harten Holzbank mit Blick auf das inzwischen spiegelglatte Meer, in dem sich der Sternenhimmel von Treedsgow zeigte, ihr Kopf an meiner Schulter.

„Mir ist kalt", murmelte Emily irgendwann. Wir verließen den Hafen. Vor ihrer Wohnung verabschiedete ich sie mit einem Kuss auf die Hand.

W. D. Walker

34. Frühlingsmond 1713, Werktag

Vor drei Tagen habe ich Emily das letzte Mal gesehen. Sie studiert Astronomie. Sie besucht andere Vorlesungen als ich. Sie hält sich in Gebäuden auf wie dem Hemisphärion oder dem astronomischen Observatorium und ist allenfalls in gemeinschaftlich genutzten Räumen wie der Mensa oder der Bibliothek anzutreffen. Es ist also eher dem Zufall überlassen, ob ich ihr auf dem Campus begegne.

Ich habe einen Brief geschrieben. Ich möchte sie wiedersehen! Es kostet mich meine gesamte Willenskraft, um ihn nicht sofort unter ihrer Wohnungstür durchzuschieben. Sie soll nicht wissen, wie sehr ich mich nach ihrer spitzen Nase und jenem Mal über ihrer linken Braue sehne.

Allein zu wissen, dass es sie gibt, beflügelt mich. Ich wache morgens auf, bevor mein Wecker schellt. Ich erledige meine täglichen Aufgaben stets gut gelaunt, bisweilen sogar mit einem Lied auf den Lippen. Nichts kann mich verstimmen. Nichts!

W. D. Walker

36. Frühlingsmond 1713, Mittviert

Soeben schob ich den Brief unter Emilys Tür durch. Ich habe bei einem der anderen Hausbewohner geschellt, um ins Treppenhaus zu gelangen. Nun heißt es: warten.

W. D. Walker

5. Urban 1713, Viertmorgen

Emily lässt sich Zeit. Warum? Ist sie zu beschäftigt? Gibt es so viele Dinge, die ihr wichtiger sind? Diese Frage klingt selbst in meinen Ohren narzisstisch, aber wenn ich unser letztes Treffen Revue passieren lasse, glaube ich, dass sie mich mag. Warum also lässt sie mich warten?

Vielleicht sucht sie nur die richtigen Worte …

W. D. Walker

(Auf die nächste Seite war ein Brief eingeklebt. Emilys Antwort. Ich strich über die Zeilen, die sie verfasst hatte, meine Schwester, die ich für tot gehalten hatte. Eine Erinnerung fand mich. Daran, wie neidisch ich auf Emilys saubere Handschrift gewesen war. Ich hatte versucht, die Schnörkel, die sie an jedes ‚L' hängte, zu imitieren, und es ihr gegenüber heftig abgestritten. Die Schnörkel machte sie immer noch.)

7. Urban 1713, Stahltag

Lieber William.

Ich kann einem weiteren Treffen nicht zustimmen. Die Leute reden. Ich möchte meinen Platz an der Universität nicht verlieren. Ich hoffe, du verstehst das.

Alles Liebe

Emily

Mein Kopf ist leer, und ich bin müde.

Als Edwina und ich uns trennten, wurde es finster um mich herum. Eine Zeit lang war ich gefühlsblind, aber ich gewöhnte mich an die Dunkelheit, sah wieder Formen, wenn auch keine Farben.

Ich übte mich in Geduld.

Dann öffnete sich eine Tür, und Emily trat in mein Leben. Goldenes Licht begleitete sie wie eine Aura, und ich sah, wie viel schöner alles sein konnte. Sie reichte mir einen Kelch, ließ mich von neu erwachter Liebe kosten, nur einen winzigen Schluck …

Bloß um mir alles im nächsten Augenblick zu nehmen. Die Tür fiel hinter ihr ins Schloss, und ich stehe wieder im Dunkeln. Das goldene Licht hat sich in meine Netzhaut gebrannt, ein verblassender Abglanz des Glücks, der mich höhnisch daran erinnert, wie schön das Leben sein könnte. Ihre Nase, das Mal über ihrer Augenbraue – nicht für mich.

Ich jammere nicht. Ich grüble nur.

Hatte ich mich so sehr in Emily getäuscht? Hatte ich ihre Signale falsch gedeutet? Sie hatte es geschehen lassen, dass ich sie flüchtig berührte, hatte mir bisweilen sogar Komplimente gemacht. Sie hatte bei unserem letzten Treffen ihren Kopf an meine Schulter geschmiegt – eine rührende Geste.

Aber mir scheint, ich messe solchen Dingen eine zu große Bedeutung bei.

Ich denke manchmal, Emily hätte vorsichtiger sein müssen, wo ihr doch von vornherein klar gewesen war, dass sie ihren Platz an der Universität riskierte. Vielleicht war es nur ein Vorwand, um mich nicht wiedersehen zu müssen. Vielleicht hatte sie sich erst nach unserem letzten Treffen dazu entschieden, mir eine Abfuhr zu erteilen. Wie muss der Mann sein, für den sie ihr Studium riskieren würde? Gewiss maskuliner als ich. Weniger an Büchern interessiert und mehr an Abenteuern. Breit gebaut, markante Züge, dominant.

Vielleicht mag sie mich ja, kann mich aber nicht lieben.

Ed klopfte mir tröstend auf die Schulter und versprach mir, sich mit mir am Viertende zu betrinken.

W. D. Walker

10. Ubran 1713, Lohntag

Es fällt mir leicht, mich auf die Worte unserer Professoren zu konzentrieren. Während die meisten Studenten sehnsüchtig aus dem Fenster blicken, gilt meine Aufmerksamkeit nur der Tafel. Draußen lacht die Sonne und schert sich einen Dreck darum, wer empfänglich ist für ihre gute Laune.

Ich lasse nicht zu, dass meine Gedanken abschweifen. Ich versuche mich von Emily abzulenken, doch das Schicksal treibt ein hämisches Spiel mit mir.

Wie zu Beginn des Semesters betrat ich heute nach den Veranstaltungen des Tages die Bibliothek, um mich für ein bis zwei Stunden zwischen den Seiten eines Buches zu verlieren. Emily schien dort nur auf mich zu warten. Mit einem turmhohen Bücherstapel in den Armen wie bei unserer ersten Begegnung, als wollte sie sich über mich lustig machen.

Ich verbarg meinen Kummer hinter einem flüchtigen Lächeln. Emily erwiderte das Lächeln, doch es wirkte fehl am Platz. Ich ersparte uns eine gezwungene Konversation und tauchte zwischen den Regalreihen ab.

Es schmerzte, sie zu grüßen, als wäre sie bloß eine flüchtige Bekanntschaft. Dabei konnte nach zweieinhalb Treffen mit einer bislang völlig fremden Person doch von nichts anderem die Rede sein. Es wird das Beste sein, Abstand zu ihr zu halten.

W. D. Walker

12. Urban 1713, Ruhenacht

Ich erwachte an diesem Morgen mit pochendem Kopf. Ich hatte vergessen, vorm Zubettgehen die Vorhänge zu schließen. Helles Sonnenlicht bohrte sich durch meine Lider. Ich blinzelte. Stöhnend setzte ich mich auf, und Wellen der Übelkeit überrollten mich. Ich stieg aus dem Bett und stürzte zum Abort. Nachdem ich mich übergeben hatte, versuchte ich mich an den gestrigen Abend zu erinnern.

Ed und ich waren ins *Ampère* gegangen, wo wir zwei unserer Kommilitonen getroffen hatten: Malcolm und Clive, die während der Physikvorlesung neben mir sitzen. Die beiden haben ihren Studienschwerpunkt auf Chemie gelegt und kennen die tollsten Geschichten über misslungene Experimente.

Wir tranken Bier und lauschten ihren Berichten. Sogar ich lächelte, als ich hörte, dass einst die Hose von Dr. Evans Feuer gefangen hatte, und er gezwungen gewesen war, sie vor aller Augen auszuziehen und aus dem Fenster zu werfen.

Als wir das *Ampère* um Mitternacht verließen, war ich betrunken. Ich weiß noch, dass wir beschlossen, runter zum Hafen zu gehen. Aber zuvor stellten wir uns in einer Reihe auf und pinkelten Eds Namen an eine Hauswand. Dabei muss ich mein Erinnerungsvermögen zusammen mit mehreren Litern Bier ausgeschieden haben. Alles Weitere liegt hinter einem Dunstschleier aus Bierschwaden, Gelächter und einer vagen schlüpfrigen Empfindung verborgen.

Ich wischte mir mit dem Handrücken über die Lippen und holte eine mit Wasser gefüllte Glaskaraffe aus der Küche. Ich spülte den Mund aus und trank mit gierigen Schlucken direkt aus der Karaffe.

Als ich in mein Zimmer zurückwankte, fest entschlossen, den ganzen Tag im Bett zu verbringen, fest entschlossen, nie wieder Alkohol zu trinken, lief ich sinnbildlich vor eine Wand.

In meinem Bett lag ein Mädchen.

Eine Dosis Aufputschmittel für Pferde hätte mich nicht wacher machen können. Und trotzdem war ich wie gelähmt. Ich stand eine gefühlte Stunde einfach da und starrte sie an. Sie war hübsch, dabei nahezu unbekleidet. Ihr Kopf ruhte auf einer Mähne goldenen Haares, und einer ihrer nackten Füße ragte unter der Bettdecke hervor.

Erinnerungsfetzen wirbelten durch meinen Kopf. Erinnerungen an stürmische Küsse, keuchenden Atem und fahrige Hände. Es wunderte mich, dass ich überhaupt eine Schlafanzughose trug.

Bevor ich das Zimmer verlassen konnte, bevor ich Ed aufsuchen, ihn wachrütteln und anrufen konnte, alles wieder in Ordnung zu bringen, ihn zumindest fragen konnte, wer da in meinem Bett lag, öffnete das Mädchen die Augen. Es blinzelte das Sonnenlicht aus den langen Wimpern und setzte sich auf, wobei es die Bettdecke an die Brust drückte. Sie ließ den Blick schweifen mit einer Miene, als käme sie aus einer anderen Welt. Ihre Augen blieben zuletzt an mir hängen und weiteten sich vor Schreck.

„Oh nein", murmelte sie mit vom Schlaf brüchiger Stimme. Nicht gerade schmeichelhaft. Sie ließ sich zurück in die Kissen fallen und fasste sich an die Stirn. Und dann hörte ich sie tatsächlich sagen: „Nicht schon wieder."

Beinahe stolperte mir ein Lachen über die Lippen. Ich würgte es ab, konnte ein Lächeln in der Stimme jedoch nicht unterdrücken.

„Ich wünschte, ich könnte dasselbe behaupten."

Sie reagierte nicht, und die Situation verlor schnell an Amüsement. Sie war offenbar unglücklich. Ich nagte an meiner Unterlippe, während ich überlegte, wie ich ihr am besten gestand, dass ich mich an fast nichts erinnern konnte – ihren Namen eingeschlossen.

Ich holte tief Luft. „Nur für den Fall, dass du dich an genauso wenig erinnerst wie ich: Mein Name ist William."

Ich wartete in der Hoffnung, dass sie meinen Wink verstanden hatte. Aber entweder verstand sie nicht, oder sie *wollte* nicht verstehen.

Das Mädchen setzte sich schweigend auf. Ihr Blick ruhte eine Weile auf mir, schweifte dann erneut durchs Zimmer und blieb zuletzt an dem Schreibtisch hängen. „Bist du Student?"

Ich nickte. „Ich studiere elektronische Technik. Und du? Du kommst aus dem Hafen, nicht wahr?"

Sie musterte mich mit einer Mischung aus Tadel und Belustigung. „Du solltest deine Zunge nur noch zum Küssen benutzen, William David Walker, und nicht mehr zum Sprechen. Was bist du nur für ein Mensch, der ein Mädchen gleich am nächsten Morgen fragt, wie sie heißt und woher sie kommt? Ich muss jetzt gehen." Unbekleidet, von einem hauchdünnen Unterkleid aus weißem Leinen abgesehen, verließ sie das Bett und fing an, ihre Kleidungsstücke einzusammeln.

„Hast du eine Uhr?", fragte sie, während sie unter dem Bett nach ihrem Schlüpfer angelte. Ich riss den Blick von ihrem hochgereckten Hinterteil los, ging zum Nachttisch und schob einen ihrer Strümpfe vom Wecker.

„Kurz nach acht."

„Oh, gut", sagte das Mädchen. Sie ließ sich auf der Bettkante nieder und streckte nacheinander die langen Beine aus, um ihre Strümpfe bis zu den Waden hochzuziehen. Ihre Bewegungen flossen, ein wahrhaft anmutiger Anblick, wie die samtenen Schritte eines Panthers auf der Pirsch. Ihre nackte Haut erstrahlte im goldenen Licht der Sonne, sodass man die Muskeln und Sehnen ihrer schlanken Beine arbeiten sehen konnte. Sie muss Tänzerin sein, überlegte ich, eine Ballerina. Sie verursachte keinen Laut, wenn sie lief, und hinterließ keine Spuren im Schnee, konnte auf einer Straße aus Mondlicht über Wasser gehen, oder auf dem Haar einer Elfe balancieren.

Sie hob den Kopf und sah, dass ich sie beobachtete. Unter Aufbietung all meiner Willenskraft riss ich den Blick von ihr los und fokussierte das Tintenfass auf dem Schreibtisch. Aus den Augenwinkeln sah ich, wie sich ein wissendes Lächeln auf ihre Lippen stahl.

„Wo hab ich bloß …“, murmelte sie, sobald sie vollständig eingekleidet war, und drehte sich einmal um sich selbst.

Ich ließ den Blick schweifen und bemerkte eine Lederschlaufe, die von einem Kerzenleuchter an der Wand hing. Daran befestigt war eine Scheide, in der ein Messer mit gefährlich gebogener Klinge steckte. Es sah aus wie die Sorte von Waffe, mit der man jemandem die Kehle von einem Ohr bis zum anderen aufschnitt.

„Suchst du das hier?“, fragte ich und nahm es mit spitzen Fingern von der Wand. Die Miene des Mädchens hellte sich auf.

„Du hast es gefunden“, sagte sie lächelnd und hielt mir die offene Handfläche hin.

Ich zögerte, musterte sie scharf. „Warum trägst du das mit dir rum?“

„Hast du etwa Angst?“, fragte sie und hob spöttisch eine Braue.

Ich schwieg und wartete auf eine Erklärung.

Sie verdrehte die Augen. „Der Hafen ist eine gefährliche Gegend für ein hübsches Mädchen. Besonders nachts. Weißt du das nicht?“ Sie schüttelte den Kopf. „Ihr Akademiker wisst offenbar nur noch, was in euren Büchern vor sich geht. Jetzt gib mir schon das Messer.“

Ich musterte sie ein letztes Mal, bevor ich ihr die Waffe reichte. Sie stellte ihren linken Fuß auf das Bett und band sich die Schlaufe um den Oberschenkel. Dabei hob sie den Rock auf eine Weise an, die skandalös gewesen wäre, wäre die vergangene Nacht nicht bereits ein einziger Skandal gewesen. Zuletzt schlüpfte sie in ihre Schuhe. Dann trat sie vor mich, strich ihre Kleidung glatt und räusperte sich verlegen.

„Du bist eigentlich ganz nett, William David Walker“, sagte sie. „Vielleicht sehen wir uns wieder.“ Sie stellte sich auf die

Zehenspitzen und küsste mich auf die Lippen. Ihr Mund kam meinem Ohr sehr nahe, und sie flüsterte: „Machst du das von gestern Nacht eigentlich mit jeder Frau? Oder nur mit denen, die du magst?"

Ich riss die Augen auf und blieb ihr eine Antwort schuldig. Sie lachte. „Zu schade, dass du dich an nichts erinnerst." Sie streichelte flüchtig meinen nackten Bauch, als sie sich abwandte und mein Zimmer verließ. Sekunden später hörte ich die Wohnungstür ins Schloss fallen. Ich stellte mich ans Fenster und wartete, bis sie auf der Straße war. Mit gemischten Gefühlen blickte ich ihr nach, während sie ihr wirres Haar durch ein Stück Schnur bändigte.

Ich dachte an Emily.

W. D. Walker

Lohntag bemerkte ich einen Aushang am Labor für Elektromechanik. Dr. Hunt suche studentische Hilfskräfte für ein Entgelt von einem Groschen pro Viertel, hieß es auf dem Papier. Wer interessiert sei, solle sich bei Hunt im Büro melden.

Das war die Gelegenheit, um die Erinnerung an Emily und neuerdings auch an das Mädchen aus dem Hafen zu vertreiben.

So kam es, dass ich heute Nachmittag mit zwei weiteren Kommilitonen im Labor für elektronische Technik arbeitete. Wir assistierten Hunt bei Experimenten, sorgten für Ordnung im Labor und übernahmen solche Aufgaben, die ungefährlich und einfach waren.

Soeben beauftragte Hunt mich, einen Gleichstrom-Elektromotor auseinanderzunehmen, als die Klingel der Rohrpoststation läutete. Hunt nahm die Büchse aus der Fassung, holte den hastig zusammengefalteten Brief heraus und überflog die Nachricht. Die Farbe wich aus seinem Gesicht, soweit sein üppiger Bart dies erkennen ließ.

„Meine Frau hat sich ein Bein gebrochen", rief er schon im Hinausgehen. „Um fünf dürft ihr Feierabend machen." Und weg war er. Ich hob die Brauen und wechselte Blicke mit meinen Kommilitonen Oliver und Scott. Es ist Studenten untersagt, sich ohne Aufsicht im Labor aufzuhalten.

Ich zuckte die Achseln und griff nach einem Schraubendreher.

„Kennst du die?", fragte Oliver nach einer Weile und schob die Brille hoch, die ihm ständig von der Nase rutschte. Ich folgte seinem Blick aus dem Fenster. Der Schraubendreher glitt mir aus den Fingern. Dort stand das Mädchen aus dem Hafen. Ihr goldenes Haar brannte im Licht der nachmittäglichen Sonne. Sie winkte und tauchte seitlich im Rahmen ab. Olivers, Scotts und meine Blicke trafen sich und richteten sich dann auf die Tür. Sekunden später flog sie auf.

„Hallo“, sagte das Mädchen und schenkte Oliver und Scott ein bezauberndes Lächeln, bevor sie ihren Blick auf mich richtete.

„Hallo“, sagte Oliver, lächelte dümmlich und wurde knallrot. Scott klemmte bloß die Hände unter die Achseln. Ihm schien es regelrecht die Sprache verschlagen zu haben. Man hätte meinen können, die beiden sähen zum ersten Mal ein Mädchen.

„Du bist nicht befugt, dieses Labor zu betreten“, sagte ich. Sie überhörte die Worte, ging an der Werkbank entlang und betrachtete die Einzelteile des Gleichstrom-Motors. „Ich finde es ja so interessant, was ihr hier alles habt“, sagte sie fröhlich. „Was passiert, wenn ich hier dran ziehe?“

„Nicht!“, riefen Oliver, Scott und ich wie aus einem Munde.

Sie lächelte und zog die Hand von dem Hebel zurück. Ich trat zu ihr und fasste sie mit beiden Händen an den Oberarmen.

„Du musst jetzt wirklich gehen“, sagte ich und bugsierte sie zum Ausgang. „Wenn Hunt dich hier sieht, bekommen wir richtig Ärger.“

„Weil ich ein Mädchen bin?“, fragte sie und schob die Unterlippe vor.

„Weil du nicht unterwiesen bist“, berichtigte ich sie. „Ein Labor ist ein gefährlicher Ort.“

„Ich möchte mit dir reden.“ Sie befreite sich aus meinen Händen und stellte sich mir in den Weg.

„Ich habe gleich Feierabend“, sagte ich. „Kennst du das Coffee-House Calvin?“ Sie nickte. „Wir treffen uns dort.“

„Einverstanden. Bis dann.“ Sie winkte Oliver und Scott zum Abschied, stellte sich auf die Zehenspitzen und gab mir einen Kuss auf den Mundwinkel.

„Bis dann“, murmelte Scott, als sie weg war.

„Wo hast du *die* denn kennengelernt?“, fragte Oliver begeistert.

„Tja“, sagte ich und kratzte mich am Hinterkopf. „Weiß ich leider auch nicht mehr. Muss wohl irgendwo am Hafen gewesen sein." Oliver schien nicht so recht zu wissen, ob ich scherzte.

Eine viertel Stunde später verließ ich das Labor und überquerte auf kürzestem Wege zum Coffee-House Calvin den Universitätscampus. Als ich das Café betrat, war das Mädchen noch nicht dort. Ich ließ mich an einem Tisch nieder und bestellte eine Cola. Jemand tippte mir an die Schulter. Ich drehte mich um, überrascht, weil ich nicht gesehen hatte, wie das Mädchen das Café betreten hatte, und blickte noch überraschter drein, als ich erkannte, dass nicht das Mädchen vom Hafen mich angetippt hatte, sondern Emily. Mir sank der Mut.

„Emily. Was machst du hier?"

„Darf ich mich setzen?", flüsterte sie.

„Natürlich." Ich warf einen flüchtigen Blick zum Eingang. Emily hatte mir deutlich zu verstehen gegeben, dass sie nicht an mir interessiert war. Trotzdem überkam mich ein mulmiges Gefühl bei dem Gedanken, sie könne von mir und dem Mädchen erfahren, dessen Namen ich nicht einmal kannte.

„Wie geht es dir?", fragte ich beiläufig.

„Gut", sagte Emily leise, ohne mir in die Augen zu sehen. Ich musterte sie. Sie hatte ihr Haar wie schon einmal mit einer blauen Schleife zusammengebunden, doch es wirkte wie eine lustlose Geste. Sie war blass, und unter ihren Augen zeichneten sich dunkle Ränder ab.

„Hast du schlecht geschlafen?", fragte ich besorgt.

Emily antwortete nicht. Sie schien um Worte zu ringen, während ihre Rechte über den Stoff ihrer Bluse tastete, dort, wo sich undeutlich das Mojo abzeichnete.

„Ich muss mit dir reden", sagte sie und blickte mir erstmals in die Augen. „Über den Brief ..."

Das Herz wurde mir schwer. „Da gibt es nichts zu bereden", sagte ich müde und wich nun meinerseits *ihrem* Blick aus. „Ich verstehe das. Du musst nichts rechtfertigen."

„Ich muss etwas richtigstellen“, beeilte sie sich zu sagen, als fürchtete sie, der Mut könne sie verlassen. Ihr Blick fixierte nun einen Punkt über meiner rechten Schulter.

Mein Herz setzte einen Schlag aus. „Richtigstellen?“, wiederholte ich. Doch Emily schwieg. Ich folgte ihrem Blick und erst da bemerkte ich, dass das Mädchen aus dem Hafen hinter mir stand.

„Hallo, William“, sagte sie mit zuckrigem Lächeln. „Du hast nicht gesagt, dass noch jemand hier sein würde.“ Sie musterte Emily abschätzig.

Ich erwog kurz, den Kopf gegen die Tischplatte zu hämmern, besann mich aber eines Besseren. „Das ist …“, setzte ich an.

„Emily, nehme ich an“, fuhr das Mädchen mir dazwischen und lächelte dünn. Eine Gänsehaut überkam mich. Wie viel hatte ich ihr erzählt, als ich betrunken gewesen war? „Ich bin Diane. Freut mich, dich kennenzulernen.“

Diane. So hieß sie also.

„Ebenso“, sagte Emily. Sie warf mir einen fragenden Blick zu. In dem Schweigen, das nun folgte, lag eine Spannung wie zwischen zwei unterschiedlich geladenen Polen. Es hätte mich nicht gewundert, wenn ein Lichtbogen von Diane zu Emily übergesprungen wäre.

Emily erhob sich. „Dann bis irgendwann, William“, sagte sie und klang müde.

„Wir reden später“, sagte ich, doch Emily winkte ab.

„Ist nicht so wichtig.“ Sie warf Diane einen flüchtigen Blick zu. „Wiedersehen, Diane.“

„Wiedersehen“, sagte Diane und blickte Emily nach, bis sie das Café verlassen hatte.

„Was wollte *die* denn?“, fragte sie und setzte sich auf den Stuhl mir gegenüber.

„Ich weiß es nicht“, sagte ich. „Es scheint ihr nicht gut zu gehen.“ Ich erwog, ihr zu folgen, fing Dianes Blick auf und wusste, dass ich mich gedulden musste. „Ich werde später nach ihr sehen." Diane schwieg, rang vermutlich den Impuls nieder, es zu kommentieren.

„Wie geht es dir?", fragte ich, um sie auf andere Gedanken zu bringen.

Jetzt lächelte sie wieder, fast wie auf Kommando, und ergriff meine Hand, die neben dem Colaglas lag. „Ich habe dich vermisst."

Ich rang mir ein Lächeln ab und erwiderte ihren Händedruck. „Dabei kennst du mich kaum", sagte ich. Sie wurde rot, hielt meinem Blick jedoch stand.

„Im Gegensatz zu dir erinnere ich mich an unsere erste Begegnung", sagte sie, zog ihre Hand zurück und verschränkte die Arme vor der Brust. „Ich weiß, wer du bist, William David Walker. Weißt du auch, wer ich bin?"

„Nein", räumte ich ein. „Bitte entschuldige, aber meine Erinnerung hat mich im Stich gelassen." Leider hatte auch Ed mir nicht weiterhelfen können.

„Ich bin enttäuscht von dir", sagte Diane und schob schmollend die Unterlippe vor. „Bin ich so langweilig, dass ich keinen bleibenden Eindruck in deinem Gedächtnis hinterlassen habe?" Die ehrliche Antwort wäre ein klares *Ja, ohne jeden Zweifel!* gewesen. Diane ist eine Schönheit, darin besteht kein Zweifel. Ihre Haut ist ebenmäßig, ihr Gesicht wohl proportioniert. Sie hat eine schlanke Figur, wohlgeformte Brüste und eine wahrhaft grazile Art, sich zu bewegen. Ich habe mich in den Tagen nach meiner durchzechten Nacht oft gefragt, wie jemand wie sie sich in mein Bett verirren konnte. Aber so schön sie auch sein mag, es fehlt ihr an Profil, um sich in mein Gedächtnis einzuprägen. Ihr fehlt die spitze Nase, das kleine Lächeln und das Mal über der linken Braue. Zugegeben, ich kenne sie kaum, und dass sie ein Messer bei sich trug, macht sie auf gewisse Weise interessant, wenn auch nicht gerade attraktiv.

„Nimm es nicht persönlich", sagte ich. „Es gibt Mächte, denen kein Gedächtnis gewachsen ist."

„Du meinst Whisky?“ Ich nickte und erntete ein Lachen. „Also gut. Ich verzeihe dir. Schließlich warst du sehr nett zu mir.“ Sie schenkte mir einen vielsagenden Blick. „Was hieltest du davon, diesen Viertabend ins *Fourier* zu kommen? Dort kannst du mehr über mich erfahren.“

„Was ist im *Fourier?*“

Sie schlug gekonnt die Augen auf und lächelte geheimnisvoll. „Lass dich überraschen.“ Sie stand auf. „Ich rate dir, dort zu sein.“ Die Drohung war als Scherz gemeint, doch ich runzelte verärgert die Stirn. Diane hatte zuweilen eine unangenehm besitzergreifende Art.

Sie wandte sich um, nicht ohne ihr Haar im Licht der Abendsonne aufleuchten zu lassen. Ich sah ihr nachdenklich hinterher, bis sie das Café verlassen hatte. Diane ist nicht die Sorte von Frau, für die ich mich interessiere. Aber Emily hat mich gelehrt, dass das Leben kein Wunschkonzert ist. Und was weiß ich schon über Diane, außer vielleicht, dass sie von eifersüchtiger Natur ist? Ihre Schönheit hatte Oliver und Scott regelrecht den Atem geraubt. Ich könnte mich glücklich schätzen.

Nur was hatte Emily mit *richtigstellen* gemeint?

Sie will dir eine zweite Chance geben, tönte eine ziemlich naive Stimme aus meiner Brust. So ein Unsinn! Ich rief mir die Zeilen ihres Briefes ins Gedächtnis, was nicht schwer war, weil ich ihn unzählige Male gelesen habe. Vielleicht wollte sie mich wiedersehen, bloß um unsere Freundschaft zu erhalten … Aber dann war Diane aufgetaucht, und Emilys Anliegen war unausgesprochen geblieben.

Emily hatte niedergeschlagen gewirkt. Wieso? Konnte Diane der Grund sein? Meine Beziehung zu ihr hätte ihr nur recht sein müssen, jedenfalls wenn sie tatsächlich nicht an mir interessiert war.

Es sei denn …

Sie verzehrt sich nach dir, rief mein Herz und hüpfte vor Aufregung. Ich hätte mir das nutzlose Ding am liebsten aus der

Brust gerissen und durch den Raum geschleudert, um endlich in Ruhe nachdenken zu können.

Ich rief mir Emilys Erscheinung in Erinnerung. Blass, kraftlos …

Etwas stimmt nicht mit ihr … Vielleicht braucht sie Hilfe. Nur warum soll sie sich ausgerechnet an mich wenden? Gewiss gibt es da noch andere.

Und was, wenn nicht?

Kann es sein, dass Emily einsam ist? Dass sie sich an mich wandte, weil es sonst niemanden gibt? Sie hat etwaige Freunde oder Verwandte nie erwähnt. Vielleicht braucht sie meine Hilfe, doch hat sie beim Anblick Dianes den Mut verloren. Macht es da Sinn, dass sie etwas richtigstellen wollte? Etwas, das sie mir in ihrem Brief geschrieben hat?

Ich hätte sie nicht gehen lassen dürfen …

Ich leerte die Cola und winkte einem Kellner. Was auch immer Emily zu mir geführt hatte, ich wollte es herausfinden.

Als ich eine halbe Stunde später an ihrer Wohnung läutete, öffnete niemand. Ich verfluchte mich stumm. Warum war ich ihr im Café nicht stehenden Fußes gefolgt?

Ich werde es morgen wieder versuchen.

W. D. Walker

Im Verwunschenen Tal

Erntezeit. Es herrschte tiefste Nacht. Die Luft war feucht und schmeckte nach Baumharz. Ein weicher Nadelteppich dämpfte die Schritte des Marionettenmannes. Er folgte dem Verlauf einer steilen Felswand, die dem Tannenwald Einhalt gebot wie eine vorgehaltene Hand. Bald gelangte er zu einer dreimannhohen Öffnung, die den Fels wie ein gezackter Blitz spaltete. Ein Windstoß sang klagend in der Finsternis.

Das Versteck der Bestie.

Der Marionettenmann betrat die Höhle. Dunkelheit umfing ihn. Ein warmer Luftzug schlug ihm entgegen und brachte einen Geruch mit sich, der an feuchtes Stroh und alte Socken erinnerte. Der Marionettenmann rümpfte die Nase. Das Licht seiner Laterne flackerte und ließ Schatten über die Höhlenwände tanzen. Ein Alb in wilder Vorfreude. Allmählich konnte er Rumoren hören, das aus den Tiefen stieg und mit jedem Schritt, den er tat, deutlicher wurde.

Jemand schnarchte. Markerschütternd.

Als er sich in unmittelbarer Nähe der Lärmquelle befand, streckte der Marionettenmann eine Hand aus und streifte im Gehen mit den Fingerspitzen über die raue Felswand. Nach wenigen Schritten ertastete er eine Spalte, die den Zutritt zu einem kleineren Tunnel darstellte. Er stellte seine Laterne davor ab und ging weiter. Der Gang beschrieb eine Biegung und mündete in einer Höhle, die im dämmrigen Licht eines fast verloschenen Feuers schwamm. Der Raum war riesig, wirkte jedoch beengt, wenn man die Gestalt betrachtete, die dort auf dem Boden schlief.

Das Wesen erinnerte entfernt an einen Menschen, war jedoch dreimal so groß und sah einfach verboten wild aus. Es hatte unförmige Gliedmaßen und eine Haut von bläulichem

Grau wie der Fels, der seine Heimat war. Sein Schnarchen ließ den Boden vibrieren, die Luft war warm und feucht und geschwängert von einem bestialischen Gestank, den der Marionettenmann fast schmecken konnte. Der Gigant hatte eines seiner Beine von sich gestreckt, der Tunnelmündung entgegen.

Wie überaus zuvorkommend.

Die behaarten Zehen der Bestie erinnerten an Kartoffelknollen. Der Marionettenmann löste eine Kneifzange von seinem Gürtel und schlich näher. Neben dem gewaltigen Fuß ließ er sich auf ein Knie herab und unterzog die Gliedmaße einer Untersuchung. Er zählte sechs Zehen. Der kleinste Zeh, immer noch größer als jedweder menschliche Zeh, war kaum mehr als ein fleischiger Knubbel und hatte nicht einmal einen Nagel. Der große Zeh hingegen war am Gelenk schon sehr dünn und sah aus, als würde er bald abfallen. Der Marionettenmann hob die Kneifzange und setzte sie dort an. Er atmete tief ein …

Das Schnarchen des Giganten endete abrupt in einem Grunzen. Der Marionettenmann schluckte. Den Blick unverwandt auf den Zeh gerichtet betete er zu Tyr, dass das Geräusch wieder einsetzen möge. Aber das tat es nicht! Langsam hob er den Kopf und sah, dass die Augen des Giganten offen standen. Knochen vergangener Mahlzeiten steckten in seinem verfilzten Bart. Seine Augen starrten dumpf unter seinen Überaugenwülsten hervor.

Er sah ihn geradewegs an!

Die Bestie blinzelte.

Der Marionettenmann starrte zurück, unfähig, sich zu rühren.

Der Gigant blinzelte erneut. Grunzte. Dann fielen ihm die Augen zu, und das Schnarchen setzte wieder ein.

Der Marionettenmann atmete aus, zog die Kneifzange zurück und wartete eine gefühlte Stunde, bis seine Hände endlich aufhörten zu zittern, und er einen zweiten Versuch wagte. Dieses Mal öffnete er das Maul der Zange bis zum Anschlag.

Er holte erneut tief Luft und drückte die Griffe mit aller Kraft zusammen.

Die rasiermesserscharfen Schneiden trennten die Zehenknolle sauber ab. Der Gigant fuhr brüllend aus dem Schlaf. Der Marionettenmann sammelte den Zeh mit fahrigen Händen auf und rannte zurück in den Hauptgang. Dies war einer jener seltenen Momente, da er dankbar war für seine grotesk langen Beine. Hinter ihm erschütterten die schweren Schritte der Bestie den Fels, rhythmisch wie Trommelschläge.

Bumm. Bumm. Bumm.

Kleine Steine hüpften über den Boden. Die Erschütterungen durchfuhren den Leib des Marionettenmannes, und jeder zweite, nein, jeder vierte Schlag seines Herzens beförderte es hinauf in seine Kehle, während das Monster rasend schnell aufholte.

Lauf, Marionettenmann. Lauf!

Nur noch wenige Schritte trennten ihn von dem rettenden Spalt, der vom Licht der Laterne markiert wurde, seine Lungen brannten, seine Beinmuskulatur schrie, er kämpfte gegen das Verlangen, einen Blick über die Schulter zu werfen. Lauf! Da war die Laterne. Er packte den Griff und hechtete in den Spalt. Keine Sekunde zu früh! Der Gigant krachte mit vollem Gewicht davor. Der Fels erzitterte, Steinbrocken lösten sich von der Decke. Der Marionettenmann hastete weiter, fort von der Hand des Monsters, das den Arm nun bis zur Schulter in den Felsspalt steckte. Erst, als er vier Tunnelbiegungen hinter sich hatte, blieb er stehen.

Erschöpft lehnte er sich an die Tunnelwand. Seine dürren Beine zitterten, sein Herz pumpte, sein Gesicht war schweißüberströmt. Doch er lächelte. Er streckte die Hand aus und betrachtete die blutige Zehenknolle auf der offenen Handfläche.

Auf der ganzen Welt gab es vielleicht noch eine Hand voll von diesen Wesen. *Riesen* hatten die Menschen sie einst genannt. Sie lebten an verborgenen Orten wie dem Gebirge, das

das Verwunschene Tal umgab. Die meisten ihrer Art waren vor einigen Jahrhunderten, als die Menschen noch um ihre Existenz gewusst hatten, aus Angst vor ihrer Größe gejagt worden. Vor noch längerer Zeit, als die Norvolken Dustrien bevölkert hatten und das Wissen um die Alchemie noch gegenwärtig gewesen war, hatte man sie wegen ihrer Zehen getötet. Welch eine Vergeudung. Die Zehen dieser Geschöpfe wuchsen nach. Der Marionettenmann hatte dem Riesen schon ein rundes Dutzend Mal eine seiner Knollen abgeknapst. Und in etwa einem Monat würde er wieder herkommen. Der Riese, kaum intelligenter als ein Tier, würde ihn bis dahin längst vergessen haben.

Der Marionettenmann trat den Heimweg an. Die Ernte war getan, und er hatte sich eine Auszeit verdient. Er freute sich auf die Geborgenheit seiner Hütte, auf die Gesellschaft der Schrumpfköpfe, eine warme Mahlzeit und darauf, einen Blick in den Spiegel zu werfen.

Leider hatte Emilys neue Freundschaft eine ermüdende Wendung genommen. Sie hatte diesen William vor einigen Tagen abserviert. Nicht, weil sie ihn nicht mochte, nein, sondern weil sie wohl ahnte, wie die Geschichte sonst endete. Sie wusste also von dem Fluch. Wusste vermutlich auch, wer dafür verantwortlich war. Es war also nur noch eine Frage der Zeit, bis sie ins Verwunschene Tal zurückkehrte, wenn sie nicht länger leiden wollte.

Und wie sie litt.

Sie aß wenig, sprach wenig, blieb die meiste Zeit in ihrer Wohnung, verpasste Vorlesungen und Seminare und fand nicht einmal mehr die Kraft zu lesen. Bald hätte der Marionettenmann die Tränen zurück. Bis dahin sollte er alle Vorbereitungen getroffen haben.

Stille umfing den Marionettenmann, als er seine Hütte betrat. Der vertraute Geruch nach altem Leder und Kräutern hieß ihn willkommen. Leises Schnarchen und Murmeln säuselte durch die Dunkelheit. Die Schrumpfköpfe schliefen.

Der Marionettenmann machte Licht und warf einen flüchtigen Blick in den Spiegel. Das Glas zeigte einen Schwarm Riesenpilzmedusen, der über dem Meer schwebte, wechselte jedoch nach wenigen Sekunden das Bild, sodass eine Meute von Kindern zu sehen war, die einen dreibeinigen Hund jagte. Belanglosigkeiten. Wenn nichts geschah, das für den Marionettenmann von Interesse war, zeigte der Spiegel oftmals willkürlich Ereignisse an willkürlichen Orten.

Er wandte sich ab und fing an, eine Mahlzeit zuzubereiten. Er stellte einen gusseisernen Kessel auf die Herdstelle und entzündete ein Feuer. Er häutete und schnitt Zwiebeln, schälte und schnippelte Kartoffeln und Gemüse und warf alles in den Topf, dass es zischte. Anschließend würzte er die Mahlzeit mit Paprika und zur Feier der erfolgreichen Ernte mit einer Prise gemahlener Feenwürmchen. Zuletzt füllte er den Kessel mit Wasser aus der Regentonne und salzte und kostete und verfeinerte abwechselnd den Eintopf, während er vor sich hinköchelte. Vorfreudig leckte er sich die Lippen. Er füllte seinen Teller und balancierte ihn zum Tisch. Sein Magen flehte knurrend, er möge sich beeilen. Dampf stieg von seiner Mahlzeit auf und umschmeichelte seine Hakennase. Er tauchte den Löffel in den Eintopf, führte ihn zum Mund. Das Wasser sammelte sich unter seiner Zunge. Er blies über den Happen, um die Hitze zu vertreiben, öffnete die Lippen, warf einen flüchtigen Blick in den Spiegel …

Er ließ den Löffel sinken. Sein Mund stand noch immer offen, als er sich erhob und vor das Glas trat, in dem der Hafen von Treedsgow zu sehen war.

Die Nacht war stürmisch. Große Wellen brachen an der Kaimauer und Regenschauer gingen auf die Erde nieder wie am jüngsten Tag. Der Marionettenmann hörte zwar keinen Donner, aber er sah Blitze, die den Himmel spalteten und dunkle Wolkentürme beleuchteten.

Beim nächsten Wetterleuchten bemerkte er Emily, die sich der Kaimauer näherte. Ihr weißes Kleid war durchsichtig und klebte auf ihrer Haut, ihr Haar hing in nassen Strähnen herab. Nahe beim Leib trug sie einen schweren Stein, um den sie mehrfach ein Seil gewickelt hatte. Das andere Ende des Seils hatte sie zu einer Schlaufe verknotet und um ihren Knöchel geschlungen.

Vor der Kaimauer blieb sie stehen. Ein Blitz flammte auf, und erstmalig sah der Marionettenmann ihr Gesicht. Sie war bleich. Verhärmt mit dunklen Ringen unter den Augen. Das Regenwasser lief ihr in Strömen über das Antlitz. Es floss ihr aus den Augenwinkeln, als weinte sie. Doch ihr Blick, ihr *Gesicht* war leer.

Minutenlang nahm Emily den Anblick der aufgewühlten See in sich auf. Dann erzitterten ihre Hände. Der Stein entglitt ihren Fingern und jagte senkrecht ins Wasser - ein verspielter Hund, der sein Herrchen hinter sich herzog. Die Wellen schnappten zu wie die Kiefer eines Seeungeheuers.

Der Marionettenmann wartete mit angehaltenem Atem. Aber Emily tauchte nicht wieder auf. Er konnte nicht fassen, was sie getan hatte, doch die Erkenntnis bahnte sich unerbittlich einen Weg in sein Bewusstsein.

Emily war tot.

Das Tagebuch

30. Urban 1713, Ruhenacht

Seit letztem Viertmorgen, als Emily im Coffee-House Calvin auf mich zugekommen war, bin ich einmal täglich bei ihrer Wohnung gewesen – vergebens. Vielleicht war sie nie dort, aber ich hegte den Verdacht, sie *wollte* nicht mit mir reden. Obwohl sie mich zurückgewiesen hatte – für viele Männer Grund genug, nie wieder ein Wort mit ihr zu wechseln – sorgte ich mich um sie. Warum ignorierte sie mich? War sie enttäuscht, weil ich mich mit Diane traf?

Emilys Wohnung liegt auf direktem Wege zum Hafen. Als ich gestern Abend auf dem Weg ins *Fourier* dort vorbeikam, sah ich Licht hinter den dünnen Vorhängen ihres Fensters brennen. Es war ein heißer Tag gewesen. Die Temperaturen hatten während der vormittäglichen Vorlesungen bei so manchem Professor dunkle Schweißflecken unter die Arme gezeichnet. Nun aber frischte ein Wind auf. Wolken überzogen den Himmel, und fernes Donnergrollen kündigte ein Unwetter an. Die Luft roch elektrisiert. Ich musste mich beeilen, wenn ich im *Fourier* sein wollte, bevor es losging.

Trotzdem blieb ich stehen.

Ich biss mir auf die Unterlippe und blickte auf zu dem Quadrat flackernden Lichts. Sollte ich bei ihr läuten? Es war schon spät. Diane dachte womöglich, ich bliebe fern. Ich riss den Blick vom Fenster los und ging weiter. Emily hatte die vergangenen Tage nicht mit mir reden wollen. Warum sollte es jetzt anders sein?

Jäh kam mir der dramatische Gedanke, dass dies der Augenblick war, da ich mich zwischen Emily und Diane entscheiden musste. Ich blieb erneut stehen, drehte mich um und heftete den Blick ans Fenster. Was mochte Emily treiben?

Etwas war ungewöhnlich. In den vergangenen Tagen hatte nie Licht in ihrer Wohnung gebrannt. Um zu verheimlichen, dass sie zu Hause war? Bedeutete das im Umkehrschluss, dass sie jetzt bemerkt werden wollte? Brennendes Licht, ein Hilferuf. Hoffte sie auf mich? Mir kam ein abwegiger Gedanke und ich frage mich immer noch, wieso ich ihn nicht gleich über Bord warf: Vielleicht wusste Emily, dass ich heute auf dem Weg zu Diane an ihrer Wohnung vorbeikam. Vielleicht hatte sie deshalb Licht gemacht. Um mich zu einer Entscheidung zu zwingen. Die Vorstellung ließ Ärger in mir aufkeimen.

Ich wandte mich ab und erstarrte, bevor ich nur einen Schritt tun konnte.

Vor mir stand im schummrigen Licht einer Gasleuchte ein kleiner Mann. Reglos. Ich hatte ihn nicht kommen hören. Ich war mir sicher, dass er zuvor nicht dort gestanden hatte. Er trug eine Hose aus braunem Segeltuch, ein schlichtes Sakko und eine Melone mit ungewöhnlich breiter Krempe. Seine Augen waren von einem durchdringenden Blau.

Als hätte mein Blick ihn zum Leben erweckt, rührte sich der Fremde. Er fasste sich an den Hut und kam näher. Seine Bewegungen erschienen mir ungelenk. Eckig.

„Sie müssen William sein", sagte der Fremde und blieb wenige Schritte vor mir stehen.

Ich war so überrascht, dass ich bloß nickte.

„Ich brauche Ihre Hilfe", sagte der Fremde. Dabei tat er eine seltsam unbeholfene Geste, die mich an die steife Bewegung einer Marionette erinnerte. „Emily schließt sich seit Tagen in ihrer Wohnung ein. Ich glaube, es geht ihr nicht gut." Seine Worte klangen aufrichtig besorgt. „Sie hat viel von Ihnen gesprochen in letzter Zeit. Vielleicht können Sie sie dazu bringen, mit Ihnen zu reden."

Ich mühte mich vergeblich, in den starren Augen des Fremden zu lesen. Sie erschienen mir nicht besorgt, eher leblos starrten sie durch mich hindurch.

„Wer sind Sie?“, fragte ich.

„Bitte entschuldigen Sie.“ Es folgte eine weitere unbeholfene Geste, dieses Mal mit beiden Armen. „Mein Name ist Glenn. Ich bin ein Freund von Emily.“

Natürlich. Mir war beinahe nach Lachen zumute. Wer sonst außer einer rätselhaften Erscheinung wie Glenn hätte der Freund eines Mädchens sein können, das ein Mojo bei sich trug und die Mythen der Norvolken für ebenso glaubhaft hielt wie eine wissenschaftliche Theorie? In diesem Moment wurde mir klar, wie sehr mir dieser Charakterzug an Emily gefiel. Ihr außergewöhnlicher Glaube an märchenhafte Wunder verlieh ihr eine Aura des Mystischen.

„Also werden Sie mit ihr reden?“, fragte Glenn.

„In Ordnung“, sagte ich und begegnete flüchtig seinem Blick. Es schmerzte regelrecht, ihm in die Augen zu sehen.

Ich wandte mich um, zögerlich, doch der Anblick von Emilys diffuser Silhouette in ihrem Fenster vertrieb auch die letzten Zweifel. Sie verharrte kurz und verschwand.

Entschlossen ging ich zurück bis vor ihre Tür, betätigte die Seilzugklingel und wartete. Blickte auf das Schildchen mit ihrem Namenszug neben der Eingangstür und wippte auf den Füßen, schaute mich um und sah, dass Glenn verschwunden war. Ich fragte mich unwillkürlich, ob ich ihn mir nur eingebildet hatte. Ich trat ein paar Schritte zurück und legte den Kopf in den Nacken.

Das Licht hinter dem Fenster zu Emilys Wohnung verlosch. Ich starrte auf das dunkle Glas. Glaubte sie, dass sie mich so einfach loswurde?

Mein Ärger schlug um. Vorhang auf für Akt 2. Auftritt: Wut.

Ich legte meine Hände an den Mund und rief: „Emily!“ Erste Regentropfen lösten sich aus dem wolkenverhangenen

Himmel und tippten auf mein Gesicht. „Emily, ich weiß, dass du da bist!“

Nichts.

„Emily!“

Ein Fenster im Stockwerk unter Emilys Wohnung wurde aufgerissen, und ein Mann im Nachthemd lehnte sich heraus. Der Teil seines Gesichts, der nicht von einem üppigen Vollbart mit prächtigem Schnauzer verdeckt wurde, war purpurrot. Er trug eine weiße Schlafmütze und hielt einen Kerzenhalter in der Hand.

„Junger Herr“, grollte er. „Es ist sehr unhöflich, um diese Uhrzeit …“

Sein Gerede machte mich nur noch wütender. „Emily!“, rief ich aus vollem Halse. „Mach die Tür auf oder ich trete sie ein!“

Ein weiteres Fenster, das nicht Emilys war, wurde aufgerissen. „Was ist denn hier los?“, fragte eine Frau mit dunkler Stimme und legte ihren gewaltigen Busen auf der Fensterbank ab.

„Dieser junge Herr gibt einfach keine Ruhe.“

„Emily, ich meine es ernst!“

„Jemand sollte den Konstabler informieren!“

„Öffnen Sie mir doch einfach die Tür!“, fauchte ich den Mann mit der Schlafmütze an.

„Unverschämtheit“, bemerkte die Frau und rückte ihren Busen zurecht.

„Damit du im Treppenhaus weiterbrüllst?“, fragte der Mann. „Auf keinen Fall!“

„Schön“, sagte ich wütend. „Dann brüll ich eben hier weiter.“

„Das lässt du …“

„Emily!“

„Wenn du nicht sofort …“

„Emily!“

„Es reicht!“ Der Mann rief so laut, dass seine Kerze ausging. „Ich gehe und klopfe an die Tür von dieser Emily, wenn du dann endlich Ruhe gibst." Mit Wucht zog er das Fenster zu. Nach wenigen Sekunden schwang sein Fenster wieder auf.

Der Mann hüstelte. „Wo, ähm … wohnt diese Emily?"

„Es ist das Fenster dort", sagte ich und deutete darauf. „Im dritten Stock." Der Mann lehnte sich heraus, um besser sehen zu können, und verlor beinahe seine Schlafmütze. „Also gut", sagte er, eine Hand am Kopf, und verschwand wieder. Inzwischen war der Regen stärker geworden. Mein Frack färbte sich tintenschwarz. Es blitzte mehrmals in schneller Folge auf. Wenige Sekunden später rollte der Donner von einem Ende des Horizonts zum anderen. Ich verengte die Augen zu Schlitzen und blinzelte die Regentropfen fort. Hatte ich eine dunkle Gestalt hinter dem schwarzen Glas von Emilys Fenster gesehen?

„Hast du schon daran gedacht, dass sie vielleicht gar nicht zu Hause ist?", fragte die Frau.

„Sie *ist* zu Hause", erwiderte ich ungeduldig. „Eben brannte noch Licht in ihrer Wohnung." Weitere Sekunden verstrichen, die zäh wie Minuten vergingen, und während derer der Regen unerbittlich stärker wurde. Wieso dauerte das so lange?

Das Fenster des Mannes schwang auf. „Tut mir leid, Junge. Sie öffnet ihre Tür nicht."

„Haben Sie auch an der richtigen Tür geklopft?"

Der Mann nickte. „Ganz sicher. Vermutlich schläft sie. Und das solltest auch du tun. Komm morgen wieder."

In diesem Moment klickte das Schloss zum Treppenhaus. Die Tür schwang auf …

Da war sie. Emily in einem weißen Kleid. Einige Sekunden vergingen, während wir einander ansahen. Emilys Augen waren gerötet. Ihre schmalen Schultern zitterten. Inzwischen goss es wie aus Kübeln. Sie tat einen Schritt und war binnen eines Augenblicks durchnässt bis auf die Haut. Unter ihrem weißen Kleid zeichneten sich die Umrisse ihrer Gestalt ab, doch mein Blick verlor sich in ihren Augen. Ihr Kinn krauste sich. Sie kam näher, blieb vor mir stehen und hob den Blick. Im selben Moment, da ich es keine Sekunde länger aushielt und sie an mich zog, fiel sie mir regelrecht in die Arme. Sie vergrub ihr Gesicht in meiner Brust, krallte ihre Hände in meinen Frack und wurde von Schluchzern geschüttelt. *Emily, was ist nur los?* Der Regen ging heftiger denn je auf uns nieder, der Sturm nahm stetig an Stärke zu, und dennoch verharrten wir so eine Ewigkeit …

Treedsgow

Im Hinterhof eines leer stehenden Hauses senkte sich eine Gestalt aus dem Himmel. Es handelte sich um einen kleinen Mann mit stechend blauen, zugleich toten Augen. Auch sonst machte er einen leblosen Eindruck. Wenn man genau hinsah, bemerkte man vielleicht die dünnen roten Striemen an seinen Handgelenken.

Der Mann rührte sich nicht, schwebte mit von sich gestreckten Armen in der Luft wie eine Marionette an unsichtbaren Fäden und schleifte mit den Füßen über den Boden. Regenwasser floss ihm in die weit geöffneten Augen und tropfte ihm von der Nasenspitze.

Nichts an seiner Erscheinung ließ ahnen, welche Schlacht in seinem Kopf tobte. Wie sein Verstand Angriffswelle für Angriffswelle gegen die fremde Macht schickte, die von seinem Körper Besitz ergriffen hatte. Vergebens. Zuletzt zog sich der Eindringling freiwillig zurück, jedoch nicht ohne seinem Hirn erheblichen Schaden zuzufügen.

Im Verwunschenen Tal

Der Marionettenmann hängte das Spielkreuz über den Rand seines Kessels und lehnte sich zurück. Er blies die Wangen auf und fuhr sich mit den Händen über das Gesicht. Er hatte sein Möglichstes getan, um Emilys Selbstmord zu verhindern. Der Rest lag bei William.

Wie sich herausgestellt hatte, hatte der Spiegel ihm mit Emilys Tod nicht die Gegenwart gezeigt, sondern die Zukunft. Und der Marionettenmann hatte alle Register gezogen, um ihr Leben zu retten. Nur Emily wusste, wie man das Verwunschene Tal betrat. Sie hatte ihm die Tränen gestohlen und nur sie konnte sie ihm zurückbringen.

Gewissermaßen hatte Emily den Marionettenmann enttäuscht. Er hatte ja befürchtet, dass sie eines Tages einknicken würde, aber er hatte nicht damit gerechnet, dass sie sich durch einen Selbstmord aus der Affäre ziehen würde.

Der Marionettenmann trat vor den Spiegel und beobachtete, wie William das halbe Viertel zusammenschrie. Eine Zeit lang sah es so aus, als ob er scheiterte. Dann aber öffnete Emily die Tür, und sie fielen einander in die Arme.

Wie überaus bewegend.

Pah!

Der Marionettenmann bleckte die Zähne. Er beobachtete, wie Emily und William zusammen ins Trockene gingen. Wie sie redeten, und William schließlich etwas tat, das ihn schadenfroh grinsen ließ. Er legte die Hände mit ihren langen bleichen Fingern ineinander und knetete seine Handflächen.

Genießt diesen kurzen Moment des Glücks, dachte er und warf einen Blick auf die Sanduhr zwischen den Schrumpfköpfen im Regal. Der Hals der Uhr war verschlossen gewesen.

Nun aber floss der feine weiße Sand. Langsam aber stetig verrannen die letzten Stunden von William David Walker.

Das Tagebuch

In dieser Nacht betrat ich erstmals Emilys Wohnung. Der würzige Geruch von Büchern und Kerzenwachs lag in der Luft. Der Regen prasselte gegen das Fenster ihres Esswohnzimmers, und der Wind rüttelte an den Läden.

Emily entschuldigte sich und zog sich in ein angrenzendes Zimmer zurück. Ich hängte den durchnässten Frack über die Lehne eines Stuhls und machte mich am Kamin zu schaffen. Als Flammen über die Holzscheite leckten, richtete ich mich auf und ließ den Blick durch den Raum schweifen. Ich bemerkte, dass Emily die Fensterbank mit seltsamen Schriftzeichen bekritzelt hatte. Knoblauchzöpfe hingen von der Decke, und auch auf der Tür blühte ein Kreis aus Runen.

Sie ist verrückt, dachte ich. Doch der Gedanke erschreckte mich nicht. Im Gegenteil, er stimmte mich heiter.

„Ich weiß, was du denkst."

Ich wandte mich zu ihr um. Sie trug nun ein weißes Nachthemd.

„Du hältst mich für verrückt."

„Oh ja", sagte ich und nickte. „Paranoid, um genau zu sein." Ihr Blick entlockte mir ein Lächeln. „Ich würde sogar sagen, nur du bist verrückt genug, dass ich dich mögen kann." Die Sorge in ihrem Blick schmolz dahin, und Tränen der Erleichterung füllten ihre Augen.

„Komm", sagte ich und fasste sie am Handgelenk. Ihre Haut war eisig. „Du solltest dich aufwärmen." Ich führte sie zum Kamin, wo Emily sich nahe den Flammen in einen Sessel sinken ließ. Verlegen starrte sie auf ihre Füße.

„Ich weiß nicht, wie ich mich erklären soll", sagte sie mit erstickter Stimme.

„Niemand hat eine Erklärung verlangt."

Im Grunde war es mir gleich, was sie umtrieb. Ich bin an etwas erkrankt, das Ed hormonelle Vergiftung der Hirnrinde nennt. Kurz gesagt, ich bin verliebt, und würde mich vermutlich nicht einmal daran stören, wenn Emily ein Flüchtling aus dem Hochsicherheitstrakt von *Sankt Laplace* wäre.

„Was kann ich tun, damit es dir besser geht?“, fragte ich.

Emilys Worte waren jetzt nur noch ein Flüstern. „Bleib bei mir.“

Ich lächelte schwach. „Du musst es mir schon ein bisschen schwerer machen, Emily.“

Ihre Lippen zuckten, doch schon im nächsten Moment war ihre Miene wieder ernst. Ihr Blick glitt durch den Raum und blieb an meinem Frack hängen.

„Wieso trägst du einen Anzug?“

„Ich wollte Diane im Hafen besuchen.“ Mir kam nicht in den Sinn, sie zu belügen.

„Oh …“

„Sie bedeutet mir nichts“, fuhr ich fort und sah Emily fest in die Augen. „Ich war betrunken, als ich sie kennenlernte, weil …“

Emilys Augen weiteten sich, als sie verstand. „Weil ich dir diesen Brief geschrieben habe“, sagte sie.

Ich presste die Lippen zu einem schmalen Strich und nickte.

„William …“ Emily holte tief Luft. „Nach unserer Verabredung im Hafen fing ich an, dich zu mögen. Sehr zu mögen. Das war nicht gut.“ Sie atmete erneut tief ein und sah zum Kamin. Die Flammen tanzten in ihren Augen. „Bevor ich Studentin in Treedsgow wurde, war ich ein Niemand. Eine Waise ohne Mittel. Ich suchte Zuflucht bei einer alten Dame, die sich um Kranke kümmerte. Seit einiger Zeit war sie selbst erkrankt und wurde von ihrer Enkelin gepflegt. Das Mädchen war viel zu jung, um allein für ihre Großmutter zu sorgen. Weil ich mich auf die Naturheilkunst verstehe, blieb ich dort. Ich pflegte die alte Dame, versorgte an ihrer statt die Kranken und kümmerte mich um das Mädchen. Dann eines Tages …" Emily holte tief Luft, wie um Kraft zu sammeln. „… küsste ich das Mädchen beim Zubettgehen auf die Stirn. Am nächsten Morgen erkrankte sie. Ein Viertel später war sie tot."

Ich runzelte die Stirn. Emily konnte nicht ernsthaft glauben, dass ein Zusammenhang bestand.

„Bald darauf starb auch die alte Dame", fuhr sie fort. „Ich zog weiter, nicht zuletzt deshalb, weil man über mich zu reden begann. Ich schloss mich einer Gruppe von Spielleuten an, die nach South Harrow reisten. Dort wurde ein Apotheker auf mein Talent als Heilkundige aufmerksam und nahm mich bei sich in die Lehre auf. Eine meiner Aufgaben bestand darin, die Medizin solchen Menschen zu bringen, die zu krank oder zu beschäftigt waren, sie selbst zu holen. Besonders oft belieferte ich einen Bergmann. Ich freundete mich mit ihm an. Eines Tages küsste ich ihn zum Abschied auf die Wange." Emily stockte, und mir schwante etwas. „Am nächsten Tag starb der Bergmann bei einer Explosion Untertage." Sie ließ mir keine Gelegenheit, dies als Zufall zu bezeichnen. „Einige Monate später lernte ich einen jungen Mann kennen. Wir verbrachten viel Zeit miteinander. Ich verliebte mich in ihn …" Sie senkte verlegen den Blick. „Eines Tages küsste ich ihn. An einem verlassenen Ort zwischen Stadt- und Waldrand. Kaum hatten sich unsere Lippen voneinander gelöst, wurde er von der verirrten Gewehrkugel eines Jägers getroffen. Er starb in meinen Armen." Sie blickte zu mir auf. Tränen glitzerten in ihren Augen. Ich wollte etwas sagen, hätte jetzt auch die Gelegenheit dazu gehabt, doch ich war sprachlos.

„Ist es Zufall, William? Bin ich verflucht?" Sie blickte zu mir auf. „Ich empfinde viel für dich. Aber lieber entferne ich mich von dir und versuche, dich zu vergessen, als bei dir zu bleiben und dich niemals küssen zu dürfen."

„Steh auf, Emily." Sie blickte zunächst fragend zu mir auf, ehe sie sich erhob. Ich nahm ihre Hände in meine. „Es waren

Zufälle, hörst du? Bloß Zufälle. Aber selbst wenn du niemanden küssen darfst, dem du nicht den Tod wünschst, so bedeutet das nicht, dass dich niemand küssen darf."

Ich sah ihr an, dass sie mir nur zu gern glauben wollten. „Bist du dir sicher?"

Statt einer Antwort gab ich ihr einen Kuss. Eine Gänsehaut jagte wie elektrischer Strom durch meinen Körper und floss auf Emily über, wo sich unsere Lippen berührten. Sie verschränkte die Finger mit den meinen und schloss die Augen. Ich spürte ihren warmen Atem in meinem Mund, ihre Nase, die meine berührte, ihre zögerliche Erwiderung.

„Bleib heute Nacht bei mir", flüsterte sie. Ich konnte ihr Gesicht nicht sehen, sah nur ihren Haarschopf. Der Duft ihrer regenfeuchten Haare stieg mir in die Nase.

Emily wandte sich um und führte mich an der Hand ins Schlafzimmer. Der Raum war gerade groß genug, dass er im Gesamten nur drei Möbel fasste: einen Schreibtisch, der unter dem Fenster stand, ein Bett mit himmelblauer Baumwollbettwäsche und einen Kleiderschrank. Es gab einen hohen Spiegel gegenüber der Tür und Öllampen an den Wänden, die nicht brannten. Auch hier schmückten Runen Tür und Fensterbrett.

Emily ließ meine Hand los und legte sich ins Bett. Ihre Bettwäsche raschelte verführerisch.

„Komm zu mir, William", murmelte sie. „Hier neben mich."

Ich zog meine Schuhe aus und legte mich zu ihr. Inzwischen war meine Leibwäsche am Körper getrocknet. Emily schmiegte sich an mich, und ich legte den Arm um sie. Die Augen wurden mir schwer. Regen und fern grollender Donner füllten meinen Kopf.

„Dein Hemd ist noch feucht", nuschelte Emily. Ich hörte ein leises Lächeln, das ihre Worte süßte.

„Ich habe vor deiner Haustür einen Freund von dir getroffen", murmelte ich.

„Wen?"

„Sein Name war Glenn. Ein eigenartiger Kerl." Ich lächelte müde, als ich an seine merkwürdigen Gesten dachte. „Er hat mich an eine Marionette erinnert."

Emily schwieg dazu.

Ich erwachte Stunden später. Der Sturm hatte sich gelegt, sogar die Wolken hatten sich verzogen, und silbernes Mondlicht strömte durch das Fenster. Stille drückte gegen das Glas. Ich glaubte, das Licht habe mich geweckt. Da bemerkte ich, dass Emily vorsichtig von mir abrückte. Ich atmete regelmäßig weiter und behielt die Augen geschlossen. Emily stieg aus dem Bett und fing an, barfuß durchs Zimmer zu tappen. Ich wurde nicht schlau aus dem, was ich hörte. Nach einer Weile siegte die Neugier. Ich öffnete ein Auge. Emily hatte ihren Kleiderschrank geöffnet und tastete mit einer Hand darin herum. Ihr dunkles Haar glänzte im Mondlicht. Als sie ihren Arm aus dem Schrank zog, hielt sie einen metallenen Gegenstand in den Händen. Ich konnte nicht erkennen, was es war, sah nur ein kurzes Aufblitzen. Ein Messer?

In diesem Moment wurde mir klar, dass ich Emily doch eigentlich kaum kannte, wusste nur, dass sie etwas verrückt war. Mir lief es eiskalt über den Rücken. Ich widerstand dem Drang, mich aufzurichten, und schloss die Augen für den Fall, dass sie zu mir sah. Vermutlich hatte sie bloß irgendeinen okkulten Gegenstand ausgekramt. Sie wollte nicht, dass ich etwas davon erfuhr. Sie fürchtete ohnehin, ich könne sie für verrückt halten.

Eine volle Minute, während derer ich deutlich Emilys Blick auf mir spürte, war es still. Sehr still. Plötzlich hatte ich Angst. Mir kam der absurde Gedanke, dass der Gegenstand in ihren Händen ein großes Geheimnis war. So groß, dass sie mich zum Schweigen bringen würde, um es zu wahren. Der Drang, die Augen zu öffnen, wurde fast unwiderstehlich. Aber ich behielt sie geschlossen, atmete ruhig. Schließlich verließ Emily das Zimmer und schloss leise die Tür hinter sich.

Sie blieb eine gefühlte Stunde fort. Ich döste ein. Als sie zurückkehrte, wurde ich jedoch schlagartig hellwach. Die Vögel beschworen bereits den Tag herauf. Emily legte sich ins Bett und schloss die Augen. Wenige Minuten später drang ihr Atem an meine Ohren, leise und regelmäßig. Sie war eingeschlafen.

Es dauerte lange, bis der Schlaf auch mich fand. In meinem Kopf jagte eine Frage die nächste. Wo war sie gewesen? Was verheimlichte sie? Sollte ich sie zur Rede stellen?

Ja, dachte ich, das sollte ich. Vielleicht jetzt sofort.

Ich öffnete die Augen und betrachtete ihr Gesicht. Tiefer Frieden lag in ihren Zügen. Keine Falte zeigte sich auf ihrer Stirn, und ihre kurzen Lippen formten die Andeutung eines Lächelns. Ich lächelte ebenfalls. Ihre Glückseligkeit war ansteckend, und ihr nächtlicher Ausflug erschien mir mit einem Mal belanglos. Wen kümmerte, wo sie gewesen war und was sie getan hatte? Sie war glücklich.

Ich schloss die Augen, und endlich betäubte der Schlaf mein Denken.

Am nächsten Morgen teilte ich Emily vorsichtig mit, dass ich noch einen Aufsatz über elektrische Feldlinien fertigstellen musste. Sie reagierte gelassen. Es ginge ihr schon viel besser. Sie würde mich am Abend besuchen.

Daheim erwartete mich ein übel gelaunter Ed im Schlafanzug.

„Diane war hier“, maulte er. „Sie war ziemlich sauer und hat sturmgeläutet. Um acht Uhr morgens!“

Ich biss mir auf die Lippe. „Wo ist sie jetzt?“

„Ich habe ihr gesagt, sie soll in deinem Zimmer warten und mich gefälligst in Ruhe lassen.“ Ich sah mit weit aufgerissenen Augen abwechselnd zu meiner Zimmertür und zu Ed. „Keine Angst, du Pantoffelheld. Sie ist schon vor einer Stunde weg.“ Ich atmete auf, doch meine Erleichterung war nur von kurzer

Dauer. Als ich mein Zimmer betrat, sah ich mein Tagebuch aufgeschlagen auf dem Schreibtisch liegen. Zwei Sätze warfen sich mir förmlich entgegen:

Aber so schön sie auch sein mag, es fehlt ihr an Profil, um sich in mein Gedächtnis einzuprägen. Ihr fehlt die spitze Nase, das kleine Lächeln und das Mal über der linken Braue.

W. D. Walker

(Ich war mir inzwischen sicher, dass es sich bei Diane um dasselbe Mädchen handelte, dass mir in Schwarzwasserhafen begegnet war. Sie passte zu Williams Beschreibung. Ihr blondes Haar, ihr schneidiges Auftreten …

Emily hingegen verhielt sich ungewöhnlich. Ich hatte sie als die große Schwester in Erinnerung, deren Stimme der Vernunft noch jedem Albtraum den Schrecken hatte nehmen können. Wieso glaubte sie jetzt an einen Fluch, der durch ihren Kuss ausgelöst wurde? Wieso trug sie ein Mojo und maß der norvolkischen Mythologie so große Bedeutung bei? Was war geschehen in den Jahren seit unserer Trennung?)

Im Verwunschenen Tal

Der Marionettenmann stierte in den Spiegel. Er hatte seit knapp vierundzwanzig Stunden nicht geschlafen. Seine Augen waren blutunterlaufen, seine bleichen Wangen von schwarzen Borsten überzogen wie der Leib einer riesigen Spinne. Er saß auf der strohgefüllten Matratze seines Bettes, den kleinen runden Spiegel an die angewinkelten Beine gelehnt. Die Luft um ihn war so dick, dass man sie fast greifen konnte. Die Schrumpfköpfe wagten nicht, auch nur einen Mucks von sich zu geben. Nur Carl summte leise vor sich hin. Er war offenbar bester Laune.

Nach einer Weile verstummte sein Singsang. „He, Bohnenstange", rief er von seinem Platz hoch oben im Regal. „Fadenarm. Wie lange willst du noch dasitzen und in diesen Spiegel starren?" Der Marionettenmann ignorierte ihn. Aber Carl schien der Monolog ebenso recht zu sein wie eine Unterhaltung. „Dass du dich immer noch nicht langweilst! Was tut Emily gerade? Bohrt sie in der Nase? Sitzt sie auf dem Abort? Du vergeudest deine Zeit, Bohnenstange. Du vergeudest dein Talent! Ich mag dich nicht, aber ich respektiere dich als Alchemist. Wenn du dich ganz dem Studium der Alchemie widmen würdest, statt ständig in diesen Spiegel zu starren, hättest du vermutlich bereits den Stein der Weisen erschaffen. Ach, was rede ich, du könntest selbst Tote wiedererwecken. Aber wozu mache ich mir die Mühe?" Er seufzte. „Es ist, als redete ich mit einer Bohnenstange." Der Marionettenmann hätte ihn am liebsten unter seinen Schuhsohlen zerstampft. Leider stand Carl unter dem Schutz des Wurmgottes. Der Wurmgott hatte den Marionettenmann angewiesen, den Kopf zu verwahren.

Emily und William schliefen schon Stunden, als Emily sich regte. Sie schlug die Augen auf. Nur eine Sekunde lang schien es dem Marionettenmann, als blickte sie geradewegs zu ihm …

Vorsichtig rückte sie von William ab und stieg aus dem Bett. Sie öffnete den Kleiderschrank, steckte ihren Arm bis zur Schulter hinein und brachte einen Gegenstand zum Vorschein. Er blitzte im Mondlicht. Die Augen des Marionettenmannes weiteten sich. Es war ein Revolver. Was hatte sie vor? Eine ungute Ahnung beschlich ihn. Hatte sie ihre Todessehnsucht am Ende nicht überwunden?

Sie wickelte den Revolver in eine Bluse, sodass er vor Blicken verborgen bliebe, und verließ das Zimmer, dann die Wohnung. Im Slalom wich sie den Pfützen aus, die sich auf den Straßen von Treedsgow gebildet hatten. Wie ein Geist, der durch die Straßen schwebte, wirkte sie in ihrem Nachthemd. Nach unbestimmter Zeit erreichte sie den Stadtrand und betrat einen Grünweg. Sie folgte seinem Verlauf zwischen umzäunten Kuhweiden hindurch, Hügel hinauf und hinunter, über eine kleine Holzbrücke, die sich über einen gluckernden Bach, einen Ausläufer des Sithwell, spannte, und zwischen einer Gruppe von Felsbrocken hindurch. Schließlich verließ sie den Grünweg und tauchte ein in einen dunklen Wald.

Die Hände des Marionettenmannes begannen zu zittern. Würde er gleich sehen, wie Emily den Revolver hervorholte, den Lauf in den Mund nahm und ihr Hirn über das Laub verteilte? Zeigte der Spiegel ihm womöglich wieder die Zukunft? Aber über dem Verwunschenen Tal schwebte der gleiche Mond. Die Zeitebenen stimmten überein.

Der Marionettenmann glaubte, die erwartungsvolle Stille des Waldes zu hören, die Worte des Windes im Laub der Bäume, den feuchten Waldboden, der unter Emilys Füßen schmatzte. Feenwürmchen tanzten durchs Unterholz. Wind kam auf, und ein Schauer weißer Blüten ging auf Emily nieder. Sie blieb stehen. Lauschte.

Was flüsterten die Bäume?

Zögerlich schlug Emily eine andere Richtung ein, als hätte der Wald ihr einen Hinweis gegeben. Nach einer Weile gelangte sie an eine Buche, wie der Marionettenmann sie bis dahin nur im Verwunschenen Tal gesehen hatte. Wulstige Astlochaugen und eine knorrige Nase ragten aus dem Stamm. Emily kam mit dem Gesicht ganz nahe dorthin, wo sich bei einem menschlichen Kopf das Ohr befand, und murmelte etwas. Das Laub der Buche erzitterte. Flüsterte. Der Marionettenmann hielt den Atem an. Ganz langsam richteten sich die geschlitzten Pupillen der Astlochaugen auf das Mädchen.

Was hatte sie vor?

Aber Emily streichelte bloß den Stamm und ging weiter. Je tiefer sie in den Wald gelangte, desto häufiger sah sie Nebelfetzen, die sich wie Watte in den Ästen der Bäume verfangen hatten. Sie streckte die Hände danach aus, und der weiße Dunst blieb an ihr haften. Bald trug sie ein Hochzeitskleid wie aus dem Märchen. Wenig später war nur noch eine Wolke zu sehen, die durch den Wald schwebte, und immer noch sammelte Emily Nebelfetzen. Verärgert stellte der Marionettenmann fest, dass die weißen Schleier ihm die Sicht raubten. Der Spiegel sah aus, als sei er von der anderen Seite beschlagen. Er wischte mit dem Ärmel darüber, obwohl er glaubte, dass es sinnlos war. Umso überraschter sah er, dass es funktionierte.

Ihm stockte das Herz. Die Luft im Wald war klar. Nichts rührte sich. Emily stand da und sah direkt zu ihm auf. Sie hielt den Revolver mit beiden Händen umklammert. Der Lauf deutete geradewegs auf ihn.

Unmöglich!

Der Marionettenmann warf sich nach hinten im selben Augenblick, als Emily feuerte. Die Kugel durchschlug das Glas, sauste pfeifend über ihn hinweg und traf die gegenüberliegende Hüttenwand. Ein Stöhnen ging durch die Reihen der Schrumpfköpfe. Glassplitter verteilten sich in der Hütte, und der Marionettenmann kniff die Augen zusammen. Wie war das möglich?

„Oh nein“, kam es von den Regalreihen. „Wie konnte das passieren?“

Carl! Der Marionettenmann riss die Augen auf und kam auf die Beine. Er ließ den Blick über das Regal schweifen, fassungslos. Ihm wollte nicht einfallen, wo der Schrumpfkopf lag. Oben! Er hatte einen Platz ganz oben. Der Marionettenmann hob den Blick …

… und atmete auf. Carl war unversehrt, doch starrte er mit weit aufgerissenen, leeren Augenhöhlen das Stundenglas zu seiner Rechten an. Es hatte ihm den oberen Glaskolben weggerissen.

„Das“, sagte Carl, „war knapp.“

Das Tagebuch

35. Urban 1713, Mittviert

Das *Fourier* ist eine noble Absteige. Nobel jedenfalls für die Verhältnisse des Hafens. Das heißt, dass es dort einigermaßen sauber ist, und bullige Männer in schwarzen Anzügen dafür sorgen, dass handfeste Meinungsverschiedenheiten auf der Promenade ausgetragen werden. Es verfügt zudem über einen durchaus charmanten Billigluxus. Es ist alles vertreten von edlen Kronleuchtern, die so weit oben hängen, dass man sie nicht ohne Weiteres beschädigen, oder als die billigen Imitate, die sie sind, entlarven kann, über schmucke Vorhänge bis hin zum wichtigsten Accessoire: der Bühne. Dort präsentieren sich am Abend Komödianten, Sängerinnen und Tänzerinnen, die, je später es wird, bisweilen skandalös viel Bein oder gar ihr Höschen zeigen.

Werktagmorgen beschloss ich, ins *Fourier* zu gehen in der Hoffnung, Diane zu treffen. Ich war ihr eine Erklärung schuldig. Während der Vorlesungen dieses Tages beschäftigte ich mich daher überwiegend damit, mir die richtigen Worte zurecht zu legen.

Als ich am Nachmittag Emily mitteilte, was ich vorhatte, zeigte sie Verständnis. „Ich warte hier auf dich“, sagte sie und berührte unwillkürlich den Talisman unter ihrer Bluse. Unsere Veranstaltungen enden werktags immer zur selben Uhrzeit, und sie hatte mich bis vor die Tür meiner Wohnung begleitet.

„Denkst du, du hältst es solange mit ihm aus?“, scherzte ich und nickte zur Tür. Ich sprach natürlich von Ed.

Sie lächelte und verpasste mir einen Knuff. „Schließ schon auf.“

Eine knappe Stunde später betrat ich das *Fourier*. Ein bulliger Mann im schwarzen Anzug beäugte mich misstrauisch, als wäre ich ein Unruhestifter. Ich ignorierte ihn, schritt den Mittelgang hinab und ließ den Blick auf der Suche nach Diane durch den Saal schweifen. Der Geruch von Politurmittel lag in der Luft. Zu so früher Stunde waren nur wenige Gäste anzutreffen. Die Beine von etwa zwei Dritteln aller Stühle, die verkehrt herum auf den runden Tischen standen, ragten der Saaldecke entgegen wie die Stämme junger Bäume. An einem der freien Tische erblickte ich Diane, unverkennbar durch ihr goldenes Haar. Sie hatte mir den Rücken zugekehrt und rieb die Tischplatte mit einem Tuch ab und zwar derart energisch, als hegte sie gegen jeden einzelnen Quadratzentimeter eine persönliche Abneigung.

Ich trat näher und räusperte mich leise. „Diane?" Sie spannte sich an, als sie meine Stimme hörte. Ihre Rechte umfasste das Tuch so krampfhaft, dass ihre Fingerknöchel weiß hervortraten. Sie wandte sich um und musterte mich mit einer Mischung aus Wut und Unglauben.

„Was willst du *jetzt noch*?"

Ihre Frage irritierte mich. „Ich will mit dir reden." Ich wollte ihr einfach die Wahrheit sagen. Dass mein Verhältnis zu Emily noch ungeklärt gewesen war, als ich beschloss, mich bis zur Besinnungslosigkeit zu betrinken. Dass unsere Liebesnacht während eines Zustandes bar jeder Kontrolle meinerseits stattgefunden hatte. Dass es mir leid täte.

Und das tat es auch.

„Du hast vorhin genug geredet, *William David Walker*." Wie sie mir meinen Namen ins Gesicht spie, hätte sie mich ebenso gut ohrfeigen können.

Ich starrte sie an. „Was meinst du damit?"

„Was meinst du damit", äffte sie. „Hat dir schon mal jemand gesagt, dass du dich wie ein Ochse anhörst, Walker? Wie viel mussten deine Eltern zahlen, damit du an der Universität angenommen wurdest, hä?"

„Ich war vorhin doch gar nicht hier.“

Jetzt war es an ihr zu starren. „Findest du das *witzig*?“ Bevor ich etwas darauf erwidern konnte, wandte sie sich an den Mann im schwarzen Anzug. „Gary, kümmere dich doch bitte um den hier“, sagte sie mit ihrer klebrigsten Zuckerstimme.

„Mit dem größten Vergnügen“, knurrte Gary und trat mit knackenden Fingerknochen auf mich zu.

„Diane, ich habe wirklich keine Ahnung, wovon du redest.“ Ich würgte. Gary hatte mich am Schlafittchen gepackt und schnürte mir die Luft ab.

„Raus mit dir, Arschloch“, knurrte er und zerrte mich zum Ausgang. Ich stolperte rückwärts hinter ihm her, während Diane uns mit einer Mischung aus Schadenfreude und Abscheu nachblickte. Ich brachte erst wieder einen Ton hervor, als Gary mich draußen auf der Promenade grob von sich stieß.

Ich hustete. „Gary“, würgte ich hervor, ehe er im *Fourier* verschwinden konnte. „Mit wem … wem hat sie geredet? Wer war vorhin bei Diane?“

Gary sah mich an. Dieselbe Mischung aus Wut und Unglauben, die ich zuvor bei Diane gesehen hatte, lag nun in seinem Blick. „Willst du mich verarschen? Sie hat mit *dir* geredet.“

„Aber ich war nicht hier.“

„Versuch nicht, mich für dumm zu verkaufen“, drohte Gary mit zornfunkelnden Augen. „Nicht einmal dein Zwillingsbruder könnte dir so ähnlich sehen. Was soll die Scheiße?“

„Ich …“

„Hör zu, Bursche.“ Gary trat sehr nahe an mich heran. „Ich rate dir, Diane nicht zu unterschätzen. Sie ist in Schwarzwasserhafen aufgewachsen und andere Sitten gewohnt. Sie musste dort einiges durchmachen, aber wenn man glauben darf, was man über sie erzählt, ist sie dort nicht gerade als Heilige bekannt. Wenn ich an die armen Kerle denke, die sich mit ihr angelegt haben, tun sie mir fast leid.“ Sein rotes Gesicht war meinem jetzt so nahe, dass ich die Wärme spüren konnte, die es abstrahlte.

Im Flüsterton fuhr er fort. „Offen gestanden glaube ich, dass sie nicht mehr ganz dicht ist hier oben. Wusstest du, dass sie immer ein Messer bei sich trägt? Ich will dir also raten, nicht wieder herzukommen, sonst kann ich für nichts garantieren."

Ich schluckte schwer und sammelte Mut zu einer Erwiderung. „Ich weiß nicht, wer vorhin mit Diane gesprochen hat", sagte ich mit stockender Stimme. „Ich war es jedenfalls nicht. Richte ihr bitte aus, dass es mir leidtut. Und dass ich jederzeit bereit bin, über alles zu reden." Gary schnaubte und verschwand kopfschüttelnd im *Fourier*.

Auf dem Heimweg zerbrach ich mir den Kopf darüber, was das alles zu bedeuten hatte. Wer war bei Diane gewesen? Wer sah mir zum Verwechseln ähnlich und kannte mich so gut, dass er mich imitieren konnte? Das war unheimlich! Was hatte der Unbekannte gesagt? Ich dachte an den Hass in Dianes Augen und kam zu dem Schluss, dass es nichts Gutes gewesen sein konnte.

Als ich meine Wohnung betrat, fand ich Emily und Ed in unserer Küche vor. Emily hatte eine entspannte Haltung eingenommen, wohingegen Ed wild gestikulierte.

„Wie kannst du sagen, dass ein Mythos ebenso wahrscheinlich ist wie eine wissenschaftliche Theorie?", fragte er. „Wie konntest du mit dieser Einstellung überhaupt an der Universität aufgenommen werden?"

„Ich war so umsichtig, es bei der Immatrikulation nicht zu erwähnen", entgegnete Emily. Sie klang belustigt. „Gegenüber weiblichen Bewerbern haben sie ohnehin Vorurteile."

Ed schüttelte den Kopf. Dann bemerkte er mich. „Weißt du eigentlich, wen du dir da angelacht hast?"

Ich lächelte und nickte.

„Sie ist verrückt."

„Ja, aber auf eine liebenswerte Weise."

„Ihre Sicht der Dinge ist eine Schande für unsere *Ideale* als Wissenschaftler …"

„Bis gerade eben dachte ich, du kennst dieses Wort nicht einmal", erwiderte ich.

„Was soll das denn …"

Ich winkte ab. „War doch nur Spaß. Lass gut sein, Ed."

„Wie lief dein Gespräch mit Diane?", fragte Emily.

„Es hat nicht wirklich eines gegeben."

Sie hob die Brauen. „War sie nicht da?"

Ich schüttelte den Kopf und berichtete ausführlich, was geschehen war. Emily und Ed musterten mich sprachlos.

„Irgendjemand gibt sich als du aus und macht dich unbeliebt?", fragte Ed ungläubig. „Du hast nicht zufällig einen bösen Zwillingsbruder?" Ich schüttelte den Kopf und warf Emily einen flüchtigen Blick zu. Sie schwieg mit besorgter Miene. Ich wusste genau, was ihr in diesem Moment durch den Kopf ging. Ich hatte mich selbst schon gefragt, ob mein mysteriöser Doppelgänger etwas mit dem Kuss zu tun hatte. Aber das war lächerlich!

„Es gibt nur eine vernünftige Erklärung", sagte ich, wie um mich selbst zu überzeugen. „Diane und Gary haben sich einen schlechten Scherz erlaubt. Es ist einfach unmöglich, dass es jemanden gibt, der mir bis ins letzte Detail gleicht." Emily wirkte nicht überzeugt.

„Warte", sagte Ed und starrte nachdenklich ins Leere. „Ich habe da so eine Idee. Womöglich bist du eingeschlafen – nein, lass mich ausreden! – Du bist eingeschlafen und geschlafwandelt."

„Da bin ich doch eher bereit anzunehmen, dass Lotin persönlich das *Fourier* in meiner Gestalt betreten hat."

Emily lachte. Aus den Augenwinkeln sah ich, wie sie flüchtig ihr Mojo berührte. Ed murmelte etwas von wegen, man müsse doch alle Möglichkeiten erwägen, erhob sich und holte drei Flaschen Bier. Wir ließen die Verschlüsse knallen und überlegten bis nach Einbruch der Dunkelheit, was Dianes merkwürdige Reaktion zu bedeuten hatte. Zuletzt erhob Ed sich gähnend von seinem Platz und verkündete, er würde jetzt ins Bett gehen.

Auch Emily und mir juckten die Augen. Ich führte sie nach draußen und begleitete sie bis vor die Tür ihrer Wohnung. Dort umarmten wir uns zum Abschied.

„Vermutlich gibt es für das alles eine ganz vernünftige Erklärung", sagte Emily, wirkte jedoch von ihren eigenen Worten nicht überzeugt. „Aber nur für den Fall, dass etwas *anderes* dahinter steckt …"

„Ich werde sicher keine Runen auf meine Tür malen, Emily."

„Ich wollte bloß sagen, sei auf der Hut", gab sie leicht pikiert zurück.

Ich lächelte und strich ihr eine Haarsträhne aus dem Gesicht. „Zerbrich dir nicht den Kopf. Alles wird gut, glaub mir. Schlaf jetzt." Ich gab ihr einen flüchtigen Kuss. Ihr Atem stockte und ich musste lächeln. Ich beugte mich zu ihr herab …

„Nicht." Sie wich zurück, als hätte sie sich verbrannt.

Ich kam mir ziemlich blöd vor. „Was ist?"

„Wir … sollten das Übel besser nicht herausfordern", murmelte sie. Ich starrte sie an. Fürchtete sie immer noch, ich könnte auf merkwürdige Weise sterben, wenn wir uns küssten?

„Gute Nacht", murmelte sie, öffnete die Tür und floh regelrecht in die Wohnung. Ich verharrte eine geschlagene Minute im dunklen Treppenhaus. Schließlich wandte ich mich kopfschüttelnd um und stieg die Treppen hinunter. Konnte Emily so verrückt sein? Oder war es ihr unangenehm, wenn ich sie küsste? Ich war mir nicht sicher, was schlimmer gewesen wäre. Vermutlich Letzteres.

Draußen auf der Straße verharrte ich unschlüssig. Mir war nicht danach, jetzt nach Hause zu gehen. Überhaupt war mir nicht nach Gehen zumute. Ich musste mich setzen. Nachdenken. Ich grüble zu viel, aber ungedacht spuken die Gedanken durch meinen Kopf, lästige Alben, die mich nicht schlafen lassen.

In einer dunklen Gasse entdeckte ich einen Stapel alter Holzkisten. Ich ließ mich auf einer davon nieder und lehnte mich an die kühle Hauswand. Nach einer Weile klärte sich mein Kopf. Ich schloss die Augen und ließ zu, dass ich müde wurde.

Eine Tür fiel ins Schloss unter der zaghaften Berührung jemandes, der nicht gehört werden wollte. Ich zuckte zusammen. Tatsächlich war ich kurz eingeschlafen. Ich wandte den Kopf und sah Emily. Sie ließ den Blick schweifen. In der Hand hielt sie einen Stoffbeutel. Sie wandte sich nach rechts, folgte dem Verlauf der Straße und bog in eine Gasse ein. Unschlüssig blickte ich ihr nach. Sollte ich ihr nachlaufen? Nach kurzem Zögern erhob ich mich. Eine gefühlte halbe Stunde folgte ich ihr in sicherem Abstand, wartete stets, bis sie hinter der nächsten Biegung verschwunden war, huschte notfalls von Versteck zu Versteck. Erst zuletzt wurde mir klar, welches Ziel sie hatte: den Friedhof von Treedsgow. Ich war nie dort gewesen und mir wäre nicht im Traum eingefallen, dort mitten in der Nacht hinzugehen. Ein Eisengitter umgibt diesen Ort, um die Toten fernzuhalten. Bäume warfen im Mondlicht tanzende Schatten über die Gräber. Ihr Laub erzitterte unter der Berührung einer nächtlichen Brise. Grabsteine in allen erdenklichen Größen und Formen wuchsen gleich Pilzen aus dem Boden. Gräber unterschiedlicher Größe reihten sich aneinander und verliehen dem Boden das Aussehen eines bunten Flickenteppichs.

Eines musste ich Emily lassen: Sie hatte Mut.

Das schmiedeeiserne Tor knarrte, als sie es öffnete. Sie zog es hinter sich zu, und ich fluchte stumm. Wenn ich sie nicht aus den Augen verlieren wollte, musste ich ihr durch dieses verräterisch ächzende Tor folgen. Also aufgeben und umkehren? Nein. Vorsichtig drückte ich die Klinke herunter und holte Luft. Es gab nur eine Möglichkeit, es leise zu öffnen …

Ich stieß das Tor auf. Es quietschte, jedoch kaum lauter als der Ruf eines Nachtvogels. Ich tauchte ins Dunkel der Bäume ein, duckte mich hinter eine Reihe von plumpen Grabsteinen und ließ den Blick schweifen. Der Geruch von feuchter Erde lag in der Luft. Die Schwärze der Nacht drückte auf meine Augäpfel. Hier wuchsen mächtige Eschen, Ulmen und Ahorne, deren Baumkronen sich zu einem dichten Blätterdach verschlossen. Nur an wenigen Stellen zeichnete das Mondlicht silberne Flecken auf die Gräber, gespenstig und schön zugleich. Soeben löste sich Emilys Silhouette aus der Schattenfront, die eine dieser Lichtungen umgab, und verschmolz auf der anderen Seite wieder mit der Finsternis. Ich eilte ihr nach. Mäuse und anderes Kleintier flohen vor meinen Schritten. Ich versuchte, auf keines der Gräber zu treten, aber das war unmöglich.

Emilys Weg endete auf einer weiteren Lichtung. Ein mächtiger Grabstein erhob sich im Zentrum. Er stand schräg, als wäre er im Boden eingesunken, und wäre wohl als ganz gewöhnlicher Felsbrocken durchgegangen, wäre da nicht die verwitterte Inschrift gewesen, die halb von Efeu und Moos verdeckt wurde.

Emily ließ sich vor dem Grabstein auf die Knie sinken. Das Gras wuchs so hoch, dass es sie fast überragte. Sie griff in den Stoffbeutel und brachte mehrere Dinge zum Vorschein: Ein Teelicht, eine Schachtel Zündhölzer, ein silbernes Messer. Schließlich stülpte sie den Beutel um, und ein Haufen schneeweißer Steine ergoss sich ins Gras. Sie fing an, ein Bild zu legen. Ich konnte nicht sehen, was es war. Als sie damit fertig war, holte sie ein Zündholz hervor und zog es über ihre Schuhsohle, woraufhin es fauchend zum Leben erwachte. Sie entzündete das Teelicht und stellte es in die Mitte ihres Steinbildes. Anschließend hob sie das Messer. Der Stahl blitzte im Mondlicht. Sie streifte den Ärmel ihrer Bluse zurück und schnitt sich, ohne zu zögern, ins Fleisch. Ich unterdrückte ein Keuchen. Dunkles Blut lief über ihren Unterarm und tropfte von der Spitze des Ellbogens auf das Grab. Emily verharrte reglos mit ungerührter Miene. Schließlich griff sie nach einer Mullbinde, die zwischen den noch verbliebenen Steinen lag. Sie verband sorgfältig ihren Arm, verstaute Messer, Zündholzschachtel und alle übrigen Steine im Beutel und wartete. Und wartete. War sie eingeschlafen? Ich konnte ihr Gesicht nicht sehen.

Dann, nach einer weiteren gefühlten Stunde, rührte sie sich: Sie beugte sich vor, eine Statue, die zum Leben erwachte, und blies das Teelicht aus.

„Hast du wirklich geglaubt, ich wüsste es nicht?“, fragte sie laut. Mein Herzschlag setzte aus. Ihre Stimme klang verändert, dunkler, bedrohlicher. Wie lange wusste sie schon, dass ich hier war?

Ihr Kopf ruckte nach rechts. „Du weißt sehr wohl, wovon ich rede. Ich hätte dir niemals vertrauen dürfen.“

Ich holte tief Luft und sammelte all meinen Mut zu einer Antwort.

Emily lachte freudlos. „Willst du mir weismachen, *er* stecke dahinter?“

Die Worte blieben mir im Hals stecken. Redete sie wirklich mit mir?

„Ich weiß noch nicht. Fürs erste bleibst du dort drin.“ Offensichtlich war noch jemand hier, den nur sie hören konnte. Ich schluckte meine Antwort hinunter und duckte mich tiefer in die Schatten.

„Wenn du bereit bist, mir die Wahrheit zu sagen. Ich komme in einigen Tagen wieder. Überlege dir bis dahin gut, was du mir zu erzählen hast.“ Emily war verrückt. Völlig verrückt! Sie erhob sich, wandte sich um und verließ die Lichtung.

Ich wartete eine lange Zeit, ehe ich mich aus meinem Versteck wagte. Jetzt erkannte ich, welches Bild sie mit den Steinen gelegt hatte: Einen fünfzackigen Stern, ein Pentagramm. Der Docht des Teelichts glühte noch. Obwohl es windstill war, hörte ich die Bäume flüstern. Die Luft um mich herum war wie elektrisiert. Mein Instinkt flehte, diesen Ort zu verlassen. Im Licht des Mondes sah ich dunkle Flecke auf dem Gras. Emilys Blut. Aber war es das Mondlicht? Oder kam das Leuchten aus den weißen Steinen? Ich beugte mich herab und nahm einen aus dem Pentagramm. In dem Moment, da ich dies tat, brach die Spannung um mich herum zusammen. Das Leuchten der Steine erstarb, bevor ich mich davon überzeugen konnte, ob es überhaupt da gewesen war, und das Flüstern der Bäume verstummte. Mir war, als hörte ich Gelächter, rachsinnig, irre und aus so weiter Ferne, dass ich es mir ebenso gut hätte einbilden können. Es lief mir eiskalt den Rücken hinab und dennoch verspürte ich große Erleichterung. Ich legte den Stein zurück in die Lücke des Pentagramms, aber die Atmosphäre blieb entspannt. Ein mulmiges Gefühl ergriff von mir Besitz. Mir war, als hätte ich etwas aus seinem Käfig befreit. Etwas Böses.

Ich betrachtete die Inschrift auf dem Grabstein. Es waren vier Zeilen in Runenschrift. Ich wandte mich um und verließ die Lichtung. Ich wollte den Friedhof so schnell wie möglich verlassen. Wollte nur noch in mein Bett. Auch wenn an Schlaf nicht zu denken war, so konnte ich dort wenigstens in aller Ruhe nachdenken.

Am nächsten Morgen suchte Emily mich im Lehrgebäude für elektronische Technik auf. Ich sah sie, während ich im Strom der Studenten von einem Hörsaal zum nächsten trieb. Sie grüßte mich förmlich und bat mich steif um ein Gespräch unter vier Augen.

„Ich hab etwas für dich", flüsterte sie so leise, dass nur ich es hörte. Sie bedeutete mir, zu folgen, und ging voraus zurück in den leeren Hörsaal. Auf ein Zeichen von ihr schloss ich die Tür hinter uns. Sie hatte die Arme hinter dem Rücken verschränkt und trug ein geheimnisvolles Funkeln im Blick.

„Ich muss dich warnen", sagte sie. „Du wirst vielleicht nicht gerade begeistert sein."

Ich hob nur die Brauen.

„Nachdem du mir gestern von deiner Begegnung mit Diane erzählt hattest, fand ich einfach keinen Schlaf …"

Was du nicht sagst.

„Emily“, warnte ich. „Du hast doch nicht etwa …“

Bevor ich den Satz beenden konnte, streckte Emily ihren rechten Arm aus. Ich stöhnte. Auf ihrer offenen Handfläche lag ein Mojo.

„Du erwartest doch nicht, dass ich das trage“, sagte ich. Allein bei dem Gedanken, was Ed dazu sagen würde, verging mir die Lust.

„Tu es für mich“, flehte Emily. „Wenn du es unter deinem Hemd trägst, sieht es doch keiner.“ Ich musterte sie. Nichts an ihrem Äußeren ließ auf den Irrsinn schließen, der hinter ihrer Stirn wohnte – ließ darauf schließen, dass sie sich nachts auf Friedhöfen herumtrieb, fremde Gräber mit ihrem Blut wässerte und mit sich selbst redete. Im Gegenteil, sie wirkte unschuldig und aufgeweckt. Konnte jemand verrückt sein und wissen, dass er es war? War es dann überhaupt schlimm? Schließlich war sie nicht gefährlich.

Ich seufzte ergeben.

„Also schön“, sagte ich und nahm das Mojo. Dabei streifte ich ihren Arm. Sie zuckte zurück.

„Alles in Ordnung?“, fragte ich.

„Alles bestens. Ich habe mich gestern an einer scharfen Kante meiner Kommode geschnitten. Nichts Ernsthaftes.“ Wie die Lüge über ihre Lippen kam – ohne nachdenken zu müssen, ohne rot zu werden.

Oh, Emily. Wohin soll das nur führen?

W. D. Walker

30. Feenmond 1713, Ruhenacht

Mehr als drei Viertel sind vergangen seit meiner letzten Begegnung mit Diane. Ich war mir inzwischen sicher, dass ihre absurde Behauptung ihre eigene Art war, mich fernzuhalten. Kindisch, aber zumindest schien sie es dabei zu belassen. So dachte ich.

Bis Emily und ich gestern eine verstörende Botschaft erhielten.

Gemeinsam spazierten wir nach unseren Vorlesungen zur Hafengegend. Wir teilen eine Vorliebe für die schmutzige und zugleich romantische Atmosphäre dieses Viertels. Die Promenade bietet einen einzigartigen Anblick, besonders wenn nach Sonnenuntergang die Gasleuchten entzündet werden. Dann locken sie Schwärme von Motten an und spiegeln sich an windstillen Tagen in der Meeroberfläche. Der Geruch von Salz und Schnaps liegt in der Luft. Musik dringt aus den Lokalen, traurige Seemannslieder begleitet vom Akkordeon oder fröhlich vorgetragene Stücke auf einer Mandoline. Die Boote und Schiffe knarren und glucksen, und ihre Fahnen und Segel knattern im Wind. Die kühle Seeluft streicht einem übers Gesicht, dringt unter die Kleidung und macht Lust, sich in die Wärme eines Lokals zu flüchten.

Emily und ich betrachteten in den vergangenen Vierteln oft die Sonnenuntergänge. An warmen Tagen breiteten wir eine Decke auf dem Sandstrand aus. Einmal, während einer windigen Sonnnacht, ließen wir einen Drachen steigen. Wir sammelten Muscheln, Fossilien und vom Meersalz geschliffene Scherben. Ich zeigte Emily, wie man flache Steine über das Wasser hüpfen lässt, und sie versuchte mir beizubringen, einen Kranz aus Grashalmen zu flechten. Es war eine schöne Zeit. Besonders kurzweilig waren solche Tage, an denen ein Schiff mit frischen Waren aus Übersee angelegt hatte. Dann war der Markt überfüllt mit Schmuckstücken aus Origon, kostbaren orientalischen Gewürzen und exotischen Speisen. Nach Sonnenuntergang traf man, wenn man die richtigen Lokale betrat, die Seemänner, wie sie umringt von Zuhörerscharen ein Garn von fremden Kulturen und den Abenteuern auf See spannen, solange man ihnen etwas zu trinken spendierte.

Wir langweilen uns nie. Selbst an regnerischen Sonnachtnachmittagen nicht. Wir haben einander viel zu bieten. Emily ist in ihrem Wesen wie eine Seiltänzerin. Sie balanciert auf einem Faden, mal tänzerisch, mal verträumt, aber nie unsicher. Sie bewahrt stets das Gleichgewicht. Sie ist offen und anregend, hört zu und erzählt. Mal ist sie tiefgründig, mal unbekümmert. Sie lacht über einfache Dinge, ohne sich dessen bewusst zu sein, eine Katze zum Beispiel, die sich auf einer Fensterbank räkelt und herunterfällt, oder ihr eigenes Haar, das sie an der Nase kitzelt. Ein Lächeln legt sich über ihre Augen, ihre kleinen Lippen öffnen sich und zeigen ihre makellos weißen Schneidezähne, ehe sie leise kichert.

Ich bin diesem Lachen verfallen.

Ebenso gut kann man, wenn sie willens ist, niveauvolle Gespräche mit ihr führen. Sie versteht schnell und bringt eigene Gedanken ein, die manchmal zu derart komplexen Gebilden heranwachsen, dass ich staunen muss.

Umgekehrt fühlt Emily sich wohl in meiner Nähe. Sie weiß, ich respektiere ihren Glauben an okkulte Dinge, auch wenn ich ihn nicht teile. Mir gefällt ihre Einstellung. Die meisten Wissenschaftler begreifen nicht, dass ihr unerschütterlicher Glaube an ihr Studium ihnen wie eine massive Backsteinmauer den Weg zu neuen Erkenntnissen versperrt. Emily ist anders. Sie hat begriffen, dass wir letztendlich immer nur glauben, aber niemals wissen.

Ich muss zugeben, dass der Glaube an Magie und Fabelwesen mich manchmal fasziniert. Wir leben in einer Zeit der wissenschaftlichen Erkenntnisse. Unser Planet ist vollständig kartographiert, und ich fürchte den Tag, da es nichts mehr gibt, das wir nicht erklären können. Ist es da närrisch, von verborgenen Orten zu träumen? Magischen Orten wie schwimmenden Inseln oder verwunschenen Tälern?

Emily weiß, dass ich sie ernst nehme; wenn sie mir ihre Träume schildert, die sie für gute oder schlechte Omen hält, oder wenn sie mir vom Kauf eines Schmuckstückes abrät, weil es eine böse Aura umgibt. Bevor ich sie kennenlernte, hätte ich solche Worte wohl belächelt. Aber Emily lehrte mich, dass ich den Glauben eines Menschen nicht teilen muss, um ihn zu respektieren. Ich denke immer seltener an ihren Ausflug zum Friedhof. Was geschah, wirkt auf mich wie ein seltsamer Traum. Ich frage mich manchmal, ob sie verrückt ist, und komme zu dem Schluss, dass es mir gleich ist. Ich würde sie nicht anders wollen. Bin ich dumm? Oder bloß verliebt? Vermutlich beides …

Obwohl wir mittlerweile vertraut miteinander sind, weiß ich doch wenig über ihre Herkunft. Ihre Mutter starb bei der Geburt ihres jüngeren Bruders, ihren Vater hatte sie nie kennengelernt. Wer also hatte sie großgezogen? Wie bezahlte sie ihre Studiengebühren? Und was war aus ihrem kleinen Bruder geworden? Emily wich mir nicht aus, als ich ihr diese Fragen stellte. Sie sagte deutlich, dass sie nicht darüber reden wolle. Noch nicht. Es liegt nahe, dass sie eine schwere Zeit durchlebt hat, aber ich komme nicht umhin, zu bemerken, dass ihre geheimnisvolle Vergangenheit sie noch anziehender macht. Ich weiß nicht mehr, ob sie wirklich schön ist, oder ob ihre innere Schönheit mich blendet. Aber spielt das eine Rolle?

Am gestrigen Abend wartete das Meer uns mit einer besonderen Attraktion auf. Emily und ich spazierten wie schon so manches Mal die Promenade entlang. Angefangen beim Frachtschiffhafen mit dem Dampfschiff machten wir einen großen Bogen um das *Fourier*, vorbei am Marktplatz, vorbei am Fischereihafen und erreichten zuletzt Kap Peek mit dem Leuchtturm an seiner Spitze, dem Freund der Seefahrer, der

der tückischen See schon so manches Mal ein Schnippchen geschlagen hatte. Auf dem Rückweg erinnerte nur noch ein oranger Lichtstreif an den vergangenen Tag. Die Gasleuchten entlang der Promenade brannten und zeichneten facettenreiche Schatten auf den Boden.

„Sieh mal", raunte Emily, als wir auf Höhe des Marktplatzes angelangt waren, und deutete voraus. „Jemand hat einen Ballon an dieser Straßenlaterne festgemacht."

Ich verengte die Augen zu Schlitzen. Tatsächlich schien es auf die Entfernung so, wie Emily sagte. Ein rundes Objekt schwebte über der Leuchte in der Luft und war mit Seilen oder etwas Ähnlichem daran verankert. Darunter hatte sich eine Menschenmenge versammelt.

Während wir näher kamen, offenbarte sich uns, worum es sich tatsächlich handelte. Noch nie in meinem Leben durfte ich Zeuge eines vergleichbaren Anblicks werden. Einige Meter über der Leuchte schwebte ein Geschöpf, das einer riesigen Qualle ähnelte. Eine Riesenpilzmedusa. Der ‚Fruchtkörper', wie man den pilzähnlichen Leib dieser Geschöpfe nennt, maß etwa einen Meter im Durchmesser. Das Tier hatte die Tentakel um den Lichtmast der Gasleuchte geschlungen und wiegte rhythmisch auf und ab. Gerade, als wir uns der staunenden Menge anschlossen, fing die Medusa zu leuchten an. Türkise Sterne erstrahlten auf der Oberfläche des Tiers wie leuchtende Punkte auf einem Fliegenpilz, feine Äderchen durchzogen den durchsichtigen Leib und der Saum des Fruchtkörpers leuchtete wie flüssiges Mondlicht. Die Menge stöhnte.

„Dies, verehrte Damen und Herren, ist eine Riesenpilzmedusa, oder wie wir Wissenschaftler diese Geschöpfe nennen: *Aurelia Maxima*." Ein Mann mit Brille und gepflegtem Vollbart stellte sich auf eine Sitzbank unterhalb der Medusa und erhob sich somit über die Köpfe aller anderen. In seinem Mund steckte eine Pfeife. Tiefe Falten in den Augenwinkeln zeugten von einem freundlichen Gemüt.

Die Menge verstummte und wartete gespannt auf weitere Informationen. Der Mann ließ sich Zeit. Rauchstrahlen stoben ihm aus der Nase und quollen ihm zwischen den Lippen hervor, ehe er die Pfeife herausnahm.

„Dieses Exemplar ist noch sehr jung", sagte er und deutete mit dem Stiel der Pfeife nach oben. „Ausgewachsene Tiere haben im Durchschnitt einen Durchmesser von drei Metern. Das größte Exemplar, dessen Umfang je gemessen wurde, maß im Durchmesser über viereinhalb Meter." Ein Raunen ging durch die Menge. „Riesenpilzmedusen ernähren sich ausschließlich von Wasser, Luft und Sonnenlicht."

„Also betreiben sie Photosynthese?", fragte jemand aus der Menge.

Der Mann lächelte. „Hören Sie das? Studenten sind unter uns." Einige lachten. „Nein, Riesenpilzmedusen können kein eigenes Chlorophyll synthetisieren. Sie leben in Symbiose mit Algen. Die Algen befinden sich von Geburt an in ihrem Leib. Die Medusen versorgen sie mit Wasser und allen nötigen Nährstoffen. Wie Sie vielleicht sehen, verehrte Damen und Herren, hängen einige Tentakel des Medusajungen noch immer im Wasser." Erst jetzt, da der Biologe es sagte, bemerkte ich die Schnüre. Im schwindenden Tageslicht waren sie kaum zu sehen. „Riesenpilzmedusen transpirieren Wasser über ihre Oberfläche. Dadurch entsteht ein sogenannter Transpirationssog, der frisches Wasser über feine Leitungen in den Tentakeln nachzieht. Die Algen im Innern der Tiere werden bestens versorgt und müssen dazu bloß einen kleinen Teil ihrer erwirtschafteten Energie an die Medusen abgeben."

„Warum hält dieses Vieh sich an der Leuchte fest?", fragte jemand aus der Menge, der Ausdrucksweise nach zu schließen kein Student.

„Nun, wie es scheint, wurde dieses Junge von seiner Herde getrennt, vielleicht während des Sturms vor drei Vierteln. Jungtiere halten sich von Zeit zu Zeit an den Tentakeln ihrer Eltern fest. Offensichtlich hält dieses hier die Straßenlaterne für einen biolumineszierenden Artgenossen." Verhaltenes Lachen ging durch die Reihen der Staunenden.

Wir bewunderten noch lange das Medusajunge, bis es sich schließlich von der Straßenlaterne löste und mit dem Wind aufs offene Meer hinaustrieb. Während Emily und ich Arm in Arm beobachteten, wie sein leuchtender Leib schrumpfte, gab es jäh ein langgezogenes Klagen von sich, das an das Heulen eines einsamen Wolfes erinnerte. Nur war es dunkler und viel lauter. Der Ton verlor sich in der Ferne. Ich hoffte innig, dass der Ruf dieses verlorenen Geschöpfes irgendwo auf die Ohren seiner Herde traf.

„Danke, William", sagte Emily, als wir spät nachts im Treppenhaus vor ihrer Wohnungstür standen.

„Wofür?"

„Für diese unvergessliche Nacht."

Ich wollte sagen, dass es nicht mein Verdienst sei, diesem Medusajungen begegnet zu sein, da kam Emily ganz nahe an mich heran. Ich hielt den Atem an. Seit sie mich vor drei Vierteln zurückgewiesen hatte, hatten wir uns nicht mehr geküsst. Inzwischen verzehrte ich mich danach, ihre Lippen auf meinen zu fühlen. Trotzdem fasste ich sie an den Schultern und hielt sie mit sanfter Gewalt zurück. Sie hob die Brauen.

„Was ist mit, wir wollen das Übel nicht herausfordern?", fragte ich.

„Vergiss das", sagte sie. „Ich will dich küssen."

„Warte mal", sagte ich und hielt sie weiterhin zurück. „Wieso ist es jetzt in Ordnung?"

Sie blies die Wangen auf. „Das würdest du nicht verstehen", murmelte sie und wich meinem Blick aus.

„Versuch es doch einfach."

Aber Emily schwieg, die Augen auf einen Punkt hinter mir geheftet.

„Emily?“ Ich folgte ihrem Blick und dann sah ich es.

Im Holz der Tür steckte ein Messer. Dianes Messer. Mir wurde kalt. Wie vom Anblick der Waffe hypnotisiert starrte ich auf den Griff. Warum hatte Diane das getan? Wollte sie uns Angst machen? Uns drohen? Wartete sie vielleicht in Emilys Wohnung? Bei dem Gedanken lief es mir eiskalt den Rücken hinab.

Dann bemerkte ich etwas Merkwürdiges. Ich sah genauer hin, und eine schwarze Substanz, die dem Griff der Waffe anhaftete, offenbarte sich mir. Wie Teer oder Pech sah sie aus. Vor meinen Augen löste sie sich in Rauch auf und war binnen Sekunden verschwunden. Ich packte den Griff und zerrte daran. Die Klinge rührte sich kaum. Blanke Wut hatte sie tief ins Holz getrieben. Ich zog fester und befreite sie mit einem Ruck. Die silberne Klinge glitzerte im schwachen Licht, das durch die Fenster des Treppenhauses hereinfiel. Eiskristalle überzogen die Oberfläche des Stahls, als hätte der Dolch eine Nacht lang in frostiger Kälte gelegen. Genau wie die schwarze Substanz zuvor taute das Eis in kürzester Zeit und hinterließ nicht einmal Wasser. Ich sah zu Emily, um mich zu versichern, dass mich die Sinne nicht täuschten. Aber Emilys Aufmerksamkeit galt etwas Anderem. Ich folgte ihrem Blick. In eckigen Großbuchstaben hatte jemand – zweifellos Diane – ein einzelnes Wort ins Holz der Tür geschnitzt:

HURE

W. D. Walker

31. Feenmond 1713, Sonnnacht

Emily hatte Angst. Ich musste immerzu daran denken, was Gary über Diane erzählt hatte. Dass sie aus Schwarzwasserhafen kam und nicht mehr ganz dicht im Kopf sei. Offenbar hatte er damit nicht Unrecht.

Auf der anderen Seite machte ihr Verhalten mich wütend. Ich hatte mich ihr gegenüber nicht ganz richtig benommen, ja, aber sie hätte mich wenigstens anhören können. Stattdessen erfand sie irgendeine aberwitzige Geschichte, ließ viertellang nichts von sich hören und rammte dann ihr Messer in Emilys Tür. Was bezweckte sie damit? Wollte sie uns einschüchtern? Uns drohen?

„Sie benimmt sich unvernünftig", sagte ich wütend zu Ed.

„Reg dich ab und trink ein Bier", meinte er bloß. Ich hatte Emily angeboten, bei uns zu übernachten. Sie hatte sich kaum getraut, ihre Wohnung zu betreten, aus Angst, Diane könne dort auf sie warten. Ihr Schloss hatte keine Einbruchspuren aufgewiesen, soweit sich das im Dunkeln beurteilen ließ, also wagte ich einen Vorstoß. Dianes Messer in der Rechten verlieh mir zusätzlichen Mut. Während ich jeden Raum einzeln inspizierte und sogar in die Küchenschränke schaute, blieb Emily unentwegt in meiner Nähe. Erst als wir sicher waren, dass niemand da war, sammelte sie hastig alles Nötige für eine Übernachtung ein, und wir verließen die Wohnung.

Ed war an diesem Abend noch wach und glücklicherweise nicht aus. Ihn in unserer Nähe zu wissen, gab mir ein gutes Gefühl, nicht zuletzt deshalb, weil er groß und kräftig gebaut ist.

Ich öffnete den Bügelverschluss der Flasche, hob sie energisch an die Lippen und verschluckte mich prompt. Ich hustete und hatte das Gefühl, Schaum käme mir gleich zu beiden Nasenlöchern heraus.

„Ich stelle sie morgen zur Rede", keuchte ich und tupfte den Hals meiner Flasche ab.

„Alleine? Hast du sie noch alle? Sie ist verrückt. Melde den Vorfall dem Konstabler."

Ich schüttelte den Kopf. „Sie würde es abstreiten", sagte ich. „Ich könnte nicht beweisen, dass das Messer ihr gehört."

„Vielleicht ist es ja auch gar nicht von ihr", gab Emily zu bedenken.

Ich schüttelte den Kopf. „Es ist ihr Messer."

„Woher weißt du das?"

„Ich … hab es schon einmal bei ihr gesehen."

„Also gut", sagte Ed widerwillig. „Statten wir ihr morgen einen Besuch ab."

Ich hob die Brauen. „Du kommst mit?"

Ed grinste. „Ja, glaubst du, ich lasse es mir entgehen, wenn mein Mitbewohner von einem Mädchen verprügelt wird?" Emily lachte. Ich boxte Ed freundschaftlich gegen die Schulter und trank noch einen Schluck Bier. Ich war immer noch wütend und besorgt, aber ich fühlte mich besser.

Ed trank ebenfalls. Dann fiel sein Blick auf einen Punkt unterhalb meines Kinns. Er runzelte die Stirn. „Was trägst du da eigentlich um den Hals?"

Ich verschluckte mich beinahe wieder. Mist! Bis jetzt hatte ich das Mojo vor Ed verbergen können. „Nichts Besonderes", sagte ich und erhob mich. „Es ist schon spät. Wir sollten versuchen zu schlafen."

„Moment mal, Freundchen." Auch Ed erhob sich und versperrte mir den Weg. „Zeig das mal her." Widerwillig holte ich das Mojo unter meinem Hemd hervor. Ed betrachtete es einige Sekunden lang schweigend und sah dann mit hochgezogenen Brauen abwechselnd von mir zu Emily.

„Was ist das?", insistierte er, als niemand eine Erklärung von sich gab.

„Ach das", sagte ich, während ich fieberhaft nach einer Ausrede suchte. Ich schalt mich selbst einen Dummkopf, weil ich mir nicht längst eine zurechtgelegt hatte. „Das ist …"

„Ein Mojo", sagte Emily unbekümmert. Ich funkelte sie an.

„Ein … Motscho?", wiederholte Ed ratlos.

Emily nickte. „Ein origonischer Talisman. Er bringt Glück und schützt vor bösen Geistern und …"

„Du kannst aufhören, Emily." Ich knirschte mit den Zähnen. „Ed kann uns gar nicht für noch verrückter halten." Ed sah aus, als würde er gleich laut loslachen.

„Und … und was ist da drin?"

„Ooch, nur ein paar Kräuter, ein Kupferkorn …"

„Wie gesagt, Emily, du kannst aufhören", sagte ich überdeutlich. Ed brach in Gelächter aus. „Mo-mo – motscho!", rief er mit hochrotem Gesicht und schüttelte sich regelrecht vor Lachen. „Motscho!"

„Wirklich sehr komisch, Ed", sagte Emily trocken, aber Ed lachte bloß noch heftiger.

„Dann kann ich morgen ja hierbleiben", sagte er und wischte sich die Augen. „Dein *Motscho* wird dich schon vor Diane beschützen."

„Es heißt Mojo", berichtigte ich ihn. Ich bereute meine Worte sofort, waren sie doch Öl im Feuer von Eds Belustigung. Immer noch lachend verließ er den Raum. Wenig später gingen auch Emily und ich zu Bett.

„Mach dir keine Sorgen", sagte ich, bevor ich ihr das Wohnzimmer überließ. „Ich glaube nicht, dass Diane einem von uns wehtun würde." In Wahrheit wusste ich es nicht. Diane war schwer einzuschätzen.

Aber Emily machte auf mich nicht den Eindruck, als fürchte sie sich wegen Diane. „Bestimmt nicht", sagte sie, doch ihr Blick war in die Ferne gerichtet, und ich fragte mich, welchen Unsinn sie wohl in diesem Moment aus den Fäden der Ereignisse spann.

Sie sah mir in die Augen. „Nimm dich in Acht, William." Sie klang besorgt. „Wenn sie wusste, dass du ihr Messer wiedererkennst, wollte sie dich vielleicht ködern." Ich schluckte. Daran hatte ich noch nicht gedacht.

Am Nachmittag des nächsten Tages machten Ed und ich uns auf den Weg zum Hafen. Ed machte einen entspannten Eindruck, und das Ereignis der vergangenen Nacht verlor etwas von seinem Schrecken. Kaum hatten wir das *Fourier* betreten, versperrte Gary uns den Weg.

„Soll das ein Scherz sein, Gary?", fragte Ed. „Wie oft haben wir zusammen einen draufgemacht? Und jetzt willst du mich nicht mehr reinlassen?"

„Du kannst rein", knurrte Gary. „Aber der da …" Er wies kopfnickend in meine Richtung. „… bleibt draußen."

„Will ist in Ordnung."

„Da kennst du ihn aber schlecht." Gary sah mich zornfunkelnd an. „Es enttäuscht mich, dass du mit ihm befreundet bist. Ist dir klar, wie gestört er ist?"

„Wovon redest du?"

„Frag ihn doch selbst."

Ed und ich sahen einander an. Mein ratloser Blick genügte.

„Ich rede davon, dass du sie regelmäßig aufsuchst und irgendwelche Psychospielchen mit ihr treibst", rief Gary und Spucketröpfchen flogen mir ins Gesicht.

„Aber ich war nicht …"

„Fang nicht wieder damit an", sagte Gary und deutete auf mich. Eine gefährlich große Ader pochte auf seiner Stirn.

„Schluss damit, Gary", sagte Ed scharf. „Ich kenne Will gut genug, um zu wissen, dass er sowas nie tun würde. Er ist total harmlos. Meine Fresse, er liest Gedichte und schreibt Tagebuch. Denkst du wirklich, er wäre zu Psychospielchen fähig?" Ein Teil der Wut wich aus Garys Gesicht und machte einem nachdenklichen Ausdruck Platz. „Will hat sie seit drei Vierteln nicht gesehen", fuhr Ed fort, „und dann steckte gestern ihr Messer in der Tür unserer Freundin."

Um Eds Worte zu untermauern, holte ich Dianes Messer hervor und reichte es mit dem Griff voran an Gary weiter. Der Wachhund musterte es aufmerksam.

„Das *ist* ihr Messer“, murmelte er.

„Wir müssen mit ihr reden, bevor sie irgendwas Dummes anstellt“, sagte Ed.

„Sie ist beim Leuchtturm“, sagte Gary widerwillig. „Geht zu ihr und schafft diesen Streit aus der Welt. Aber …“ Er zögerte. „Seid vorsichtig. Diane ist manchmal … etwas sonderlich. Verdammt, ich weiß, was ihr jetzt denkt. Das macht sie nicht unglaubwürdig! Ich will damit nur sagen, dass sie ihre Kämpfe in aller Regel nicht mit Worten austrägt … versteht ihr?“

„Ed“, sagte ich, nachdem wir das *Fourier* verlassen hatten und der Promenade in Richtung Leuchtturm folgten. „Hältst du es für möglich, dass ich bei Diane war, ohne es zu wissen?“

Ed runzelte die Stirn. „Ich habe selbst darüber nachgedacht, ob du geschlafwandelt sein könntest. Erinnerst du dich? Damals habt ihr euch über mich lustig gemacht. Jetzt verstehe ich auch warum. Deine Worte klingen lächerlich.“

„Ich meine nicht, dass ich geschlafwandelt bin“, sagte ich kleinlaut. „Aber … hast du mal von den schizophrenen Menschen gehört, die es in *Sankt Laplace* geben soll?“

„Du fürchtest, du hast eine zweite Persönlichkeit?“, fragte Ed. Ihm war anzuhören, wie skeptisch er war. „Ich glaube, das hätte ich bemerkt. Gibt es denn Zeitabschnitte, an die du dich nicht mehr erinnern kannst?“

„Nein. Eigentlich nicht.“

„Wenn du mich fragst, ist eher Diane ein Fall für die Klapsmühle“, fuhr Ed fort. „Du hast Gary gehört. Und schließlich hat sie ein Messer in Emilys Tür gerammt. Nein, ich glaube, sie ist eifersüchtig.“ Nachdenklich fügte er hinzu: „Trotzdem wüsste ich zu gern, wie es dir gelungen ist, sie ins Bett zu kriegen. Weißt du, wie oft ich mir an ihr die Zähne ausgebissen habe?“

Ich nickte. „Du hast es mir ja nun oft genug erzählt.“

Als ich Ed zum ersten Mal ihren Namen genannt hatte, hatte er geglaubt, ich erlaube mir einen Scherz. Diane war die Perle des *Fourier.* Die Frauen beneideten sie um ihre Schönheit, die Männer buhlten um ihre Aufmerksamkeit. Ihre Stimme brachte Eisberge zum Schmelzen und selbst abgebrühte Seemänner um den Verstand. In jener Nacht, als ich Diane kennenlernte, hatte Ed kurz das Lokal verlassen. Ich hatte zu diesem Zeitpunkt mit dem Kopf auf der Tischplatte geschlafen. Als er nach unbestimmter Zeit zurückgekehrt war, war ich verschwunden gewesen. Und Diane ebenfalls. Ed hatte sich nichts dabei gedacht.

Als wir Kap Peek erreichten, neigte der Tag sich dem Abend zu. Es war stürmisch und das Rauschen der Wellen, die sich an den Klippen brachen, füllte unsere Ohren.

„Was kann ich euch Gutes tun, Jungs?“, fragte der Leuchtturmwärter, ein alter Mann mit grauem Stoppelbart.

„Wir suchen eine junge Frau“, sagte ich. „Sie ist etwa in unserem Alter, blonde Haare, ziemlich hübsch.“

„Aber doch nicht hier.“ Der Alte zeigte ein schelmisches Grinsen. „Jungs, als ich in eurem Alter war, hab ich auch von hübschen Blondinen geträumt, aber auf einem Leuchtturm danach zu suchen, auf die Idee bin ich nie gekommen, nein. Und ich halte den Einfall, ehrlich gesagt, für beschissen.“

Ed wandte sich ab und sagte so leise, dass nur ich es hören konnte: „Er gefällt mir.“

„Wir suchen nicht nach irgendeiner Blondine“, sagte ich, „sondern eine … Freundin.“

„Da muss ich dich leider enttäuschen, mein Jung. Sie ist nicht hier.“

„Sind Sie sich sicher?“

Der Alte nickte. „Hier kommt keiner rein, wenn ich ihm nicht die Tür öffne. Und abgesehen von euch beiden hatte ich heute keinen Besuch. Aber ihr dürft gerne raufgehen und euch selbst davon überzeugen.“

Ed zuckte die Achseln. „Wenn wir schon mal hier sind …“ Minuten später gelangten wir – etwas kurzatmig – an der

Spitze des Turms wieder ins Freie. Der Ausblick war fantastisch. Der Leuchtturm stand am Rande der Klippen von Kap Peek. Somit befanden wir uns über dreihundert Meter über dem Meeresspiegel. Der Wind pfiff uns um die Ohren und türmte wie ein verspieltes Kind mit der Kraft einer Naturgewalt weit unter uns das Wasser zu meterhohen Wellen auf, um sie an den Felsklippen zu zerschmettern.

„Schau mal." Ich folgte Eds Blick. Das Geländer war derart verrostet, dass es aussah, als könne man es mit bloßen Händen zu Staub zerreiben.

Wir gingen einmal um das Lampenhaus herum. Auf der anderen Seite war es windstill. Auch hier bot sich uns ein fantastischer Ausblick. Vor uns erstreckte sich der westliche Stadtrand von Treedsgow, daneben goldene Felder und grüne Weiden. Etwas abseits lag der Bahnhof. Alle Viertel wieder hielt dort ein Zug und brachte Güter aus anderen Teilen des Landes. Die Schienen schlängelten sich durch das Land, soweit das Auge sehen konnte. Stolz kündeten sie von der unaufhaltsam fortschreitenden Mobilität und weckten Träume von fernen Gegenden, die längst nicht mehr so fern waren, wie man glaubte.

Ich nahm mir vor, bei der nächsten Gelegenheit mit Emily hierherzukommen.

„Wir versuchen es nächstes Viertende nochmal im *Fourier*", rief Ed wieder auf der anderen Seite des Lampenhauses. Ich nickte und zuckte mit den Achseln. Ed öffnete die Tür in den Turm, aber ich bedeutete ihm, kurz zu warten. Einmal wollte ich über den Rand der Klippe spähen. Ich umklammerte das Geländer, das sich trotz seines Zustands einigermaßen stabil anfühlte, und genoss das ziehende Gefühl in der Magengegend, das mir die schwindelerregende Höhe bescherte.

Hinter mir ertönte ein dumpfer Schlag. Ich ahnte das Geräusch mehr, als dass ich es hörte. Ich wandte mich um. Da lag Ed mit nach innen gekehrten Augen am Boden. Über ihm stand Diane, in der Hand ein Messer. Eine riesige Beule wuchs auf Eds Schläfe.

„Diane, was tust du?", rief ich.

„Was tust du", äffte sie mich nach. Ein irrer Glanz lag in ihrem Blick. „Ich wusste, du würdest kommen, William David Walker."

Ich starrte auf das Messer. Die Klinge war gebogen und glänzte. „Willst du mich töten?", hörte ich mich mit schwacher Stimme fragen. Der Wind riss meine Worte fort. Diane konnte mich nicht verstanden haben, aber die Antwort lag auf der Hand.

„Ich habe dich gewarnt, Walker", rief sie mit schriller Stimme und deutete mit der Spitze des Messers auf mich. „Mehr als einmal habe ich dich gewarnt." Zu meiner Überraschung sah ich Tränen in ihren Augen glitzern.

„Ich weiß nicht, wovon du redest!"

Diane trat vor und schlug mir ins Gesicht. Ich stolperte rückwärts, bis ich das Geländer im Rücken spürte. Warmes Blut spritzte aus meiner Nase, Tränen raubten mir die Sicht.

„Hör endlich auf, das zu sagen!", schrie Diane.

Ich wischte mir das Blut von der Oberlippe und funkelte sie an. „Wenn du wenigstens mit dir reden lassen würdest", schrie ich zurück. „Ich habe viertellang nichts von dir gehört …"

Wieder schnellte Dianes Faust vor. Dieses Mal war ich vorbereitet. Ich stieß ihren Arm beiseite und fasste sie am Handgelenk. Diane reagierte darauf, indem sie mir zwischen die Beine trat. Dumpfer Schmerz explodierte in meinem Unterleib. Stöhnend fasste ich mir in den Schritt und stützte mich am Geländer ab.

„Ich habe schon mit vielen Arschlöchern zu tun gehabt", rief Diane gegen den Wind. „Aber du, Walker, du bist einfach nur gestört. Auf eine Weise der Schlimmste von allen, die mir je begegnet sind."

„Warum?", presste ich unter Schmerzen hervor.

Diane ignorierte die Frage. „Du und deine kleine Schlampe, ihr werdet bereuen, dass ihr mich nicht einfach in Frieden lassen konntet."

„Emily?"

Beim Klang des Namens verzog Diane das Gesicht. „Sie ist gleich nach dir dran."

„Nein." Der Schmerz war vergessen. Ich richtete mich auf und sah gerade noch Dianes Faust ein weiteres Mal auf mein Gesicht zufliegen, ehe sie mit Wucht auf mein Auge krachte. Grelle Lichter blitzten auf, und ich musste mich erneut am Geländer abstützen. Das rostige Eisen ächzte.

„Ich stelle dir frei zu springen, Walker", sagte Diane. Ihre Stimme klang fern. „Hörst du mich? Es wäre deutlich angenehmer für dich."

Blinde Wut packte mich. Ich rappelte mich langsam auf und warf einen Blick in den Abgrund, um Diane glauben zu machen, ihr Angebot abzuwägen. Die tosenden Wassermassen erinnerten mich an ein Gehege voller Ungeheuer. Wellen, die fauchend und mit schnappenden Kiefern hochsprangen …

Ich blickte auf und sah Diane ins Gesicht.

Ein letzter Versuch. „Bitte …"

„Spring!"

Ich warf mich auf sie. Diane hob ihr Messer. Zu langsam. Ich packte sie am Handgelenk, drückte die Waffe nach unten und drängte sie zurück, bis sie mit dem Rücken gegen die Wand des Lampenhauses stieß. Sie knurrte und riss ihr Knie hoch. Es krachte schmerzhaft gegen meinen Oberschenkel, verfehlte aber zum Glück meine Genitalien. In blinder Panik griff ich in ihr blondes Haar und zerrte daran. Sie schrie und verpasste mir einen weiteren Hieb ins Gesicht. Ihre Fingernägel hinterließen blutige Striemen auf meiner Haut und verfehlten nur knapp mein geschwollenes Auge. Ich ließ von ihren Haaren ab, bekam auch ihr anderes Handgelenk zu fassen und presste es gegen die Wand des Lampenhauses. Diane mochte in Schwarzwasserhafen aufgewachsen sein und mehr Erfahrung im Kampf haben als ich, aber ich war stärker. Keuchend stemmte sie sich gegen meinen Griff an. Sie versuchte noch einmal, mir ihr Knie ins Gemächt zu rammen. Ich drehte mich weg und fing den Angriff mit meinem Oberschenkel ab.

„Es reicht, Diane."

Sie stieß den Kopf vor. Ihre Stirn krachte schmerzhaft gegen meinen Unterkiefer und für einen Moment verließ mich jegliche Kraft. Sie befreite sich aus meinem Griff und schob mich von sich. Sie hob das Messer und setzte mir nach. In Todesangst wich ich zurück, stolperte über Ed und stürzte. Mein Ungeschick rettete mir das Leben. Dianes Angriff ging ins Leere. Unsanft prallte ich mit dem Rücken gegen das Geländer. Es knarrte, und ein metallenes *Pling* kündete vom letzten Atemzug einer Schraube. Das Geländer neigte sich bedrohlich. Auch Diane stolperte. Das Messer flog ihr aus den Händen und verschwand wirbelnd im Abgrund. Mit vorgestreckten Armen bekam sie den Handlauf des Geländers zu fassen und belastete es mit der gesamten Energie ihres Angriffs.

Etwas knackte.

Der Wind hielt den Atem an.

Ein weiteres metallisches *Pling,* und plötzlich hing mein Oberkörper halb über dem Nichts.

Mit einer schnellen Drehung wälzte ich mich fort vom Abgrund. Aus den Augenwinkeln sah ich Diane mit den Armen rudern. Ich wandte den Kopf. Sie wankte, kippte … fiel. Ich sah sie zunächst sehr langsam stürzen. Sah ihr Gesicht, das zu einer Maske des Entsetzens erstarrt war. Unsere Blicke trafen sich. Hilfesuchend spreizte sie die Finger ihrer vorgestreckten Hand, als es längst zu spät war.

Sie fiel immer schneller. Über den Rand der Klippe hinaus, hunderte Meter tief, fiel und fiel, bis sie zuletzt mit der kinetischen Energie einer Kanonenkugel auf der aufgepeitschten See zerschmettert wurde.

Auf halber Höhe fing sie an zu schreien. Ein schriller Laut, der über meine Trommelfelle schrammte und mir das Blut in den Adern gefrieren ließ. Ich konnte den Blick nicht abwenden, konnte den Griff nicht vom Rand der Plattform lösen, um mir die Ohren zuzuhalten.

Der Wind stimmte wieder sein Gebrüll an, lauter und zorniger denn je.

Als Diane längst nicht mehr zu sehen, geschweige denn zu hören war, lag ich immer noch da, unfähig mich zu rühren. Die Zeit stand still, während die furchtbare Wahrheit sich in mein Hirn bohrte. Diane war tot. Tot! Verrückt oder nicht, sie war in die Tiefe gestürzt und würde nie wieder ein Wort sprechen. Nie wieder lächeln, nie wieder singen. Wie hatte es soweit kommen können?

Hinter mir stöhnte Ed. „Is' mir schlecht", murmelte er beinahe unhörbar durch den Wind und setzte sich mit der Hand an der Schläfe auf. Er sah mich an und erstarrte in der Bewegung. Mir wurde bewusst, wie schrecklich ich aussehen musste; blutverschmierte Nase, geschwollenes Auge, Schrammen quer über das Gesicht. „Was ist passiert?"

W. D. Walker

1. Ährengold 1713, Ruhenacht

Diane ist vor einem Monat gestorben. Erst jetzt scheine ich aus diesem Albtraum zu erwachen …

Ich erinnere mich, wie ich Ed berichtete, was geschehen war. Er war fassungslos. Er hatte Diane schon lange gekannt, hatte viele ihrer Auftritte gesehen, hatte mit ihr geflirtet und gescherzt.

Wir stiegen die Wendeltreppe des Leuchtturms herab. Ed musste regelmäßig rasten, weil er von Schwindel und Übelkeit überwältigt wurde. Unten erwartete uns der Leuchtturmwärter.

„Was ist passiert?“, fragte er. „Ich habe jemanden schreien gehört.“ Er sah mein entstelltes Gesicht und seine Augen weiteten sich.

„Keine Zeit für Erklärungen“, sagte ich barsch. „Wir müssen zum Konstabler. Sofort.“

Auf der Wache lauschte Konstabler Lovelace unseren Worten mit regloser Miene, während sein Assistent alles auf einer Schreibmaschine protokollierte. Ed berichtete bis zu dem Punkt, da er das Bewusstsein verloren hatte. Dann sah er zu mir. Ich holte tief Luft und schilderte ausführlich den Kampf. Anschließend stellte Lovelace einige Fragen und erklärte uns nüchtern, dass wir unter Mordverdacht stünden. Ein Detektiv werde sich der Sache annehmen.

Als wir die Tür zum Treppenhaus unserer Wohnung öffneten, stieß Emily zu uns.

„Du wolltest doch in der Wohnung warten“, sagte Ed. „Wo bist du gewesen?“

„Spazieren.“

Ich musterte Emily scharf. War sie wieder beim Friedhof gewesen? Emily bemerkte mein Gesicht und schlug sich die Hand vor den Mund. Ich fürchtete, die Geschichte nun ein drittes Mal erzählen zu müssen, da sprang Ed für mich ein.

„Lass uns reingehen“, sagte er. „Drinnen werde ich dir alles erzählen.“

Emily war schockiert, als sie vom Tod Dianes erfuhr. Erst als sie meine Hand berührte, bemerkte ich, dass sie mich ansah. Schon seit geraumer Zeit starrte ich auf den Hals meiner Bierflasche, ohne wirklich etwas zu sehen.

„Wie geht es dir?“

Ich ruckte mit dem Kopf. „Ich … muss immerzu daran denken, was ich hätte tun können, um sie zu retten.“

„Du darfst dich nicht für ihren Tod verantwortlich machen. Hörst du?“

Ich begegnete ihrem Blick mit düsterer Miene. Du weißt nicht, wovon du redest, hätte ich beinahe gesagt. Ich schluckte die Worte hinunter. Natürlich wusste sie das.

Am nächsten Morgen besuchte uns der Detektiv. Er hatte viele Fragen, auch an Emily. Wir zeigten ihm Emilys Tür und verwiesen ihn an Gary und den Leuchtturmwärter. Ein paar Tage später erhielten wir einen schriftlichen Bescheid, dass jeglicher Verdacht von uns abgewendet sei. Was der Detektiv herausgefunden hatte, blieb ein Geheimnis. Vermutlich hatte Dianes Herkunft eine entscheidende Rolle gespielt. Sie war Gesindel aus Schwarzwasserhafen ohne Angehörige, die Vergeltung verlangten – ein Schandfleck auf dem Antlitz unserer ja so vornehmen Stadt. Ich hätte erleichtert sein sollen, aber es machte mich wütend.

Doch auch wenn der Detektiv von unserer Unschuld überzeugt war, so waren es viele Menschen nicht. Niemand wagte es, uns offen darauf anzusprechen, aber wir spürten die Blicke unserer Kommilitonen und Professoren, besonders ich, da mir die Spuren des Kampfes sogar noch heute ins Gesicht geschrieben stehen. Das Starren der Menschen war wie Salz in meinen Wunden, ihr Tuscheln wie Säure. An manchen Tagen fragte ich mich, ob Diane nicht tatsächlich durch meine Hand gestorben war. Je weiter das Geschehen in die Vergangenheit rückte, desto unschärfer wurden meine Erinnerungen. Ist Diane gestolpert? Oder habe ich ihr ein Bein gestellt? An solchen Tagen war ich froh, das Ereignis in meinem Tagebuch festgehalten zu haben. Die vertinteten Worte rücken anders als meine Erinnerungen nicht in die Ferne und lassen keinen Spielraum für Spekulationen.

Hier steht, was war.

Heute, über einen Monat später, hat sich der Wirbel um Dianes Tod gelegt. Ich verdanke Emily viel. Sie riet mir dazu, darüber zu reden, und es half. Die Menschen begriffen, dass Dianes Schicksal eine Tragödie war und kein Mord. Ich stellte Diane nie als den Menschen hin, der versucht hatte, mich kaltblütig abzustechen. Sie hatte teuer genug bezahlt. Nein, die Schuld war nicht bei Diane zu finden, nicht bei mir oder sonst wem. Die Situation war unglücklichen Umständen entwachsen, und die Schuld ein Dämon, der sich nährte vom Hass seiner Gläubiger.

Jedes Mal, da ich über Dianes Tod redete, fühlte ich mich niedergeschlagen, aber es zahlte sich aus. Man glaubte mir, empfand sogar Mitleid. Ich rief mir das Erlebnis immer wieder in Erinnerung und das war gut. So akzeptierte ich es als Teil meiner selbst.

Lange Zeit nach Dianes Tod, wenn ich die Augen schloss, sah ich ihr Gesicht – in ihrem Blick die Erkenntnis, dass sie dem Tod entgegenraste – und wenn es sehr still war, hörte ich ihren verblassenden Schrei, der sich in mein Gehör gebrannt zu haben schien, wie helles Licht sich einem in die Netzhaut brennt. Auf Emilys Anraten ging ich vor genau einem Viertel zum Leuchtturm. Ich stellte mich an das rundherum neue Geländer und verlor meinen Blick in der See. Schon jetzt überzog brauner Rostschimmel die Oberfläche des schmiedeeisernen Geländers. Ich legte meine Hände darauf, verweilte, bis meine Finger taub waren vor Kälte, und dachte lange nach.

Als ich den Leuchtturm verließ, schien ich Dianes Tod endgültig hinter mir zu lassen. Ich konnte sie immer noch sehen, doch die Erinnerungen drängten sich mir nicht auf, und ich empfand weder Trauer noch Grauen, wenn ich an ihren Tod dachte. Nur Akzeptanz. So gelang es mir, trotz aller Umstände die Prüfungen dieses Semesters mit einem guten Gefühl hinter mich zu bringen. Ich freue mich über die Ferien, die mit der Nacht des ersten Ährengolds eingeleitet wurden.

Ich habe Mirrorisnacht als Kind immer gemocht - vor allem wegen der Kupferkorne - aber nachdem ich erlebte, wie es in Treedsgow gefeiert wird, scheint mir, die Einwohner von Little Hill haben keinen Sinn für Extravaganz. Treedsgow ist stolz, den Ruf einer rational denkenden Stadt zu haben. Eine Geburtsstätte der Wissenschaften und Erfindungen. Aber am Abend vor Mirrorisnacht, ausgerechnet einem heidnischen Feiertag, pfeift es auf seinen guten Ruf. Mit geradezu kindlichem Vergnügen befolgen die Einwohner die Traditionen: Sie hängen Spiegel in ihre Fenster, tragen Masken von Katzen und Wölfen und beleben die nächtliche Stadt. Ein Kostümfest auf offener Straße. Die Kinder verbergen ihre Gesichter hinter Albenfratzen, lauern einem an Straßenecken auf und hoffen, dass man ihnen Kupferkorne hinwirft. Knallkörper zerreißen die nächtliche Stille. Ein auf angenehme Weise beißender Schwefelgeruch schwängert die Luft. Münzen klingeln auf dem Straßenpflaster und lachende Kinder jagen ihnen nach. Überall begegnet man kuriosen Gestalten und man wünscht einander eine gute Jagd. Die Rituale dieses Feiertags führen auf die norvolkische Mythologie zurück.

Mit großem Eifer erklärte Emily: „An Mirrorisnacht feiern wir den Tag, an dem Tyr die Welt von den Bösen Geistern befreite. Wir helfen ihm, sie zu verjagen. Deshalb hängen wir Spiegel in unsere Fenster. Sie sind Portale zur anderen Seite. Damit sie nur in eine Richtung funktionieren, verkleiden wir sie mit Girlanden. Wir erschrecken die Geister, indem wir Masken von Tieren tragen und Licht und Lärm machen, und sie fliehen in die Spiegel und gehen uns somit geradewegs in die Falle."

„Und warum werfen wir den Kindern Kupferkorne hin?“

„Es heißt, Böse Geister seien bestechlich. Wir bezahlen die Kinder, die sich als Alben verkleiden, damit sie uns nichts tun.“

Ed bestimmte, den Feiertag im *Ampére* zu beginnen. Er lud Malcolm und Clive ein, jene Chemiestudenten, die bei einem abendlichen Bier stets für gute Unterhaltung sorgten, und vereinbarte mit ihnen, schon um vier Uhr nachmittags dort zu sein. Die Lokale seien stets überfüllt an Mirrorisnacht, erklärte er, und er wolle einen guten Platz sichern. Später, wenn es auf Mitternacht zuging, wollte er ins Hafenviertel, um sich das Feuerwerk anzusehen und die Feier im *Bernoulli* fortzusetzen. Ein guter Plan. Als Ed ins *Ampére* aufbrach, blieb ich in unserer Wohnung und wartete auf Emily. Sie arbeitete während der Ferien und würde erst am Abend heimkehren. Als sie schließlich kam, trug sie bereits ihr Kostüm: Eine Katzenmaske, die zur Hälfte ihr Gesicht verdeckte und nur Löcher für die Augen ließ.

„Du siehst hübsch aus“, sagte ich, zog mir selbst eine Wolfsmaske über das Gesicht und bot ihr meinen Arm dar. „Hübsch, aber unheimlich. Du wirst den Bösen Geistern das Gruseln lehren.“

„Bestimmt“, sagte Emily, ohne zu lächeln, und hakte sich bei mir ein.

„Alles in Ordnung?“

„Ja, wieso?“

Ich verengte die Augen. „Du wirkst so … ernst.“

Sie zögerte. „Versprich mir, nicht durchzudrehen“, sagte sie. Das Herz wurde mir schwer. Ich schwieg, und zögerlich fuhr Emily fort: „William, ich … ich glaube, ich habe vorhin Diane gesehen.“ Ihre Worte jagten mir einen eisigen Schauer über den Rücken. Ich blieb stehen und sah sie an. Emily senkte verlegen den Blick.

„Diane ist tot“, sagte ich.

„Ich weiß“, flüsterte Emily.

„Wie kannst du dann glauben, sie gesehen zu haben?“

„Ich habe sie erkannt“, murmelte Emily und wich meinem Blick aus. „Sie hatte goldblondes Haar und … sehr blasse Haut.“

Ich verfiel in kurzes Schweigen. „Denkst du etwa, sie sei von den Toten auferstanden?“

Emily machte eine verzweifelte, undefinierbare Geste, eine Mischung aus Kopfnicken und Schulterzucken.

Ich schüttelte den Kopf. „Nein. Emily, ich bin immer offen, was deinen Hang zu Übersinnlichem angeht, aber hältst du es nicht für möglich, dass du dich dieses eine Mal irrst?“

Sie schwieg.

„Trug diese Person mit dem goldenen Haar eine Maske?“, fragte ich.

„Ja“, gestand sie widerwillig.

„Ist es da nicht wahrscheinlicher, dass du dich getäuscht hast, als dass Diane wahrhaftig zurückgekehrt ist?“

Sie seufzte. „Womöglich.“ Sie trat nah an mich heran und nahm meine Hände in ihre. „Es tut mir leid. Ich weiß, du fängst gerade an, sie zu vergessen.“

„Nein. Ich werde sie nie vergessen. Aber ich kann ihren Tod akzeptieren und das verdanke ich dir.“ Emily hob den Blick und sah wohl erst jetzt, dass ich lächelte. „Nun lass uns gehen und etwas Spaß haben.“

Im *Ampére* sahen wir Ed, Malcolm und Clive, außerdem auch Oliver und Scott an einem der besten Tische nahe beim Tresen. Es war ein lustiger Abend. Wir tranken, lachten und erzählten. Wir verließen die Gaststätte zeitig und machten uns auf den Weg zum Hafen. Unterwegs lauerten uns die Alben auf. Eine besonders schlimme Truppe wartete am Ende einer Gasse, die zur Promenade führte. Die Biester hatten sich mit faulen Eiern bewaffnet. Ich reagierte, bevor irgendjemand – damit meine ich Clive, der schon ziemlich betrunken war – die Situation eskalieren ließ. In weiser Voraussicht war ich einige Stunden zuvor bei der Bank gewesen und hatte drei Groschen gegen einen Haufen Kupferkorne eingetauscht. Ich griff in die Tasche und warf sie den Kindern vor die Füße, und während sie auf dem Boden herumrutschten und sich die Hosen an den Knien zerrissen, hasteten wir vorbei.

Auf der Promenade herrschte dichtes Gedränge. An einen Platz in den vordersten Reihen war nicht zu denken.

„Wir könnten runter zum Strand“, schlug ich vor.

„Ihr könnt gehen“, meinte Ed. „Ich gehe mit den anderen schon vor. Wir treffen uns im *Bernoulli*.“

Auch am Strand waren viele Menschen. Dennoch herrschte hier längst kein so dichtes Gedränge wie auf der Promenade. Es war eine zauberhafte Nacht. Das Meer war glatt wie ein Spiegel. Zu tausenden blinkten die Sterne darin. Gemurmelte Gespräche schwebten über den Köpfen der Menge. Die Luft war wie elektrisiert vor gespannter Erwartung. Emily und ich zogen uns in die Schatten unter einem weitläufigen Steg zurück, über dem die Promenade an diesem Abschnitt verlief. Dort waren wir allein. Bald zischten die ersten Feuerwerkskörper empor und malten grelle Farbkleckse in den Himmel, zogen Kreisel, pfiffen, zischten und knallten. Zuletzt feuerte eine Batterie einen nicht enden wollenden Strom goldener Lichtbälle aufs Meer hinaus. Nur unsere Begegnung mit der Riesenpilzmedusa von vor vier Vierteln kam diesem Anblick gleich. Ich erinnerte mich, wie Emily versucht hatte, mich danach zu küssen, und plötzlich tat es mir leid, dass ich sie zurückgewiesen hatte. Ich sah sie an. Und sie mich. Und ich wusste, dass jetzt der Moment war, alle Widrigkeiten zu begraben. Ich kehrte dem Feuerwerk den Rücken und strich eine Strähne ihres Haares aus dem Gesicht. Sie war so schön. Ich beugte mich zu ihr herab.

„William …“

Ich erstarrte. Etwas daran, wie sie meinen Namen sagte, ließ die Luft aus meinem Herzen entweichen wie aus einem aufgestochenen Ballon. Sie klang nicht etwa begehrend, vielmehr widerwillig. Mein Körper versteifte.

„Was ist?“

„Wir … sollten das nicht tun“, murmelte sie.

War das zu fassen? „Niemand erkennt uns“, sagte ich, obwohl ich zu wissen glaubte, dass sie andere Gründe hatte.

Sie schwieg und starrte verlegen zu Boden. Fehlte ihr der Mut, mir den wahren Grund zu nennen? War das dieselbe Emily, die nachts auf Friedhöfen umherstreifte und sich mit einem Messer den Arm aufschlitzte? „Ist es, weil du glaubst, Diane gesehen zu haben?“, fragte ich. Ich konnte nicht verhindern, dass ich brüsk klang.

Sie nickte widerwillig.

„Findest du nicht, dass du dich ein bisschen zu sehr von diesen Mythen beeinflussen lässt?“

„Du hast gesagt, du könntest meinen Glauben respektieren“, entgegnete sie bitter.

„Und du sagtest, du würdest sie für *möglich halten,* und nicht mit einer Hingabe daran glauben, die an Fanatismus grenzt.“

„Ich sorge mich um dich, William“, sagte Emily den Tränen nahe. „Ich habe den Tod dreier Menschen zu verantworten, weil ich …“ Sie stockte und fuhr mit gesenkter Stimme fort. „… weil ich sie geküsst habe.“

„Nein. Nein, Emily. So interpretierst du es. Es war sicher schrecklich, diese Menschen zu verlieren. Aber allmählich glaube ich, du verlierst den Verstand.“ Ich bereute die Worte, kaum dass ich sie gesprochen hatte. Tränen quollen aus Emilys Augen.

Jäh setzte tosender Applaus ein. Das Ende des Feuerwerks war eingetreten, ohne dass wir es bemerkt hatten. Bevor ich mich für das, was ich gesagt hatte, entschuldigen konnte, machte Emily auf dem Absatz kehrt und stürmte davon. Ich rief ihren Namen. Lief ihr nach, als sie nicht reagierte. Aber ehe ich sie einholte, wurde sie eins mit dem Gewirr dunkler

Menschenleiber. Ich suchte bestimmt eine Stunde lang nach ihr. Wohin ich auch blickte, sah ich ehemals bunte Masken, die die Nacht grau färbte. Schließlich ging ich heim. Mir war nicht mehr nach Feiern zumute.

Als ich Stunden später einschlief, träumte ich einen seltsamen Traum. Ich stand am Strand unter der Promenade und sah das Feuerwerk. Es war unheimlich still. Ich war allein. Zwar war da die Menschenmenge, doch war ich weit abseits von ihr und sah sie nur als Ansammlung gesichtsloser Schatten. Aber da war noch jemand. Eine dunkle Gestalt saß mit dem Rücken gegen einen Holzpfosten gelehnt.

„Kannst du bis dreizehn zählen, William David Walker?", fragte die Gestalt. Sie hatte eine angenehm rauchige Frauenstimme.

In diesem Moment zischte ein Feuerwerkskörper aus der Menge, die wie ein Hexenkessel zu brodeln begann. Der Lärm drang nur gedämpft zu mir durch, als steckte Watte in meinen Ohren. Das Geschoss stieg hoch hinauf und explodierte in einer grellen Explosion.

Eins.

Für die Dauer eines Augenblicks sah ich das Gesicht der Gestalt. Es war Diane. Sie erhob sich und schlenderte zu mir.

„Kannst du die Zeichen sehen?"

Wieder explodierte ein Feuerwerkskörper.

Zwei.

Erst jetzt bemerkte ich, dass Dianes rechte Gesichtshälfte von Bewuchs befallen war. Seepocken bedeckten ihre Wange, Algen verklebten ihr Haar, und an ihrem schlanken Hals haftete ein Seestern.

„Die dunklen Stunden kommen, die letzten Wächter gehen." Das war nicht ihre Stimme.

Drei. Vier.

Diane streckte eine Hand aus und streichelte meine Wange.

„Die zwölfte Stunde schlägt in diesem Augenblick." Ihre Worte waren nur noch ein Flüstern.

Fünf. Sechs.

„Kannst du die dreizehn dunklen Zeichen sehen?"

Sieben. Acht.

„Der Gott der Würmer kommt zurück."

Dianes Augen blitzten im Licht der Feuerwerkskörper, obwohl ihr Gesicht im Schatten lag.

Neun. Zehn.

„Ich habe dich geliebt, William." Bei diesen Worten klang sie wieder wie sie selbst. „Ehrlich."

Elf.

„Kannst du bis dreizehn zählen?"

Zwölf.

„Kannst du?"

W. D. Walker

1. Ährengold 1713, Viertabend

Etwas Schreckliches ist geschehen.

Ich erwachte früh. Ich wäre gerne sofort zu Emilys Wohnung gegangen, aber ich sagte mir, dass es das Beste sei, sie ausschlafen zu lassen.

Wäre ich doch bloß gegangen.

Ich öffnete das Fenster und ließ die kühle Morgenluft herein. Die Straßen Treedsgows lagen leer und friedlich da. Ich konnte gebackenes Brot riechen. Ich ließ mich am Schreibtisch nieder und schlug zum ersten Mal seit Langem mein Tagebuch auf. Durch die Wand hörte ich dumpf Eds Schnarchen. Er war erst vor wenigen Stunden heimgekehrt - ich war nicht umhingekommen, es zu bemerken, hatte er sich doch den Zeh gestoßen und laut geflucht - und würde wohl noch bis zum Nachmittag schlafen. Eine Weile blätterte ich durch die Seiten und schnappte Bruchstücke meiner Vergangenheit auf.

Heute lernte ich Emily End kennen … Ist das ein Glücksbringer? … halte es für das Beste, voneinander Abstand zu halten … In meinem Bett lag ein Mädchen … Bleib bei mir … Ich stelle dir frei zu springen, Walker …

Schließlich griff ich zum Füllfederhalter, tunkte ihn ins Tintenfass und schrieb über die Ereignisse der vergangenen Nacht. Meine Gedanken liefen in einem Trichter zusammen. Zuletzt fühlte sich mein Kopf wunderbar leicht an. Ich legte den Füllfederhalter nieder. Ich wusste genau, was zu tun war. Die Sonne war inzwischen aufgegangen, Emily gewiss schon wach. Ich zog mich an und verließ das Haus.

Wenig später betätigte ich die Seilzugklingel zu Emilys Wohnung. Niemand öffnete. Da bemerkte ich, dass die Tür zum Treppenhaus nur angelehnt war. Ich dachte mir nichts dabei. Schließlich hatten in der vergangenen Nacht viele Menschen getrunken, gewiss auch der ein oder andere Bewohner dieses Hauses. Da konnte es vorkommen, dass jemand vergaß, die Tür zu schließen.

Ich stieg die Treppen hinauf in den dritten Stock. Emilys Tür war längst wieder glatt. Der Hausbesitzer hatte einen Schreiner herbestellt und Dianes Botschaft entfernen lassen. Ich klopfte.

Ihre Tür schwang auf.

Ein mulmiges Gefühl beschlich mich. Ich legte eine Hand an das Holz und übte leichten Druck aus.

„Emily?"

Stille. Beinahe vollkommen. War da ein schwaches Atmen?

„Emily?", fragte ich lauter.

„Hilfe." Das war ihre Stimme! Leise und kraftlos. Ich stieß die Tür auf, betrat das Esswohnzimmer und rutschte auf einer Blutschliere aus, ein rotglänzendes Lächeln auf den Bodenfliesen. Ich strauchelte und wich zurück. Noch mehr Blut bedeckte den Boden, klebte auch an den Möbeln und der Wand. Ein Stuhl war umgekippt. Was war hier geschehen? Wo war Emily?

Ich durchquerte den Raum, darauf bedacht, nicht in das Blut zu treten. Trotzdem hinterließen meine Schuhsohlen rote Abdrücke.

„William." Schwach, zittrig.

Da war sie: Sie lehnte zusammengesunken an der Wand. Rote Handschuhe aus Blut, die ihr bis über die Ellbogen reichten, überzogen ihre Unterarme. Ihr weißes Nachthemd war rotverschmiert. Vor ihr lag ein Messer. Zentimeterlange Schnittwunden klafften in ihren Armen. Wie viel Blut hatte sie verloren? Zwei Liter? Drei? Sie blickte auf. Blanke Angst lag in ihren aufgerissenen Augen. Ich hastete zu ihr und geriet kurz ins Schliddern. Behutsam fasste ich sie an den schmalen Schultern. Ihre Haut war eiskalt.

„Hast du hier irgendwo Verbände?", fragte ich. Ich war überrascht, wie ruhig meine Stimme klang. Emily öffnete den

Mund, doch kein Wort kam über ihre Lippen. Ich hastete zu ihren Küchenschränken. Ich riss Schubläden und Schränke auf, schaute auch in der Kommode ihres Esswohnzimmers nach. Nichts. Unaufhörlich rann das Leben aus den Schnitten an Emilys Armen.

Kurzentschlossen zog ich mein Hemd aus, nahm das Messer und schnitt den Stoff in Streifen. Ich kniete mich neben sie, bettete einen ihrer Arme auf meine Oberschenkel und wickelte die Stoffstreifen fest darum. Emily reagierte nicht. Entweder war sie ohnmächtig …

… oder tot.

Ich verband ihre Unterarme. Erst dann wagte ich, ihren Puls zu fühlen. Da war er, schwach, aber da. Ich stand auf, rannte aus der Wohnung und hämmerte gegen die Tür gegenüber. „Einen Arzt!", schrie ich. „Holt einen Arzt. Aufmachen. Macht auf!"

„Was soll dieser Lärm?" Die Stimme kam aus dem Stockwerk tiefer im Treppenhaus. Ich ließ von der Tür ab und sprang die Stufen hinab. Auf halbem Wege kam mir ein Mann entgegen – derselbe Mann, den ich vor einigen Vierteln um eine gute Stunde Schlaf gebracht hatte, weil ich versucht hatte, in Emilys Wohnung zu gelangen.

„Emily", keuchte ich. „Sie verblutet. Wir brauchen einen Arzt. Schnell!" Der Mann sah meine blutverschmierten Arme. Er riss die Augen auf. Ohne ein Wort wandte er sich um und hastete die Treppen hinab. Ich kehrte in Emilys Wohnung zurück an ihre Seite.

„Halte durch", murmelte ich. „Bitte, halte durch." Wer hatte das getan?

Die Minuten verrannen, und drückende Stille umfing mich. Wann kam Hilfe? War der Mann überhaupt los, um welche zu holen? Oder hatte er das Blut gesehen und war einfach davongerannt? Ich betrachtete Emilys Gesicht. Sie war leichenblass, ihre Haut eiskalt. Durfte ich sie allein lassen? Alles in mir sträubte sich dagegen. Als fürchtete ich, der Tod warte nur auf die Gelegenheit, mit ihr allein zu sein. Mir graute vor der Vorstellung, hierher zurückzukehren und sie tot vorzufinden. Doch es gab nichts mehr, das ich für sie tun konnte. Wenn keine Hilfe kam, würde sie sterben.

Da ertönten hastige Schritte im Treppenhaus. Ich rannte zur Tür und riss sie auf.

„Hierher", rief ich. Zwei Männer mit Koffern erschienen am Treppenabsatz. Einer von ihnen, ein kleiner Mann mit dichtem Bart und Glatze, atmete pfeifend.

„Sie liegt dort. Beeilung." Die Ärzte hasteten wortlos an mir vorbei in Emilys Wohnung, legten ihre Koffer auf den Tisch und klappten sie auf. Sie warfen weiße Kittel über und fingen an, Emily zu untersuchen. Minutenlang herrschte Schweigen, während die Ärzte arbeiteten und Atem schöpften. Kritisch musterten sie meine provisorischen Verbände.

Der Kleinere hielt mit fragendem Blick eine Schere hoch.

Der andere schüttelte den Kopf und hob Einhalt gebietend die Hand.

„Puls schwach", meinte der Kleinere daraufhin. „Wir müssen sie ins Hospital bringen." Sie erhoben sich, traten vor ihre Koffer und fingen an, eine Trage aufzubauen.

Erneut ertönten Schritte im Treppenhaus. Die Tür schwang auf, und zwei Männer betraten die Wohnung: Konstabler Lovelace und der Detektiv, den man auf Dianes Fall angesetzt hatte. Lovelace Augen fixierten kurz mich, sprangen zu Emily, dann wieder zu mir.

„Habe ich Ihnen zu viel versprochen, Harper?", fragte er, ohne mich aus den Augen zu lassen. „Ich sagte doch, das dürfte interessant werden." Harper antwortete nicht, sondern musterte die Wohnung mit professioneller Miene.

„Was wollen Sie hier?", fragte ich.

„Wir wurden informiert, dass hier ein Mord geschehen sei", sagte Lovelace. „Es überrascht mich nicht, Sie hier zu treffen, Mr. Walker."

Ich sah abwechselnd von Lovelace zu Harper. „Was meinen Sie?“

„Sie sind jetzt zum zweiten Mal in einen Mord verwickelt“, sagte Lovelace mit gefühlskalter Miene. „Das macht Sie zum Hauptverdächtigen in beiden Fällen. Harper, legen Sie ihm Handschellen an.“

„Verzeihen Sie“, mischte sich einer der Ärzte ein. Sie hatten die Trage aufgebaut und Emily darauf verlagert. „Aber hätte dieser junge Mann nicht eingegriffen, wäre sie jetzt tot.“

„Das mildert nicht die Tat.“

„Wie dem auch sei“, sagte der Arzt. „Wir müssen sie ins Hospital bringen. Sie braucht eine Bluttransfusion oder sie stirbt.“

„Eine Transfusion?“, wiederholte ich. Nur jeder zweite überlebt das.

„Wir haben keine Wahl. Bedauerlich, aber so ist es nun mal.“ Die Ärzte gingen in die Hocke und hoben die Trage hoch.

„Ich bin zu alt für sowas“, hörte ich den kleinen Mann keuchen, als er und sein Kollege Emily hinaus trugen. Die Tür fiel hinter ihnen ins Schloss.

„Worauf warten Sie, Harper?“, sagte Lovelace schneidend. „Legen Sie ihm Handschellen an.“

„Mr. Lovelace ...“

„Ich habe nichts getan“, rief ich. „Ich habe sie hier so vorgefunden.“

„Du musst zum Zeitpunkt der Tat hier gewesen sein“, sagte Lovelace. „Sie wäre verblutet, wenn du später gekommen wärst.“

„Ich ...“ Ich stockte. Er hatte Recht. Der Täter musste ganz in der Nähe gewesen sein, als ich Emily gefunden hatte. Womöglich war er hinter meinem Rücken zur Tür hinausgeschlichen, während ich Emily versorgt hatte. Oder ...

„Sie hat es sich selbst angetan“, murmelte ich.

„Mr. Lovelace ...“

Der Konstabler hob Schweigen gebietend die Hand. „Was sagst du da? Sie soll es sich selbst angetan haben?“ Ich erwiderte seinen Blick. Seine Miene war glatt wie ein Spiegel – eine Augenbraue ausgenommen, eine gehisste Flagge des Spotts, die unter der Krempe seiner Melone zu verschwinden drohte. Sollte ich ihm erzählen, was ich gesehen hatte, als ich Emily zum Friedhof gefolgt war? Lovelace war drauf und dran, mich in Haft zu nehmen.

„Ich habe sie bei etwas beobachtet“, sagte ich leise und begann zu erzählen. Als ich endete, hatte sich Lovelaces zweite Augenbraue zu der ersten gesellt.

„Wollen Sie mir weismachen, dieses Mädchen habe den Verstand verloren, Mr. Walker?“

„Mr. Lovelace“, sagte Harper, dieses Mal mit unterschwelliger Schärfe in der Stimme.

„Bei Gott, was wollen Sie, Harper?“

„Das sollten Sie sich ansehen.“

Lovelace folgte dem Fingerzeig des Detektivs und stutzte. Erst jetzt bemerkte er den Kreis aus Runen auf Emilys Tür. Seine sonst beherrschte Miene verrutschte. „Was zum …“

„Die Schriftzeichen befinden sich auch auf der Fensterbank“, sagte Harper. „Und sehen Sie dort.“ Er deutete auf die Knoblauchzöpfe, die von der Decke hingen. „Wozu braucht eine einzelne Person so viel Knoblauch? Noch dazu hier, in einem Wohnzimmer. Wieso verwahrt sie es nicht in der Küche? Mr. Walkers Geschichte klingt in der Tat unglaubwürdig, aber mir scheint, dass Miss End irgendeine heidnische Religion mit an Wahnsinn grenzendem Fanatismus praktiziert.“

Lovelace knirschte mit den Zähnen. „Also dann“, sagte er mühsam beherrscht, „wissen Sie ja, was zu tun ist.“

Harper nickte knapp.

„Was soll das heißen?“, fragte ich. Lovelace sah mich an, seine Miene nun so beherrscht wie eh und je.

„Was denken Sie, Mr. Walker? Wir lassen überprüfen, ob sie tatsächlich verrückt ist. Wir bringen sie nach *Sankt Laplace*."

W. D. Walker

18. Ährengold 1713, Lohntag

Erst heute erlaubte man mir, Emily in *Sankt Laplace* zu besuchen. Sie hat die Bluttransfusion überstanden. Ihre Schnittwunden verheilen gut, doch es geht ihr sichtlich schlecht in der Nervenheilanstalt. Es ist ein schrecklicher Ort. Ein Schrotthaufen für verlorene Seelen. Die Menschen dort existieren, aber sie funktionieren nicht mehr. Sie tragen weiße Hemden, weiße Hosen, weiße Schuhe. Nur wenige wirken normal. Viele sind kahl rasiert, damit sie sich nicht die Haare ausreißen. Manche blicken stumpf, manche brabbeln wild. Andere wiederum tragen eine Jacke, die sie mit ihren eigenen Armen fesselt.

Ich sah Emily mitten unter ihnen in der Kantine der Nervenheilanstalt. Sie trug dieselbe weiße Kleidung, zudem Verbandsstulpen an den Unterarmen. Sie saß an einem Tisch zwischen einer schielenden Frau mit schwarzem, zerzaustem Haar und einem kahlköpfigen Riesen. Auf einem Tablett vor ihr stand eine kaum angerührte Mahlzeit. Erbsen und Brei. Das Sicherheitspersonal wies mich an, zu warten. Die beiden Männer gingen zu ihr. Einer berührte sie sanft am Oberarm, während der andere sich zu ihr herabbeugte und etwas murmelte.

Emily hob den Kopf.

Sie sah mich, und ihre Augen füllten sich mit Tränen. Sie erhob sich und bewegte sich mit steifen Schritten durch den Saal, das Sicherheitspersonal zu ihrer beider Seiten. Würden sie es zulassen, dass ich sie umarmte? Im nächsten Moment war sie vor mir, und ich tat es einfach. Drückte sie fest an meine Brust. Gott, wie dünn sie geworden war; wie zerbrechlich sie sich anfühlte.

„Ihr habt zehn Minuten", sagte einer der Männer.

„Warum bin ich hier, William?", fragte Emily mit tränenerstickter Stimme, sobald man uns allein gelassen hatte. „Man sagte mir, man würde mich in eine Zwangsjacke stecken, wenn ich versuche, mich zu verletzen. Wie kommen sie darauf, dass ich so etwas tun könnte, William? Keiner sagt mir, was los ist."

„Beruhige dich, Emily. Du kommst hier schon noch raus. Setzen wir uns erst mal." Ich führte sie zu einem freien Tisch im hinteren Bereich des Saals. Dabei begegnete ich dem Blick eines Mannes, der mich anstierte, und sah schnell in eine andere Richtung. Ich dachte an die Worte, die das Sicherheitspersonal mir zu Beginn eingeschärft hatte.

Vermeiden Sie direkten Augenkontakt.

Vermeiden Sie ruckartige Bewegungen und laute Geräusche.

Sprechen Sie mit niemandem außer der Person, die Sie besuchen wollen.

Insassen, von denen Gefahr ausgeht, werden in aller Regel isoliert, aber es geschieht immer mal wieder, dass ein bislang harmloser Irrer durchdreht.

Emily und ich ließen uns einander gegenüber am Tisch nieder. Ich musterte sie voller Mitgefühl. Tränen hatten glitzernde Spuren um ihre spitze Nase hinterlassen.

„Sie denken, du hättest dir die Verletzungen selbst zugefügt."

„Wieso?", flüsterte sie.

„Weil ... weil ich ihnen etwas über dich erzählt habe."

Emily sah mich aus geröteten Augen heraus an. „Was hast du ihnen erzählt?"

Ich blickte sie traurig an. „Ich habe dich vor einigen Vierteln beobachtet." Ich berichtete ihr, was ich gesehen hatte. Wie sie zum Friedhof gegangen war, sich den Arm aufgeschnitten und mit sich selbst geredet hatte.

Emilys Augen weiteten sich. „Warum hast du ihnen das erzählt?", fragte sie immer noch flüsternd.

Ich rang die Hände. „Weil ich glaube, dass du dich wahrhaftig selbst verletzt hast. Emily, merkst du nicht, dass etwas Merkwürdiges mit dir vorgeht?"

„Ich bin nicht verrückt." Wieder traten ihr Tränen in die Augen. „Ich gehöre nicht hierher, William. Ich habe mir nicht die Arme aufgeschnitten. Nicht dieses Mal", fügte sie leise hinzu.

Ich erinnerte mich, dass ihre Türen offen gewesen waren. „Wer war es dann?"

Sie schwieg.

„Warum zögerst du?"

„Weil du mir niemals glauben würdest. Du musst es mit eigenen Augen sehen. Hör mir jetzt genau zu." Ich starrte sie an. „Besorge Schutzhandschuhe, eine Maske, wie man sie beim Schweißen trägt, und Gehörschutz."

„Was redest du …?"

„Unter dem Fensterbrett meines Schlafzimmers findest du eine Schatulle. Öffne sie und sieh, was dort drin ist. Aber trag auf alle Fälle die Schutzkleidung!"

Ich schüttelte den Kopf. „Emily …"

In diesem Moment erschien das Sicherheitspersonal zu meiner beider Seiten.

„Die Zeit ist um."

„Du findest den Schlüssel zu meiner Wohnung in einer Mauerfuge auf Kniehöhe links von der Tür", flüsterte Emily. Ich erhob mich. Vergeblich suchte ich in ihrer Miene nach einem Hinweis. Emily erwiderte meinen Blick ernst.

„William, wenn ich wahrhaft verrückt wäre, würde ich diese Tatsache mit offenen Armen begrüßen", sagte sie und scherte sich dieses Mal einen Dreck darum, dass das Sicherheitspersonal sie hören konnte. „Denn die Realität ist schlimmer."

W. D. Walker

End

Hier endete das Tagebuch. Es war bis auf die letzte Seite beschrieben. Vielleicht gab es einen zweiten Teil? Aber nein: Als ich genauer hinsah, bemerkte ich, dass einige Seiten fehlten. Man hatte sie herausgerissen. Ich fuhr mit dem Finger über die Seitenstümpfe und zählte. Es waren dreizehn. Dreizehn Seiten fehlten.

Ich las die letzten Zeilen erneut. Von welcher Realität sprach Emily? War sie immer noch in der Nervenheilanstalt? Wie lange mochte das Ganze zurückliegen? Welches Jahr war es?

In diesem Moment ging die Tür auf, und Teena betrat den Raum. Ich stand auf.

„Teena! Wo ist Sam?"

„Chemo hat sie." Es dauerte einen Moment, ehe ich mich daran erinnerte, wer Chemo war. Es war so lange her, dass ich ihn im Entzugswahn in den Neulingsschacht geworfen hatte. „Es tut mir leid, Godric. Ich bin ihm im Unterrumpf begegnet und er nahm mich gefangen. Er ist unglaublich stark. Das Perl … hat ihn verändert."

„Was ist mit Sam?"

„Chemo hat mich im Austausch für sie freigelassen, damit ich dir davon berichten kann. Ich sagte ihr, sie solle sich nicht darauf einlassen, aber sie hörte nicht. Er will dich töten."

Ich knurrte. „Ich hätte ihm damals den Hals umdrehen sollen. Wo ist er?"

„Er erwartet dich an Deck. Aber Godric … sei auf alles gefasst."

Ich wandte mich ab und erklomm die Leiter, die zu dem verborgenen Eingang führte. Auf dem Gang davor erwartete mich niemand. Ich trat ins Freie und hastete über das Deck.

Es war ein strahlend schöner Wintertag. Ich sah nur wenige Piraten. Sie alle gingen in die gleiche Richtung – zum Ort des Geschehens. Manch einer rief mir nach, aber ich rannte einfach weiter. Nur einmal wurde ich langsamer: als ich den Schiffsaufbau passierte, der zur Dealertür führte. Ich hörte den Lärm dutzender Süchtiger, die schrien und kreischten und gegen die Eisentür hämmerten. Der Grund dafür konnte nur schwarzes Perl sein.

Ich fand Chemo im Zentrum einer Menschenmenge. Er war nicht wiederzuerkennen. Bis auf eine zerschlissene Hose war er nackt. Von Kopf bis Fuß verunzierten Narben seinen Körper. Die Muskeln waren auf unnatürliche Weise angeschwollen. Die weiße Haut derart gespannt, dass sie zu reißen drohte. Seine massigen Schultern hoben und senkten sich bei jedem Atemzug. Die Adern traten schwarz hervor. Das lange Haar war weiß wie Schnee, seine unversehrte Iris ebenfalls und nur die Pupille, ein schwarzer Punkt in seinem gesunden Augapfel, zeigte die Richtung, in die er blickte. Hatte auch ich wie ein mutiertes Ungeheuer ausgesehen, als ich den Unterrumpf verlassen hatte?

Chemo drückte ein Messer an Sams Kehle. Sie blutete an der Schläfe und wirkte benommen. Ich bahnte mir einen Weg durch die Menge.

Chemos Augen weiteten sich. „Eeend!“ Er stieß Sam von sich, die in die Menge taumelte und beinahe gestürzt wäre. Jemand von Marios Bande fing sie auf, und man schloss sie in einen schützenden Kreis.

„Endlich hab ich dich.“ Seine Worte waren dunkel, als läge Teer auf seinen Stimmbändern. Er neigte den Kopf nach links und rechts und ließ den Nacken knacken. „Du hast mir die Sonne genommen.“

„Wie du mir.“

„Ich werde dich zerreißen.“ Das Blut in seinen Adern pulsierte. Die Muskeln zuckten. „Ich werde dich in Fetzen reißen.“

Er stürzte sich auf mich. Ich wich aus. Aber Chemo war schnell. Übernatürlich schnell. Er verschwamm vor meinen Augen und stand jäh hinter mir. Ich hatte kaum Zeit, mich umzudrehen, als mich ein heftiger Schlag in die Seite traf. Ich stolperte und stürzte, rollte über die Schulter und kam wieder auf die Beine. Schmerz strahlte über meine Rippen. Chemo lachte. Wie schnell er war. Wie stark. Da bemerkte ich das schwarze Pulsieren hinter dem schmutziggrauen Stoff seiner Hose. Selbst nachdem Limbania mich von Hungers Präsenz und der Sucht nach Perl befreit hatte, sah ich es. Das schwarze Perl. Chemo hatte es mit Sicherheit zu sich genommen und trug mindestens eine weitere Perle in der Hosentasche. Unter dem Einfluss von schwarzem Perl war es *mir* gelungen, den Pelz zu töten. Chemo war vermutlich jetzt im Stande, Eisenwände mit bloßer Faust zu durchschlagen. Ich musste damit rechnen, dass ihm ein Dämon wie Hunger zur Seite stand. Vielleicht sogar mehrere.

Wieder stürmte er vor. Ich zog die Machete. Chemo lachte wie jemand, der den Tod nicht fürchtet. Wieder bewegte er sich schneller, als ich fassen konnte. Ich biss die Zähne zusammen. Es gelang mir, seinem Streich auszuweichen. Ich wirbelte herum und hieb mit der Machete hinter mich. Tatsächlich war Chemo schon dort, wie ich es erwartet hatte. Wieso ich ihn nicht traf, war mir ein Rätsel. Ich steckte einen heftigen Schlag vor die Brust ein und stürzte erneut. Unsanft schlug ich mit dem Rücken aufs Deck. Die Luft wurde mir aus den Lungen gepresst. Die Machete glitt mir aus den Fingern und fiel klirrend zu Boden. Wie ich so dalag und benommen in den Himmel blickte, bemerkte ich zwei strahlend weiße Augen in einem Gesicht so schwarz wie Tinte. Teena. Sie hockte auf dem Dach eines Schiffsaufbaus und winkte mir zu. In der Hand hielt sie ein Fläschchen mit leuchtend grüner Flüssigkeit. Sie ließ es los, und ich fing es auf.

„Steh auf, End."

Chemo hatte nichts bemerkt. Ich sprang auf die Beine, obwohl mein Brustkorb rundherum schmerzte. Hinter vorgehaltener Hand musterte ich erst das Fläschchen, dann Chemos geschmolzene Gesichtshaut. Und ich verstand. Chemos entstelltes Gesicht rührte nicht von einem Feuer her, wie ich immer geglaubt hatte, sondern von einer chemischen Substanz. Vermutlich von genau der, die ich in Händen hielt. Hatte Teena ihm das angetan? Rührte daher sein Name?

Chemo stürmte ein drittes Mal vor. Ich warf ihm das Fläschchen entgegen. Es platzte auf seiner nackten Brust und übergoss ihn mit ätzender Flüssigkeit. Chemos Schrei war nur entfernt menschlich. Er fasste sich an die Brust, als wolle er sich die Haut vom Leib ziehen. Dabei benetzte er auch seine Finger mit Säure. Seine Haut dampfte.

„Nicht wieder“, schrie er.

Ich bückte mich nach der Machete und hackte auf Chemo ein. Die Klinge schnitt durch seine Haut, doch sie glitt an seinen Muskeln ab wie an einem blanken Stahlkörper. Wo sie aber die pulsierenden Adern traf, spritzte dunkles Blut hervor. Ich hackte so lange auf ihn ein, bis er in einem See seines eigenen Blutes zusammenbrach. Schwer atmend richtete ich mich auf und sah in die Gesichter der Umstehenden. Ihre Blicke zollten mir Furcht und Ehrfurcht. Viele wichen dem meinen aus. Franco nicht.

„Ich werde deinen Auftrag nicht ausführen“, rief ich. „Und ich werde jeden töten, der es stattdessen versucht.“

Franco lächelte schief. „Dafür ist es leider zu spät.“

Ich begriff nur eine Sekunde zu langsam.

Ich wandte mich um und rannte dorthin, wo Marios Männer Sam eingekreist hatten. Mario hatte seine Pistole gezückt und richtete sie auf ihre Stirn. „Es tut mir leid“, sagte er. „Ich tu es zum Wohl meiner Männer.“

Im Lauf packte ich einen Pistolengriff, der aus dem Gürtel eines Piraten ragte, hob die Waffe und schoss.

Die Schüsse ertönten gleichzeitig. Ich traf Marios Pistole und sie wurde ihm aus der Hand gerissen im selben Moment, da seine Kugel ein Loch in Sams Stirn schlug.

„Nein!" Die Reihen von Marios Männer schlossen sich vor mir. Ich blieb stehen. Hass umschloss mich wie ein Netz aus glühendem Draht, zog sich zusammen und brannte tiefe Narben in meine Haut. Ich wollte Vergeltung! Dieses ganze Schiff versenken und seine Mannschaft in die schwarze Tiefe des Meeres schicken. Aber vor allen Dingen wollte ich Marios Kehle zerquetschen und sie nicht mehr loslassen, bis sein Gesicht blau war und ihm die Zunge heraushing.

Ich wandte mich um und rannte zur Leiche Chemos zurück. Ich durchwühlte seine Hosentasche. Das schwarze Perl konnte mir wohl nicht die Kraft geben, es mit der gesamten Mannschaft aufzunehmen. Doch zumindest Mario würde dran glauben müssen …

Als ich die Perle in den Händen hielt, kam mir eine bessere Idee. Ich rannte über das Deck. Die Piraten, die mir im Weg standen, sprangen zur Seite. Einem Mann spaltete ich den Schädel, weil er nicht schnell genug auswich. Einige Piraten zogen ihre Pistolen. Nur wenige wagten, auf mich zu schießen. Keiner traf.

Zuerst rannte ich dorthin, wo ich vor langer Zeit den Flammenwerfer versteckt hatte. Das mörderische Werkzeug war noch da. Ich gurtete es mir um und rannte zu meinem nächsten Ziel: Meiner Kajüte, wo sich mein Pelzmantel befand. Ich warf ihn mir über, sodass der Flammenwerfer davon verborgen wurde. Zuletzt hastete ich zum Deckaufbau, der zur Dealertür führte. Ich tötete die Wache und nahm ihren Schlüssel. Die Süchtigen auf der anderen Seite der Tür tobten. Ich steckte den Schlüssel ins Schloss und drehte ihn herum. Ich hatte kaum drei Schritte getan, als die Tür aufflog und die Süchtigen aus ihr hervorquollen wie Wesen aus der Unterwelt. Ich rannte ins Freie und kletterte auf das Dach eines Schiffsaufbaus. Von dort sprang ich weiter von Dach zu Dach zurück zu den Piraten. Hinter mir her stolperten und stürzten die Süchtigen. Sie fielen von den Dächern und brachen sich die Knochen, aber sie rannten weiter, solange ihr Genick heil war.

Dann war ich da. Ich sprang vom letzten Dach mitten in die Menge, die sich bereits auflöste. Ehe die Piraten reagieren konnten, folgten die Süchtigen. Sie stürzten von dem Dach des Schiffsaufbaus und kamen von dessen beiden Seiten angerannt. Ihre Haut war weiß, ihr Haar war weiß, ihre irislosen Augen weit aufgerissen. Sie schrien, sie spuckten und sie spien.

Ich zielte mit dem Flammenwerfer blind in die Menge und betätigte den Abzug. Die Feuerzunge leckte über die Gesichter der Piraten, steckte Kleidung und Haar in Brand und ließ die Männer schreien. Säbel, Macheten und Pistolen blitzten auf. Chaos brach aus. Ich rannte weiter. Dabei brannte ich dutzende Piraten nieder, bis die Gaskartuschen des Flammenwerfers den Geist aufgaben. Hinter mir tobte die Schlacht. *Ich* war es, hinter dem die Süchtigen her waren. Sie wollten nur das schwarze Perl. Doch die Piraten, die glaubten, angegriffen zu werden, stellten sich ihnen entgegen.

Ich gelangte ans Heck des Schiffs und entledigte mich des Flammenwerfers. Ich stieg die Treppe hinauf und betrachtete mein Werk von oben. Überall lagen Tote. Brennende und verkohlte Gestalten. Piraten kämpften gegen Süchtige. Schüsse und Schreie jagten über das Deck.

Wo war Mario?

„End." Ich wandte mich um und sah mich mit einem Mal Black Raven gegenüber. Ich erstarrte.

„Du dreistes kleines Stück Scheiße." Ravens Stimme war ruhig. Er wirkte eher ungläubig denn wütend. „Dich umzubringen ist nicht genug." Vielleicht war jetzt der richtige Zeitpunkt, das schwarze Perl zu nehmen. Raven kam näher und zog einen Säbel. „Ich werde dir Arme und Beine abschneiden." Wie schaffte er es, mich derart einzuschüchtern? War es der

Irrglaube, Raven sei unbesiegbar, der ihn unbesiegbar machte? „Ich werde dich in einen Käfig stecken und dort ganz langsam verrecken lassen." Ich wich zurück und zog die Machete. Was hatte ich zu verlieren? Sam war tot.

„Ich werde dich an die Möwen verfüttern." Als wollte er mich bloß informieren. Noch während er sprach, begann er, mit dem Säbel auf mich einzuschlagen. Seine Attacken kamen schnell und mühelos. „Ich habe schon viele grausame Strafen verhängt …", fuhr er fort, indes ich zurückwich und seine Angriffe mit großer Mühe abwehrte. „… aber für dich muss ich mir was Neues einfallen lassen." Es war kein Irrglaube, der Raven unbesiegbar machte, keine Illusion. Er war gut. „Etwas Angemesseneres." Er war schnell. Er war furchtlos. Er kannte jede Finte. Er ließ mich glauben, einen Gegenangriff wagen zu können. Dann schlug er mir die Machete aus der Hand. Er trat mir gegen das Bein und ich knickte ein. Ein zweiter Tritt traf mich vor die Brust und warf mich zurück. Noch immer schmerzten meine Rippen vom Kampf gegen Chemo. Mir blieb keine Wahl. Ich holte das schwarze Perl hervor, doch ehe ich die Hand zum Mund führen konnte, stellte Raven einen Fuß auf meinen Arm. Ein Schlag traf mich an die Schläfe und für einen Moment wurde mir schwarz vor Augen. Ich wartete auf den nächsten Schlag, der mir das Bewusstsein rauben würde. Wartete darauf, ohne Arme und Beine in einem Käfig zu erwachen, der von einem der Bootskräne baumelte.

Da ertönte ein Donnern. Ein Laut, der das ganze Schiff erschütterte, gefolgt von den panischen Rufen der Piraten und Süchtigen.

Raven hob den Blick. „Was bei Lotin …" Er verstand nicht. Ich hingegen schon. Teena hatte die Bombe gezündet. Sie hatte der *Swimming Island* Sams Tod auf ihre Weise vergolten.

Ich fuhr auf und zog mein rostiges Messer. Ich selbst hatte es nicht für möglich gehalten, dass ich noch solche Kraft besaß. Als Raven überrascht zu mir sah, war es bereits zu spät. Ich stieß ihm die Klinge in den Bauch. Er stöhnte erstickt auf. Blut lief ihm aus dem Mund in den Bart. Die Kälte wich aus seinen Augen.

„Du …“ Er lächelte im Sterben. „Du bist es …“ Und er stürzte.

Ich hatte keine Zeit, mich zu fragen, was Raven damit gemeint hatte. Ich sammelte meine Machete auf und verließ das Heck. Das Schiff befand sich bereits in bedrohlicher Schieflage. Ich musste so schnell wie möglich von Bord. Allerdings war da noch was …

Noch immer kämpften Piraten und Süchtige. Ich rannte über das Deck und tötete jeden, der mir in die Quere kam. Ich betrat das Schiffsinnere und gelangte zu der Geheimtür, die der Eingang zu Sams Versteck war. Ich kletterte durch den Schacht, der längst nicht mehr senkrecht stand. Unten angelangt stellte ich fest, dass der Raum sich mit Wasser füllte. Es spritzte durch das Schlüsselloch der Tür, die zum Unterrumpf führte, und reichte mir bis zu den Knöcheln. Das Bullauge lag gänzlich unter Wasser. Vor mir gähnte der Abgrund des Meeres.

Tief im Innern des Schiffes tönte ein stählernes Stöhnen.

Ich hastete in die Ecke des Raumes, in die die Schieflage des Schiffes sämtliche Gegenstände befördert hatte. Da war es. Das Tagebuch. Wie durch ein Wunder lag es noch auf der Kiste, auf der ich es abgelegt hatte. Ich nahm es und wollte gehen, da fiel mein Blick auf das Bett. Sein Anblick raubte mir alle Kraft. Als ich es das letzte Mal gesehen hatte, war Sam noch am Leben gewesen. Wir hatten dort gelegen, auf dieser schmutzigen Matratze, hatten einander gehalten und geliebt. Ich vergaß, dass ich mich in einem sinkenden Schiff befand. Ich ging hinüber und nahm das Kissen. Es hatte sich zur Hälfte mit Seewasser vollgesogen. Ich hob es ans Gesicht und sog den Geruch ein. Es roch nach ihr. Nach ihrem Haar, nach ihrem Schweiß, nach unserer Liebe …

Das Schiff stöhnte auf. Eine Niete sprang aus der Wand, und ein dünner Wasserstrahl schoss in den Raum. Weitere Nieten folgten. Ein helles Knistern verriet mir, dass das Glas des Bullauges nicht mehr lange halten würde.

Ich hätte dortbleiben können. Darauf warten können, dass das Glas brach und die hereinströmenden Wassermassen mich zerschmetterten. Dann wäre ich mit Sam wieder vereint gewesen. Aber nicht mit Emily. Ich blickte auf das Tagebuch in meiner Hand. Meine Schwester lebte und wurde womöglich immer noch in diesem Irrenhaus festgehalten.

Ich warf das Kissen fort, stopfte das Buch in meinen Hosenbund und rannte zur Leiter. Ich musste gegen einen Wasserfall anklettern. Auf halber Höhe ertönte über mir irres Geschrei. Ein Süchtiger erschien an der Schachtmündung und sprang. Ich presste mich an die Wand, er fiel an mir vorbei und schlug klatschend auf dem knietiefen Wasser auf. In diesem Moment brach das Glas des Bullauges. Brüllend brach das Wasser herein, erfasste die Kisten, das Bett und den Süchtigen, schmetterte allesamt an die Wand und spritzte soweit den Schacht hinauf, dass ich mich daran verschluckte. Ich würgte und kletterte weiter.

Wieder draußen rannte ich zur Reling, wobei ich den Gegenständen auswich, die über das schiefe Deck rutschten. Viele Rettungsboote waren schon ins Wasser gelassen worden und auf dem Weg zur Küste. Ob Mario in einem davon saß? Und Franco? Hatten sie den Kampf überlebt? Ich wünschte mir nichts sehnlicher, als sie zu würgen, bis ihnen die Augäpfel herausquollen.

Ich kletterte in eines der verbliebenen Rettungsboote und kurbelte an der Seilwinde, bis das Boot auf dem Wasser aufsetzte. Ich durchtrennte die Seile und fing an zu paddeln. Es dauerte Stunden, ehe ich die Küste erreichte. Schließlich kletterte ich aus dem Boot und watete an Land. Ich spähte in alle Richtungen und sah entlang der steinigen Küste zahlreiche

Schiffsbrüchige. Vielleicht waren Mario und Franco unter ihnen. Die Suche wäre müßig gewesen. All das Töten in den letzten Stunden – mein Zorn war verloschen und einer dunklen Leere gewichen. Nur der Gedanke an Emily trieb mich vorwärts.

Ich folgte dem Verlauf der Steilklippen. Nichts bis auf das Kreischen der Möwen und das Rauschen der Wellen füllte meinen Kopf. Die Sonne verbrannte meine ungeschützte Kopfhaut, von dem Streifen in der Mitte mal abgesehen. Die winterliche Kälte betäubte meinen Schmerz. Meine nassen Hosenbeine gefroren. Ich fand einen Weg, die Küste zu verlassen, und ging weiter über grüne Hügel. Ich traf auf Bäume, Kiefern und Eiben, und der eisige Wind in ihren Nadelkronen wies mir heiser flüsternd den Weg. Die Hügel schwanden, und ich trat auf eine weite, grasbewachsene Ebene hinaus. Am Horizont, hinter weißen Nebelschleiern kaum zu sehen, erstreckte sich eine Bergkette. Wenige Bäume wuchsen hier. Inmitten der Landschaft lag ein Felsen, kugelrund und halb im Boden versunken, als wäre er geradewegs aus dem Himmel gestürzt. Eine Linie führte darauf zu, beschrieb einen Halbkreis darum herum und verschwand am Horizont in den Bergen. Ich ging weiter, den Worten der Bäume folgend, und die Linie entpuppte sich als Eisenbahnschienen.

Als ich an dem Felsen angelangte, war die Nacht hereingebrochen. Meine Füße waren taub vor Kälte, das Wasser lief mir aus der Nase, und der Schweiß stand mir auf der Stirn.

Der Felsen war größer als ein Haus. Es schien, als sei er beim Bau der Eisenbahnschiene aus dem Nichts aufgetaucht.

Ein eisiger Wind kam auf und ließ den Schweiß auf meiner Stirn gefrieren.

Warte, flüsterte eine Tanne.

Ich hockte mich in den Windschatten des Felsens und wartete. Worauf wusste ich nicht. Ich döste ein und wurde von Fieberträumen heimgesucht. Ich träumte von Mario, den ich würgte, der aber nicht starb. Ich träumte von Sam, die unverletzt war, aber nicht lebte.

Jäh wurde ich vom Geräusch eines heranrollenden Zuges geweckt. Die Lokomotive – ein schweres Gestell mit gepanzertem Kessel, Schornstein und Schienenräumer – bewegte sich langsam vorwärts, während sie den Felsen umfuhr.

Jetzt.

Ich erhob mich und taumelte zum Zug. Obwohl er langsam fuhr, kostete es mich die letzten Kräfte, Schritt zu halten. Ich packte den Griff der Schiebetür eines Wagons, zog sie auf und kletterte ins dunkle Innere. Ich zog die Tür zu und kauerte mich zusammen. Der Zug nahm wieder an Fahrt auf; raste dahin über die weite Graslandschaft auf einen Pass in den Bergen zu, auf direktem Wege nach Treedsgow.

Blackworth

End verstummte, als sich mit einem leisen *Klick* die Handschelle um sein rechtes Gelenk öffnete. Er legte den Knochen beiseite und rieb sich die Haut. Und wieder füllten nur Rauschen und Surren die Ohren der Zelleninsassen.

Draußen senkte sich die Nacht über das Land. Keine Sterne und kein Mond spendeten ihr Licht, nur das Wetterleuchten, das über den Himmel jagte. Die Wolkendecke erstreckte sich von Horizont zu Horizont, hing mancherorts so tief, dass sie den Boden streifte, formte Wirbel und Türme gleich Gebilden aus der Unterwelt.

„Genug für einen Tag." End stand auf und lehnte sich neben der Zellentür gegen die Wand. Er legte den Kopf zurück und schloss die Augen, als ruhe er sich aus. Doch wenn man aufmerksam hinsah, war da eine winzige Falte zwischen den Brauen.

Der Sänger musterte ihn besorgt. Er fragte sich, wie viel von dem stimmte, was End erzählt hatte. Von flüsternden Bäumen und lebendigen Spiegelbildern, von verlöschenden Sternen und einem Buch, das er aus einem Traum gestohlen hatte. Er konnte diesen Mann nicht einschätzen, der so viel Grauen erlebt hatte, der ein Mörder war, und trotzdem seine Hoffnung weckte. War er verrückt? Wusste er etwas, das sonst keiner wusste? Was sollte das Gerede vom Untergang der Welt?

Die Tür zum Zellengang schwang auf, als die Essensausgeber zum dritten Mal an diesem Tag Trakt 13 betraten. End öffnete die Augen und wandte den Kopf. Sein Blick und der des Sängers trafen sich, und der Sänger gefror. Da lag etwas Dunkles in diesen Augen. Dunkler als die Nacht. Sie waren so schwarz, dass es schmerzte, ihrem Blick zu begegnen.

Schwarz wie das Perl.

Die Insassen stellten ihre Schalen in den Gang und ließen sie sich von den Essensausgebern füllen.

„Was ist, End?“, fragte der Größere gehässig. „Hat dir der Brei nicht geschmeckt?“ In dem Moment, da er vor die Zellentür trat, streckte End die freie Hand durch die Gitterstäbe und packte ihn am Hals. Er hob ihn hoch, so mühelos wie eine Stoffpuppe, und drückte zu. Seinen Blick trieb er gleich Nägeln in die Augen des Kleineren, drängte ihn zurück, bis er mit dem Rücken gegen die Wand stieß, und hielt ihn dort fest.

Der Größere ächzte. Würgte. Seine Augen über dem Mundschutz weiteten sich, sein Gesicht lief blau an. Mit den Händen schlug er auf Ends Arm ein, zerrte an seinem Griff, tastete über seinen Gürtel und zog ein Messer. Schon erschlafften seine Bewegungen. Die Waffe glitt ihm aus der Hand und fiel klirrend zu Boden. Eine Klinge, ein Werkzeug, mit dem End mühelos das Schloss seiner Zelle hätte knacken können. Er senkte den Blick. Der Bann, der den kleineren Mann gefesselt hatte, löste sich, und der reagierte überraschend schnell. Mit einem Schrei verzweifelten Mutes stürzte er vorwärts, im selben Moment, als End den Größeren von sich stieß und den schlaffen Leib über den Kessel warf. Er streckte den Arm durch die Gitterstäbe, doch der kleine Mann war schneller. Er fischte die Waffe vom Boden. Fasste sie so fest bei der Klinge, dass Handfläche und Finger zu bluten begannen. Er stemmte sich vor den Kessel und schob ihn mitsamt des toten Kameraden durch den Zellengang, immer noch schreiend und wimmernd. Der Kessel stieß am Ende vor die Wand, und der Kleinere ließ ihn dort stehen, stürmte zur Tür hinaus und rief um Hilfe.

End

Weitere Bände zu „13" befinden sich in Planung. Aktuelle Informationen finden Sie stets auf unserer Website www.acabus-verlag.de

Der Autor

© Andrea Zmrzlak

Carl Wilckens, Jahrgang 1990, gehört zu der Generation, die von Fantasy-Literatur geprägt aufgewachsen ist. Zu seinen ersten literarischen Kindheitseindrücken gehören Vorlesestunden, gemeinsam mit seinen fünf Geschwistern, die seine spätere Leidenschaft für das Lesen und Schreiben entfachen halfen.

Sein Maschinenbau-Studium führte den Jung-Autoren vom Niederrhein in den Ruhrpott nach Duisburg. Hier widmet er sich neben dem Studium und der Schriftstellerei in seiner Freizeit dem Geigenspiel, dem Sprachenstudium und dem Zeichnen von Cartoons.

Bewusst hat der Autor sich für ein technisch-mathematisches Studium entschieden: „Ich wollte vermeiden, dass meine Leidenschaft – das Schreiben – der beruflichen Routine verfällt", so Wilckens.

In seinem Erstling verbindet er an ausgewählten Stellen auf beeindruckende Weise Fantastisches mit technischem Verständnis und naturwissenschaftlichem Knowhow. Neben Romanen schreibt Carl Wilckens Kurzgeschichten und Gedichte, die er in Ausschnitten auf der Leipziger Offenen Bühne bereits der Öffentlichkeit vorgestellt hat.

Weitere Titel im acabus Verlag

Oliver Kyr

Ascheland
Roman

Buch-ISBN: 978-3-86282-448-9
BuchVP: 19,90 EUR
220 Seiten
Hardcover

Die Sonne bringt die allgegenwärtige Asche, die weich auf dieser Welt ruht, zum Glänzen.

Deutschland, 2023, fünf Jahre nach dem Untergang der bekannten Welt: Zacharias Brandt wandert mit seiner dreibeinigen Hyäne Else durch das postapokalyptische Mitteldeutschland. Die wenigen Überlebenden sind weit verstreut und doch kennt man ihn überall. Er ist der Kindermacher, der vermutlich einzige Mann, der noch Nachkommen zeugen kann. Der ehemalige Zoowärter ist aber kein Freund der Menschen, die er für die Verwüstung der Welt verantwortlich macht. Doch wenn er etwas bekommen will, muss er auch etwas geben.

Ist es ein Fluch oder ein Segen, dass er ihnen Hoffnung geben kann? Will er ihnen wirklich eine neue Generation schenken?

J.H. Praßl

Chroniken von Chaos und Ordnung. Band 1: Thorn Gandir. Aufbruch

Buch-ISBN: 978-3-86282-210-2
BuchVP: 16,90 EUR
548 Seiten
Paperback

Amalea im Jahre 340 nGF, fünfhundertundsechzig Jahre nach dem Höhepunkt der Chaosherrschaft:

Thorn Gandir, Waldläufer und Krieger, verliert während der Sklavenaufstände im Einsatz alles, was je Bedeutung für ihn hatte. Trotzdem lässt er sich dazu hinreißen, für seinen machthungrigen Mäzen Valians Zepter zu finden, das Gerüchten zufolge von einem mächtigen Feind des Imperiums entwendet wurde. Begleitet von der Söldnerin Chara Viola Lukullus, dem Kriegspriester Telos Malakin und dem Barbaren Bargh Barrowsøn macht er sich auf die gefährliche Reise durch die aschranische Wüste. Doch Thorn kann sich nicht sicher sein, wer Freund oder Feind ist … und welche Rolle er selbst dabei spielt, denn das Chaos ist gerade erst dabei, aus dem Verborgenen ans Licht zu treten.

Die Zukunft Amaleas hängt von ihrer Entscheidung ab – Chaos oder Ordnung?

Unser gesamtes Verlagsprogramm
finden Sie unter:

www.acabus-verlag.de
http://de-de.facebook.com/acabusverlag

acabus